深淵の色は　佐川幸義伝

目次

◉摑みかかってきた三人を弾き飛ばす佐川先生（撮影当時八十七歳）

第一章　ちいさな閃《ひらめ》き

平成二十七年（二〇一五）九月二十四日の午後、私は二階の仕事部屋にいた。冷房をしている屋内には、庭で啼《な》きしきっている蟬《せみ》の声が聞こえてこない。自動車の音もせず森閑としていた。

電話が鳴ったので受話器をとると、木村達雄《きむらたつお》さんの声が聞えた。彼の声を聞くと独得の笑顔が眼に浮かぶ。

「木村さん、めずらしいですね。もう三年ほども電話かけていないなあ」

木村さんは私より二十歳ほど年下で筑波《つくば》大学の名誉教授（数学）、大東流合気《だいとうりゅうあいき》佐門《さもん》会《かい》の理事長である。

彼は大東流の内部事情について何事も隠さず話してくれる。教授として学生を指導してきたので、話術にすぐれ何でも理解しやすいように導いてくれた。

私がはじめて佐川幸義《さがわゆきよし》先生にお目にかかったのは昭和六十二年（一九八七）七月三

日で、先生の八十五歳の誕生日であった。五十八歳であった私は、ある大手出版社の編集者で、空手の高段者であったT氏から大東流の稽古拝見にゆかないかと誘われて出向いたとき、木村さんと知りあった。

木村さんはそのとき佐川道場の門人となって十年を経た猛者《もさ》であった。彼はほかにも武道を修め、剣道三段、合気道五段である。

初対面のとき、門人は佐川先生の直接指導を受けることを、最高の名誉と思っていると木村さんが言った。私は聞いた。

「直接指導というと、技の掛けかたを直してもらったりするのですか」

「いや、門人のなかには空手など他の武道のチャンピオンもいますが、先生が七十歳代で『体《たい》の合気』を遣うようになってから、突き、蹴り、押しなどをしかけると、稽古着の端を摑《つか》んだだけで吹っ飛ばされます。手や上体をちょっとひねられるだけで、三メートルは飛ばされます」

その日の記憶は残っている。合気という武技は、まったく理解できない魔法としかいいようのない動きをあらわすものであると知ったときの、呼吸する空気が重くなり、蒸し暑さで薄く汗をかいた不快な気分を覚えている。

やらせなどという浅薄な推測は吹っ飛び、先生のやわらかな瞬間の動作が、人間にはそなわっていないはずの、相手の力を抜きとってしまう効果をあらわすとき、その動きを拝見している門人たちは正座して畳に手をつき、最敬礼をした。

その日、私は佐川先生から門人になれとすすめられた。予想もしていなかったのでうろたえたが、門人にしていただくことに心をきめ入門申込書を提出し、許された。

そのとき保証人となってくれたのが、高弟の高橋賢《たかはしまさる》さんと木村達雄さんであった。

それから二十五年以上の歳月が流れていた。木村さんの声を電話で聞いていると、過ぎた時間がなかったような気がする。私は彼に話しかける。

「しばらくご無沙汰でしたね。稽古はさかんにやっておられるでしょうね。合気は完全に取れました（身につけた）か」

佐川先生は平成十年三月二十四日、享年《きょうねん》九十五歳で亡くなられた。その前日道場で門人の稽古指導をしたあと、入浴された。湯がぬるかったが沸かしながら入っていたので、心臓発作に見舞われたのである。

私はそのあとも何度か道場をたずねた。

木村さんは合気を取っているようであったが、佐川先生の技とは違うように見えた。私のような素人《しろうと》から見ても、技の切れというか鋭どさが違うのがあきらかであった。ところが柔和な笑顔で技を掛けると、相手の力を抜く効果があらわれる。

――やっぱり木村さんは合気を取っている。その証拠に体重百五キロの門人をまっすぐ吊《つ》りあげたり、稽古をしている人の一方の体に触れ、電気を通すように合気技をさせることが出来るからな――

木村さんの返事が聞こえた。

「いやまあ相変わらずの状態ですが。実は佐川先生の息子さんが八十四歳ですけど老衰状態となって、もう先が長くない様子になってきたんですよ。

それで葬儀を佐川家の菩提寺《ぼだいじ》である東福寺《とうふくじ》へお願いしたのですが、電話に出た住職が言うには、『佐川先生が亡くなられたときに、そちらから縁を切られたのですから、しきたり上、うちが葬儀をやることは出来ません。佐川先生の葬儀をやった武蔵国分寺《むさしこくぶんじ》さんに電話して下さい』と言われてびっくりしました。佐川先生の葬式は佐川道場で行われましたが、お経をあげに来たお坊さんは当然、菩提寺の東福寺の方だとばかり思っていたので、まさかと思いました」

「ほう、菩提寺で葬式をやらなかったのはなぜですか？　よそで聞いたことがありませんね」

「実は地元の古参門人が、先生の葬儀を取り仕切ったのです。武蔵国分寺に電話をすると、『檀家《だんか》の佐川道場の方が二人来られて、佐川先生は武道史にかがやく力量をそなえた名人だから是非《ぜひ》葬儀をやってほしい、と熱心に頼まれたので、佐川先生の葬儀だけは行いました。でもそれっきりでお墓がどこにあるかも知らないし、ご家族とお目にかかったことすらありません。もちろん三回忌も七回忌もやっていません』と言われ、これでは葬儀は頼めないと思いました」

「小平《こだいら》霊園の立派なお墓はどうなるんですかねえ」

「あそこにも連絡したんだけど、『祭祀承継者の木村さんは御家族ではないので一代限りです。お墓を移すことは出来ますが、何もしなければ佐川家のお墓はなくなり無縁仏になります』と言われました。

それで知己を頼って相談をもちかけているんだけど、あまり見込みがないんです」

私は佐川先生の没後、ご家族の事情について木村さんから聞かされていた。

夫人は六十五歳で亡くなられた。二人の子息があった。長男の勇之助《ゆうのすけ》さんは十七歳で相手の力を抜く合気の秘玄《ひげん》を会得《えとく》し、将来の名人となるに違いない資質をあらわしていたが、昭和二十年の敗戦後間もなく登山の途中、見た目には澄みきっていた川水を父子ともに飲み、不運にも腸チフスを発症し早逝《そうせい》した。

次男の敬行《よしゆき》さんは生後半歳《はんとし》で高熱を発し、その日が休日であったため治療が遅れ、重度の小児麻痺《まひ》となり、現在までの人生をベッドの上で過ごしてきた。

「門人たちが集まって相談したんですが、Iさんが、『津本陽さんの知りあいに紹介してもらう卦《け》が乾為天《けんいてん》、水天需《すいてんじゅ》、天雷无妄《てんらいむぼう》など最高の卦《け》が揃《そろ》ったので、津本さんにお願いしてほしい』と、言ってきたのです」

「えっ、それは無理だと思いますよ」

Iさんは佐川派大東流合気武術の門人で三段である。

彼女が本筮《ほんぜい》という技法を用い易《えき》をたてることも知っていた。女性にはめずらしく武道を好むのも、易の縁であろうと私は思っていた。

木村さんが教えてくれた。

「佐川先生が亡くなってから、易の本がいっぱい出てきましてね。易学研究等の会報誌を含めると、易の本だけでも五百冊近くあります。私は先生から一度も易の話を聞いたことがないんですけどね」

私はやっぱりそうかと思った。

佐川先生の師、武田《たけだ》惣角《そうかく》はこんな挿話を持っている。八十の坂を越した頃大雪の夜中に、彼は二十二歳の子息時宗《ときむね》を呼び起こした。

「いま、うちの池に鯉《こい》泥棒が来ておるぞ。先にいって捕えろ。わしはあとからついてゆく」

時宗はおどろく。うちの池は二キロも離れたところにある。なんで分かるはずがあるのかとぼやきつつ合羽《かっぱ》をかぶり出かけ、池へ着くと、氷の上に人影が一つ見えた。網で大鯉を一尾捕えたところであった。

体つきが友人に似ていたので声をかけると、やはり彼であった。時宗はうしろをふりかえりつついった。

「この池へ鯉泥棒がきているから、とっ捕まえてこいと親父《おやじ》がいったんだ。もうじきくるからその前に逃げろ。おふくろが熱出して寝込んでるから、鯉を食わせたかったんだ」

「すまねえ。鯉は持ってけ」

「かまわねえよ。早く持って逃げろ」

友人が去ったあと、惣角がやってきた。

「盗《ぬす》っ人《と》はいたべ。誰だ、村の奴《やつ》か」

時宗はうなずく。惣角は吐きだすように言った。

「友達なら仕方ねえな」

時宗は父親の神通力に恐れいった。

惣角の師保科近悳《ほしなちかのり》（会津《あいづ》藩家老・西郷頼母《さいごうたのも》）は、明治三十一年（一八九八）から三十五年の間に大東流の秘伝を彼に伝授した。当時保科は福島県伊達《だて》郡霊山《りょうぜん》神社の宮司であった。神社のある霊山に建立されていた霊山寺の開基は天台《てんだい》宗山門派の開祖、慈《じ》覚大師円仁《かくだいしえんにん》である。

霊山寺は修験修行者たちの密教道場として繁栄していた。惣角は少年の頃、日光東《にっこうとう》照宮《しょうぐう》の保科のもとで神官修業をしていた。毎朝水を汲《く》みにゆく。汲む場所はきめられていたが、彼は近所の川で水を汲んで帰ることがあった。

だが保科は瓶の水を見ただけで、近所で汲んだ水を捨てさせ、汲みなおしにゆかせた。惣角はその頃から保科の霊気に触れていた。透明な水に変化を見出《みいだ》すのは霊力によるほかはない。

惣角は保科のもとで神通力、遠知力、心眼力を触発され、即身成仏の理法まで会得した。

天台密教では天地の万象がことごとく大日《だいにち》如来の分身である。人間もそうであるからには真言《しんごん》をとなえ、手に印契《いんげい》をむすび、心中に大日を祈願して加持祈禱《きとう》すれば大日如来そのものになることができるとする。

惣角は発行した門人証によれば、三万人に大東流を伝授した。漂泊し、他流試合をおこない、身長百四十五、六センチという子供のような体をひっさげ、国内で声威を誇る柔道、空手、相撲《すもう》の代表格の強豪に相手かまわず他流試合を挑み、不敗であった。

そのあいだに生活に苦しみ、難問題の対処に苦しむ人を見ればそのすべてが分かるので、救ってやるため力をつくした。惣角は人の顔を見るだけで過去の経歴、現在の生活、未来の運命を察知できた。だが現代人にとっては霊力は存在しないとはいえないまでも、理解し得ないものであった。

私は木村さんに言った。

「佐川家は真言宗ですね。うちは浄土真宗だから紹介は無理です。つながりがありませんからね」

「わあ、そうですか。『Ｉさんは津本さんに頼んで下さい。そうすれば未来永劫《えいごう》に、最高の権威ある祀《まつ》られかたをされるようになります』と言ったんですよ。

Ｉさんはどうしたんだろうなあ。まちがえたのかなあ」

木村さんは困りきったように声を落した。

――Ｉさんがそう言われるのなら、俺などが近づけない次元の意識とつながっているのかも知れない――

Ｉさんの言葉を探ってみたい気持ちがかすかに動いた。彼女が私たちの近づけない次元と意識で交流しているか試してみたい。

あの世に佐川先生がいたら、何も知らない器の小さな男の無責任な考えをすべて見抜かれているであろう。

木村さんは言う。

「私は九月三十日から十月十六日まで、文科省の科研費でドイツのマンハイム大学へ数学の出張がきまっているんです。

ところが九月二十一日に敬行さんが、いままでと違って寝てばかりになりました。大東流合気佐門会理事長の私がいないと葬儀料も出ないということで、門人たちはたいへん心配しているんです。どうかよろしく」

私はいままでは大東流との縁がきわめて薄くなっていた。

Ｉさんが私を易の対象として選ばれたのもふしぎである。誰がＩさんに私の名をささやいたのであろうか。佐川先生か、いかなる神霊か。

私は真言宗寺院とまったく交流がなかった。Ｉさんの期待にそえないなと思いつつ、一人の男の名を思いだしていた。故郷和歌山市に住む旧友の薗田香融《そのだこうゆう》である。彼は市内の大寺院の住職で、関西大学名誉教授である。幼稚園から旧制中学卒業まで同窓であった。私は親鸞《しんらん》聖人七百五十回忌に際し、御伝記（各上下本）二巻を出版したが、そのとき彼のきわめて熱心な協力をうけ、ありがたい思いをした。

ふだんから何事も隠さず話しあえる仲なので頼みやすいが、浄土真宗の僧侶なので真言宗の高野山金剛峯寺《こうやさんこんごうぶじ》と交流がなさそうだと思っていた。

彼は学界で真言宗の学者と仏典の解釈について激しい論戦をしたことがあり、「今度会ったら首根っ子引き抜かれるよ」と笑っていたことがあった。

すぐに電話をかけると彼は在宅であった。

「いやあ、ちょっと頼みたいことがあってなあ」

事情を話すと、彼はまえに送っていた佐川先生の小説『孤塁の名人』を読んでおり、頼みを聞いてくれた。

「できるだけやってみるけど、なんせ高野山やさかい、うまいことといかんかも分からん。とにかく当ってみるわ」

この返事ならあまり期待はできないだろうと思ったが、三十分もたたないうちに電話が鳴った。薗田君の声が聞こえてきたのは意外であった。

「えらく早い返事くれたなあ」

「ちょっと電話かけてみたら、タクシーのなかへつながってなあ。俺の弟が京大にいた時の教え子が高野山の宗務総長みたいな役をしてると分かったんで、電話かけたらちょうどいいチャンスでなあ。電話をかけたときはちょうど病院を転院する時の車中にいた時でなあ。長いこと体調を崩して入院していたんだが、電話するのが十分早《はよ》うても十分遅うてもつながらなかったんや。結果はすべてOKや。俺もあんまり早う返事をもらえたので、胸がどきどきしたよ」

薗田君が真言宗総本山金剛峯寺の高僧との縁故があるとは、彼自身忘れていたようであった。私はさっそく木村さんに電話をかけた。

「和歌山の友達に頼んだら、電話が早く通じたらしいですね。息子さんの葬式は品川《しながわ》高輪《たかなわ》の高野山東京別院でおこない、佐川家のお墓を別院の圓融塔に永代祭祀することになります。あとは薗田君と直接連絡をとって下さい」

木村さんは驚喜し、私もわが力によることではないが、重荷を下したような気分になった。

高野山金剛峯寺から高野山東京別院にただちに電話で、「佐川家からの依頼に粗相のないよう、丁重に対応するように」との指示が入ったそうである。

筑波の木村さんのもとに高野山から電話が入ったのは、翌日の午後二時二十五分であった。佐川家についての準備はすでにととのえているので、必要なときはいつでも連絡してほしいということであった。

このあと木村さんは敬行さんの入院している小金井《こがねい》市の病院へ自宅から出向いた。約二時間かかって着いてみると、医師は容態がおちついてきたのでしばらくは大丈夫だろうといってくれた。それで、安心して病院から帰りかけるとすぐに携帯電話で急に病状が変ったので、すぐに戻れと連絡をうけた。

病室へかけつけると敬行さんは危篤状態になっており、菩提寺が高野山東京別院と決ってわずか七時間後の、平成二十七年九月二十五日午後九時二十七分、老衰のため八十四歳で亡くなった。

葬儀と納骨式は高輪の高野山東京別院できわめて盛大にとりおこなわれた。佐川先生の顕彰碑を別院内に建立してはどうかという予想もしなかった提案が高野山からもたらされた。

聞くところによれば、大企業の経営者や宗教の教祖の顕彰碑を大金を支払うから建てさせてほしいと、希望されることがあるらしい。

だが高野山の寺院はどれほど多額の金を寄付されても、頼みに応じることはめったにないそうである。

顕彰碑の案は高野山の上層部からもたらされたものであるらしく、木村さんは大東流合気佐門会理事長として、どれほどの費用がかかるのかと、かなり心配したが、すばらしい顕彰碑が建立できた。

薗田君の弟が高野山金剛峯寺の最高幹部と深い交流があったことは、木村さんから墓地建立、葬式の依頼がある前はまったく知らなかった。薗田君もほとんど忘れていたのではなかったか。

木村さん、Iさんは薗田君を知らない。Iさんの占った易には、無限、永遠にかかわる、現世にいない神霊を表す意味の卦があらわれたという。

神霊のはたらきがあるのか。神霊はどんなところでどんな状態で存在するのか。私はIさんの易によってあらわれた薗田君のふしぎなはたらきについてのおどろきが、なかなか消えず、頭にとどまっていた。

私は納骨法要式に出席して、つぎのようなスピーチをした。

「私は古武道の偉い方と長年おつきあいをさせて頂きましたが、人間と人間以上の超能力のあるふしぎな存在、その辺りをまたがっているような感じがした方は、佐川先生と柳生延春《やぎゅうのぶはる》先生でしたね。

柳生先生は理を追っていて、ある線からはふつうの人には出来ないことが出来るようになった、というような感じの方でしたね。

佐川先生はなにか根本から違っているという感じで、身長は百六十三センチだけれども、非常な迫力をあらわされた。道場であれだけ大きく見えた人というのは、他に会った経験がないですね。

なんで大きく見えたのか今でもふしぎで要するに佐川先生の人生の目的というのは『合気』だったんですね。私は佐川先生に詫《わ》びていたんですよ。

すみませんでしたと。我々は下衆《げす》ですね。あれだけ合気だけにひたすら打ちこみ、あれだけの純粋さを持って九十五歳で亡くなったというのは、人間の格が違うんだと思います」

私は佐川先生の合気の師である武田惣角の小説『鬼の冠《かんむり》』を書いたとき資料は大手出版社の編集者T氏からもらった。色々な流派の猛者と闘ったが、惣角にかなう者はいなかった。

柔道、空手、拳法など五体を遣う武術の遣い手のなかで、明治三十年代から昭和十八年に亡くなるまで、惣角は「今卜伝《ぼくでん》」と噂《うわさ》されるほど不敗の経歴を誇った。

彼は万延《まんえん》元年(一八六〇)に会津で生れた。父親は地元の御伊勢の宮の神主であったと称していた。佐川先生が十歳ではじめてあったとき五十二歳であった。彼が大東流の允可《いんか》を相伝したのは明治三十一年五月十一日だといっていた。

「先代宗家は旧会津藩家老西郷頼母様が明治になって改名された保科近悳様だ。大東流の始祖は清和《せいわ》天皇の末孫、新羅三郎義光《しんらさぶろうよしみつ》だぞ。古事記に載せられている『手乞《てご》い』という武芸が合気陰陽道《おんみょうどう》として宮中に伝わったのだ」

新羅三郎義光は海内一《かいだいいち》の弓取りとたたえられる武人であったが笙《しょう》の名手としても知られていた。

あるとき宮中で笙を吹き、白拍子《しらびょうし》（舞妓《まいこ》）舞にあわせているとき、舞のやわらかく変化に満ちた動きのなかに、隙のない無形の理があることを感知して合気の秘玄を察し、大東流合気武術を大成させた。

それは新羅三郎から血族の甲斐《かい》武田家、さらに会津国司蘆名盛氏《あしなもりうじ》に伝わったという伝統を惣角は折りにふれて語った。


私が佐川道場の稽古拝見に出向いたのは、T氏から佐川先生の魔法としか思えない技を二時間ほどの間、眼前にできると聞かされたからであった。

それを見たいと思う一方で、あり得ないことがあると信じないわけにはゆかない事実を見れば、不快感を誘いだされずにはすまないことを知った。

武田惣角の伝記を書いているとき、社会の常識をやぶる武術のふしぎさは、「合気」という惣角でさえ十分に説明できない秘密を認めることによってほとんど納得できた。

それは文字による理解の範囲にとどめたからである。

いま眼前にする佐川先生はすでに八十五歳になっていた。しかも技は六十代、七十代、八十代と年齢をかさねるにつれ大幅な進歩を見せていた。男盛りの武道家を、まったく力を用いず、摑ませたまま思うがままに浮きあがらせ、倒し、相手に摑ませたまま捻《ね》じ伏せる。相手を四人、五人とふやしても結果は同様になるという事実を直接に見ても、それを現実のものと認められるかという疑念が湧いてくる。

佐川先生は私が稽古拝見を書面で願い出ると、「この人がうちの道場へきた時は、皆ていねいにもてなすように」と言われたと高橋、木村さんたちはT氏に伝えた。

このことを聞いた私は「なぜ先生がそんなことを言われたのか」と、その言葉の真意をはかりかねた。そんな気遣いをされるほどの値打ちは私にはない。

今ふりかえってみれば先生の私への待遇で、ふしぎに思えたことがさらに一度あった。

入門してから一年ほど過ぎた頃、私は佐川先生の合気の観察にゆきづまっていた。

稽古をすれば木村さんたち高弟に技を教えてもらえる。一番奥の十元の術理まで習うと三千近い技になる。一元から五元までは惣角が分類したものだが、それ以上の技になるとひとつの技が幾つにも枝分れして整理されていなかった。

それで佐川先生は合気の原理にもとづき、技を集め七元以上の元にすべてをまとめた。そのなかには惣角の遺風によらない、先生の工夫したものもあった。

ふだんの稽古では一元の術理を練習する。

佐川先生は三元の術理までは希望者に教えた。内容は先生の直伝と古参の高弟の指導によるものに分かれた。

四元以上は先生直伝のみである。先生は言った。

「四元以上はいくら金を積まれても、気に入らない者には教えない。私が認めた門人にしかやらない」

六元以上は上の手とされた。十元まで直伝を受けた門人は内野孝治《うちのこうじ》、高橋賢、木村さんの三人のみであった。

佐川先生は「技は私の命だ」といわれるほど技を大切にしておられた。門人のなかには先生の技を外見だけ覚えこみ、独立して大東流別派をひらき、道場をいとなむ狡猾《こうかつ》なふるまいに及ぶ者もめずらしくなかった。

直伝講習のとき、佐川先生は合気を遣い技を掛けられるので、言葉に表現できない精妙不可思議としかいいようのない感覚におどろき感激するばかりであった。

合気ができるには十元の直伝講習を受けても道がひらけるわけではない。技を物理的な力でやろうとしても効果はないが、各元の技にはそれぞれの合気の原理があり、さまざまな合気技が構成されていて、上位の技の原理が分かると下の技の原理も分かるように組みたてられている。上から雨が降るといわれる原理である。

佐川先生は木村さんたちにすすめた。

「私の体験から見ると、ほんとうに合気を学ぶつもりなら、分かろうと分かるまいと少くとも五元までは、できるだけ早く学ぶことだね。私は二十歳までに武田先生から五元まで教わった」

大東流の形《かた》は数えたことがないと惣角は言った。

「相手の出方に応じて形は変るから、数えたらきりがないだろう」

佐川先生は惣角の合気技を超えていると木村さんたちはひそかに言っていた。人を三メートルとか五メートルも投げ飛ばすのに、腕力も足腰の力も使わない。

相手の体をまったく摑まず、相手に摑ませたまま身をひねるだけで空中を毬《まり》のように飛ばすのである。

佐川先生は興味深いことを語っておられる。

「服を摑まれて行う合気は極めて深い。体をどう摑まれても自由自在に投げとばせるぐらいの技量の人でも服だけでは合気を掛けられない。私が『体の合気』と称するその技をできるようになったのは、七十歳を過ぎてからだ。

私の研究してきたものは武田先生の合気を継承したものだが、他の大東流諸派では私のやりかたとはまったく違う。私の合気は私が生きているうちに摑まないと、絶対に継承できない。数十年の鍛錬の日をかさねたのちに、合気の理を摑める者が出るか否かは分からない」

佐川先生が「体の合気」の幽遠とでも形容すればいいのか、相手の手が先生の稽古着の一端を摑んだだけで身をひねって数メートルも空中滑走させる技を遣うのを見せられた者は息を飲み、わが眼を疑った。

合気は力を用いない。相手の体内に入りこみ、その力を瞬間に消しとるというのである。皮膚が触れあっているときよりも、衣服を摑まれているときのほうが、技を掛けにくいと先生は言われる。

門人たちは先生が高弟を相手に技を掛けはじめると、一斉に稽古を中断し正座してその動作を拝見する。

先生は形稽古をしているのではなかった。ほんとうに闘っているのである。だが勝負は常に門人がふっ飛び、大の字に叩《たた》きつけられ、頭を打ちつけ顔をゆがめて立ちあがる。惣角は野外の試合で不遜な相手を投げ殺したこともあったというが、佐川先生は手加減がゆきとどいているので、そんな事故はまったくおこらなかった。

私は道場へ通う回数はすくなかったが、大東流合気の凄《すさ》まじさは身に沁《し》みて分かった。

武田惣角の小説を書いているときは、すべて史料の文字のうえでの理解にとどまっ

●上——合気上げのやり方を著者（一番左）に説明する佐川先生（著者の相手は木村氏、佐川先生に技を掛けられているのは高橋氏）
●下——佐川先生が木村氏の両手を取った瞬間の技（上下とも撮影当時八十五歳　提供：文藝春秋）

ていたので、身長五尺に足らない痩身《そうしん》の老人が柔道界を代表する達人と立ちあい、まったく力を出させることなく惨敗させるのが痛快であった。

ある時は米五俵三百キロをかるがると運べる柔道家に、十二貫八百（四十八キロ）ほどのわが身を抱きあげてみろという。力自慢の相手があぶら汗を流しつくしもがいても、子供のような惣角の体を持ちあげられない技を書くときも、情景を想像しつつ描写するのは爽快な気分を誘われる作業である。

だが佐川先生の実技を眼前にすると、体が萎縮するような緊張が走る。先生の技が終ると皆は畳に額をすりつけて礼をする。

先生がいま見せてくれた技は、形のひとつを遣ったのではなく、初めてみせる一回きりの応用技ともいうべきものであるという。

私は道場へ通うようになってからＴ氏に言った。

「佐川先生の技はわれわれが絶対にできないものだと、見るたびに脳天から釘《くぎ》を打ちこまれるように、思いこまされますね」

Ｔ氏も同感だと言い、武田惣角について語った。

「合気というものが何か分からないでしょう。惣角が保科近悳から大東流の允可を相伝したというが、佐川さんはそれはほんとうだと思えないというそうですよ。

惣角の人生は放浪、漂泊の連続ですからね。いつかどこかで合気を知り、全国の武道家たちから敬遠された。惣角に道場破りにこられたら勝てる武道家はいなかったといわれていますから、鬼のように怖がられ、嫌われ、遠ざけられていたんです。合気技を誰も理解できず、惣角が立ちあった相手を痛がらせるのを好むので、激しい逆手技だと思われていたようです。そのうえ佐川さんと同様に、武道を組織化して大きくしたがらない性質だったので、最後は行旅病者のように亡くなってますね。門人帳に名を記した者は何万といても、後継者として道統をうけついだのは、佐川さんが一人だけであとは合気とは何かということもまったく知らない状態で終ったでしょう」

私は大東流合気ははるか頭上に霞《かす》んでいる難関と思っていたから、習いはじめてじきに音《ね》をあげた。

門人となってまだあまり日の経《た》っていないうちに、私は佐川先生の小説を書くために門人になっているということになっていた。どういう経緯があったのかは忘れたが先生もそう思われている様子であった。『鬼の冠』の内容が気に入られたのかも知れない。

このうえいいかげんな状態ではいられないと思った私は、木村さんにうちあけた。

「大東流合気術は、はじめて拝見したときから、とても私などは身につけられない武術だと思っていましてね。門人にしていただき、何度か通ってみたらやっぱりそうだという気持ちがつよくなり、先生の技の真髄を魔法のようにしか理解できないうちは書けないと感じました。

それで私では先生の伝記は書けないと分かったので、ご辞退申しあげたいのです」

木村さんは私の願いを先生に伝えてくれた。先生はたぶん私の言うことを聞きいれて下さり、「分かったよ」と笑われるくらいで話はすむと思っていた。

だがそうではなかった。先生は私をひきとめようとしてさまざまの過去の出来事を記した書類、新聞記事、写真などをたくさん出され、知りたいことがあれば何でも説明するから遠慮なく聞けと言って下さった。

入門して間のない門人の私が、先生に手をとられて教えていただく、破格の待遇もして下さった。

先生とむかいあい、膝をつきあわせ正座して両掌を膝あたりに置く。私が先生の両手の甲を真上から、全力をこめて押す。先生が押さえられた手をそのまままっすぐ上げる。これが「合気上げ」である。

入門者が最初にはじめる基本技である。これは簡単に見えて非常にむずかしい。入門者のおおかたは百回稽古をした頃には、合気上げが出来るようになるが、ほんとうに出来たのではない。

押えてくる力を前後左右に逃がしつつ、ひねりあげる力技であった。

高弟の手を私が押さえればたちまち上げられるが、動作のどこかに力が用いられているのは感じとれた。

押さえる力と持ちあげる力が拮抗《きっこう》する瞬間がかならずあるが私が全力で押さえると、先生はかろやかに上げた。私が懸命に押さえた力はどこへいったのか。先生の力を感じようとしたのは、乾ききった和紙に湿気を感じたがったのとおなじ結果となった。

先生はひとりで手をふりあげるように、かるがると頭上まで上げられ、力いっぱい押さえていた腕力はどこへいったのかとあきれる私の両手を右に軽やかに振られた。

先生に相手をしてもらう門人たちが投げられるときにたてる、重い鞭《むち》で畳を叩くようなズシン、バーンというすさまじい物音を思い身が縮んだが、三メートルほどは飛んだようであったのに、痛覚はまったくなく、ふしぎな気持ちよさを感じた。つぎは左方へ投げられた。

つぎは体の合気である。先生ははだけた稽古着姿で迫ってきた。私は恐れいって手が伸びない。

「押すなり殴るなり引くなり、力を入れて下さい」

笑顔の先生にすすめられ、私は稽古着の襟をつかむ。おそるおそる手前に引くと、私の両拳に当る先生の胸に小さいピンポン玉のような球形のものが湧きだし、私は腰が不安定になり尻もちをついてしまった。

先生は手加減をして下さったのである。腰を引いた瞬間に合気で投げられたら、畳二枚分ほどは飛ばされたであろう。

先生は急所の押さえかたも教えて下さった。

「木村君、腕出してみろ」

木村さんの右腕上膊《じょうはく》部の一カ所を、先生は軽くつかみ押した。

「ああっ、痛い」

木村さんが悲鳴をあげた。

先生は手をはなして私に言われた。

「今のは痛覚のツボですよ。覚えておいていい。やってみなさい」

私は押してみたが木村さんは笑って言った。

「全然何ともないね」

先生が横で見ていて、また押された。

「あっ、痛っ。たまりませんよ」

先生は私に示された。

「ここだ。ここを押しなさい」

私は数ミリ離れたところを押す。

「ああっ、ダメだ」

木村さんが首を振ったので、私はあわてて手を離した。

周囲の人々が私に言った。

「先生が直接にツボを教えて下さるようなことは、今までなかったことだよ」

「そうだ、忘れないで大事に覚えとかなきゃ」

情けないことに、私はそのツボを翌日には忘れていた。

佐川先生が先生の秘伝小説を書けないと申し出たのを聞き流し、あくまでも書きあげるよう勧めて下さったのは、いつか取りかかるだろうと予想されていたためかも知れないと思う。

私は先生が初対面のときから、私がどんな環境のなかで生きてきて、どんな価値観と欲望を体内にひそめ、どれほどの生活能力を持っている人間であるかをすべて知っていたのだろうと、近頃になって思うようになった。

木村さんは佐川先生の生前から言っていた。

「『初歩の合気はごくちょっとしたきっかけで取れることがある。ごく簡単なものだが、なにかのきっかけがないとなかなか摑めないものなんだ。武田先生は合気を掛けてくれるが、どうして掛けられるかという説明は絶対にしてくれなかった』とおっしゃっていました。

『武田先生は技を一回しか見せない。一対一で毎日二時間以上教わるが、みんな違う技なので驚いてしまう。門人は技の形さえはっきり覚えないうちに終ってしまう』

それなりに幾つかの技を習い、自分なりに変な形ながら覚えこんで、素人《しろうと》に遣えば多少は効く。明治、大正の頃の門人は大体そんなものだったそうですね」

木村さんは先生から多くの逸話を聞いていて、ときどきその幾つかを教えてくれた。

ある年の秋、佐川先生と門人の佐門会会員が数十人で温泉旅行に出かけた。帰路、武蔵五日市《いつかいち》駅のホームから電車を降りるとき、電車に乗ろうとしていた白っぽい服を着た男がいきなり佐川先生の斜め前から体当りをしかけた。

先生に従っていた木村さんがはっと眼を見張った瞬間、先生はスッと何気なく下がって体当りをはずし、またそのまま前へ歩いていった。男の体は車内の床へ吸い込まれるように飛んでゆき、叩きつけられたようになり、仰天した表情になっていた。

先生は男のほうをふりむきもせず、何もなかったかのように電車を降りて行った。

そのあとは何事も起こらなかった。

翌日、木村さんが佐川先生にその時の様子が凄《すご》い迫力があったと話すと先生は答えた。

「そうかい。私は自然に身体が動いてしまうからね。覚えていないよ」

Iさんは佐川先生の合気についての意見を述べられる。

「私見ですが、人間は肉体と意識で生きています。肉体は意識によって動いています。もちろん心臓のような内臓は意識によって動いていません。動作は意識がなければ動きません。

つまり、人間の意識は肉体をコントロールできます。肉体よりも意識のほうが人間を支配しています。

催眠術によって人の意識や肉体を変化させたり、気功治療によって心身を変化させることが可能ですが、それらの現象は霊術でもなく、人間のなかにある仕組みであると、誰もが理解しています。

佐川先生の合気は、肉体と意識の統合と開発によって出来たものと思えるのです」

佐川先生は木村さんに常に語りかけていたそうだ。

「人間は進化しなければ退化していく。同じところに停《とど》まることはない」

私はこの言葉を聞くと、心に鞭を打たれた気持ちになる。私は自分をふりかえる。退化の連続で時を過ごしているのではないか。退化の分厚い堆積のなかで動かないで生きているようだ。

私は佐川先生の小説を一本書いたが、それは先生の本質が分からないまま、神さびた人物の拙ない素描を切れ味わるく仕あげたものであった。

佐川敬行さんの葬儀のあと、私は仏前で先生に詫びた。先生を理解できないまま小説を完成させていない自分の怠慢をあやまるしかなかったのである。

木村理事長と佐川派大東流合気武術を守りたてている方々に対面して、先生の風貌をもう一度記憶のなかから探りだそうと考えている。

木村さんは佐川先生の生前、道場へ通うとき、道場へ早めに着き、台所で先生と一時間ほど雑談し、合計二千時間を費している。その内容が先生の俤《おもかげ》をよみがえらせるか。

彼は、佐川先生の生前、見えない世界の存在をあまり信じていなかったが、今は違う。彼は先生の没後、幾つかのふしぎな体験をしていた。

その内容は電話で聞かせてもらっていたが、あらためて詳しく知りたいので、木村さんをたずねるつもりである。

私は先生の謎のような生涯をふたたび探り、合気の神髄を探る作業を試みることにした。本音を云うと書くことは極めてむずかしい。誰も見たことのない深淵《しんえん》の色を語るように、佐川先生の合気を語ることがどこまで出来るだろうか？

第二章　疾風の打ちこみ

平成二十九年（二〇一七）五月二十二日、春の陽射《ひざ》しは柔らかく、薄手のカーディガンを羽織った私は、目黒《めぐろ》通りから首都高で二時間近くかかる木村さんのお宅を訪ねた。

久々に軽やかな晩春の陽射しを浴びて快く、木村さんのお宅に着く。

部屋で向かい合うと、三十年近い付き合いとはいえ、何の遠慮もなく感じられるのは、本来気が合っているからであろう。だから今になって佐川先生の合気の真骨頂について、楽しい午後を過ごすために、諸事忙しい彼を訪ね、昔話を教わりに来たのである。

彼が平成五年に佐川先生から語られた道話には、長年月を過ごした師弟の深い味わいがある。先生は内心を隠すことなく語られた。

「強い人に技が効いても決して満足してはいけない。どんな状態でも必ず今より良い状態はあるのだから、常に研究しなければいけない。もうだめだと思ってもいけないし、これでいいと思ってもいけない。まだまだ上達する可能性があるという考えを常に持ってやっていかなければならないんだよ」

私は佐川先生の生きてこられた人生の道標《みちしるべ》について、応援者として小説を書いた。今度佐川家菩提寺を真言宗高野山東京別院に定めるにつき、ふしぎな御縁をいただいたので、まだ完成したとはいえない先生の伝記小説を仕上げることにした。

そのため私は部外者のようでありながら、ふしぎな深い交流を続けている木村さんに、彼しか知らない昔話を聞きに通うのである。

木村さんは言う。

「でも佐川先生は、本質的に真剣勝負を考えておられるから、秘伝が多くなるのも当然で、それをそのまま教えるなどは、出来ることではないですしね」

「そんな制約はそれとして、佐川先生が立ち至った深海底のような合気の領域について手探りできるような、秘密の分野に踏みこむのは出来ないこともないだろうし、現在でも色んな人がそれぞれの意味で、合気という言葉を使っていますからね」

「ただ武田惣角先生から佐川先生へ伝わり、さらに大きく発展した合気には、はっきりとした技術があり、雰囲気だけでやるようなものではないですからね」

「合気は技術であると明言されたのは佐川先生だと、前にお聞きしたけど」

「そうですね。佐川先生は晩年には、そんな技術さえ乗りこえて、合気と一体になった。私が合気になったと言われる段階にまで至ったんですよ。

それまでは合気を掛けているという感じがあったけど、そういうのが消えたと言われるようになりましたね」

「佐川先生の合気は留《とど》まることなく、発展され続けたというのですか」

「佐川先生が九十二歳の頃、私に言われたのです。『君は自分が少しは強くなってきたと思っているが、そう思うこと自体、もう進歩に影響が出て、既に負けているんだ。いま頃からそんなことではどうするんだ！』と叱咤《しった》されたんですよ」

「おそろしいな。生きてるうちは気を緩められないのか。そんな考えかたは先生に言われてみるまでは、想像も出来ないだろうなあ」

私が感心すると、木村さんは重ねて言った。

「晩年には、台所で私に注意して下さったんですよ。

長い間の努力・訓練・工夫・研究によって少しずつ出来るようになってくるのだし、毎日の努力もしないで出来るようになるはずがないでしょう。人間である限り完成するということはあり得ない。必ず、それより上にいける、と言われて感激しました」

私は佐川先生の徹底した英才教育に恐れ入りながら、近頃耳にした噂について木村さんに聞いた。

「近頃、佐川先生の門人で、合気に関する本を出した人がいると聞いたんですが、ご存知ですか」

「はい、いますね。彼のように佐川先生から合気を直接習った人ですら、佐川先生の合気と違うことを堂々と本に書いたりＤＶＤを出したりしています。これでは合気を体験していない人たちに佐川先生の合気が正しく伝わるわけがない、と知りました。

佐川先生に直接習った人ですら佐川先生の合気とは違った考え方を信じてしまう程合気の本質を理解するのは難しいことなんですね。

ですから津本さんに今回の本で佐川先生の合気について書いてもらえばね、合気が伝わるかといえば、なかなか難しいことだとは思っているのです。

でもこれを機に、少しでも先生の合気の本質が伝われば良いと思い、津本さんに色々協力する気持ちになりました」

「わかりました。木村さんに色々資料を見せていただけると助かりますよ。伝統を継ぐべき人ですからね」

佐川先生は生前に門人へ一対一で直伝講習をしたのは、昭和五十四年（一九七九）の五元が最後だと言っておられた。一対一で直伝を受ける門人は先生に投げられるばかりで、ノートも取れない。当時は現在と比べて直伝の内容ははるかに秘密主義であった。

木村さんは言う。

「平成五年から六年にかけて、僕は内野孝治さん、高橋賢さんと三人で最高位十元の直伝を受けたんです。佐川先生は毎回一人だけを投げて技を示され、他の二人はそれを見てノートに写すことは許されました。

でも先生はノートを取り終えるのを待つわけではなく、続けさまに技を示されていきます。

私たちはその日の講習が終ると、ただちに内野さんの自宅に集って、講習内容を懸命に整理したのですが、ノートを取りながら講習を見た記憶が曖昧で、意見の分かれることがしばしばだったですね」

投げられた人は技の形も覚えられないで、投げられた感触だけが体に残っているので、その記憶をまさぐるばかりである。三人の門人のうち二人しか記録を許されず、一対一の講習であれば、十元の直伝を受けても何の内容も覚えられなかったであろうと、木村さんたちは語りあったものだ。

あるとき佐川先生あてに葉書が届いた。次のような内容であった。

「私は二十六歳でお金も時間もないので、一日で合気のすべてを教えて下さい」

普通の人物なら、そんな手紙を送ってきた相手に、返事は出さないだろうが、先生は木村さんに必ず返事を書かせ、その内容を確かめてから送らせるのである。

木村さんは色々考えて、二十六歳の男に、言い聞かせるように書く。

「あなたが言っているのは、小学校から大学、あるいは大学院で学ぶすべてのことを一日で教えてくれ、と言っているようなものです。

同じように授業を受けて教わっても、全員が満点を取ることはまずないでしょう。しかも上の段階に行けば、予習、復習などの努力も絶対に必要になってきます。自分が努力もしないで、教わったら出来ると思うのは、自分の学校の勉強を思いだせば、そんなことはあり得ないと分かると思います」

このような葉書の返事を、世界的な数学者である木村さんに書かせようとした佐川先生にも、書いて送った木村さんにも、普通の人とは思考の組み立て方が違うところがあるのだろう。

佐川先生は常に言っている。

「仮に合気をすべて教えても、一年やそこらでは理解できない。合気の理が分かっても、そのための鍛錬をして少しずつ出来てくるというような、ずっと奥の深いものだよ。巻き物を見たらたちまち会得したという講談などを聞いて、合気を会得するのもその類のことだと思う者もいるかもしれないね」

木村さんも言う。

「スケートの四回転やトリプルアクセルだって、やり方を聞けばすぐに出来ると思う人は誰もいないのに、合気という技術は聞けばすぐ出来ると思う人がいるのは、合気の技術自体が現世の常識を大きく離れた現象だから、特殊に思えるのかも知れませんね。ただ周囲の門人たちには効果があって、それを合気だと誤解することは、珍しくない現象のようです。佐川先生は、わずかなアイデアで、技の効きめが変わることはいくらでもあることを知っておられましたね。

稽古のとき、後輩に『この技はすごい。合気の新しい技ですよ』と言われると、ついそうかなという考えに引き込まれるんですよ。『合気は宇宙と一体になるとか、愛ですべてを包むとかいうような、抽象的なものではない。確固とした技術だ。月にロケットが行くのも、一定した理論の通りにやるので成功するのだ。人を倒すのにも理論がある』というのが、先生の持論ですね」

先生は話す。

「私は理論に従って倒している。力じゃない。気とか神様によって無限の力が出てくるという考えは私は取らない」

稽古を積んでいると、合気のようなものは出てくることがあるが、それが合気とは限らない。だが試してみると少しは効果があるので、迷いが出てくる。

木村さんをそのとき迷いから醒《さ》めさせてくれたのは、佐川先生であったと言う。

「私が考えこんで一つの動作を繰り返しているとき、佐川先生が傍《はた》からじっと見ておられ、適当なときを選び、指摘して下さる。

『あんたのやっているのはこれだ。合気はこうだ』

二つの技をおこない比較して下さるので、合気に似ていて幾らかの効果はあるが合気とはまったく違う技であると分かる。迷いから醒めることを繰り返していきながら、僅かずつ理解を深めていったんです。

私の場合は、佐川先生がおられたので、何回も助けられました。

佐川先生は、『本当に合気を取ったかどうかは、その後の発展で分かる。いくら合気に見えても、それっきりで発展しなかったら、本当の合気ではない。

本当の合気であればそれから根が生え、技が茂って、際限なく発展するものだ』と言われました」

木村さんは稽古日誌を紐解《ひもと》きつつ、佐川先生の指摘について語った。

「合気は力じゃないから、体を鍛えなくても合気が出来ると思っているのは、とんでもない。頭や精神だけで出来るものではない。もっとも合気が分かっても、それを強化する鍛錬法がなかなか分からないのだね。

これは私が考えたものだ。合気は皆が考えるような、そんな簡単なものじゃないのだ。

非常に細かく精妙なのだ。複雑なのだ」

佐川先生について語りだすと、木村さんは、生き生きとした表情になり、いつまでも熱を帯びて語ってくれる。

自分の師へのあこがれと畏敬の深さをこれほど持てる人は、現代では珍しいのではないだろうか。

この日の午後四時に、実業之日本社の佐々木《ささき》さんが打ち合わせに木村さんの道場へ到着した。この出版社から、武田惣角の『鬼の冠』を出したので、合気に関しては、理解してもらっているが、佐川先生をもっとわかっていただく方が良いだろうと、九十二、三歳の頃の先生のビデオを道場の門人と一緒に鑑賞した。

Iさんは言う。

「前人未到の突出した才能を持ち、合気を極めた達人の風貌は、鋭さ、厳しさ、迫力というイメージが浮かびますが、佐川先生には飾り気も、力みも気負いも、まったく見られない。先生の醸し出す魂の質が、微塵《みじん》も飾りがない自然体なのです。

普通、人は心に力みを持ちやすく出来ている。気張ったり、努力したり、その度に力を入れることは、物心ついた頃から習い性になっているので、力を出すほうが自分の頑張りを感じる。だから力むほうが、潜在的にも安心できるし気持ちがよい」

佐川先生の言葉がある。「合気は力を入れてはだめだ。力は抜くが気は抜かないのだ。お互いにやって、頑張り合うと、これは出来るはずがないと思ってしまうでしょう。ところがこれが出来るのだよ」

入門当初は、力じゃないと言われても、力を入れなければ絶対に無理だと思う。しかし、力を入れると相手の力にぶつかってしまうので、拮抗《きっこう》し合うばかりでどうにも相手に影響を与えることが出来ない。それが練習と鍛錬によって力を抜くことで相手の力にぶつからない体験を得るようになってくる。それで、ようやく、力は本当に出してはいけないと心から納得するのだが、そうやって、体験を通して力はダメだと理解できても、その理解は自分の潜在意識までを変えることが出来ない。

自我に潜む力の価値を出さずにいることは難しいが、先生の合気はあまりにこの世の常識を超える技で、普通の人間には絶対出来ないと思える不思議な技ばかりであった。

先生のような神業の実力を持ちながら、周りに溶け込み自我を消されている人物を、今までの現実の人生でも、テレビの中でも観《み》たことがない。先生の意識すらも、とても真似《まね》できるとも思えない。

温泉旅館での酒宴の席で、お膳を前に両足を伸ばしてくつろぐ先生が「足だって出来るんだよ」と言いながら、先生の両足が、まるで手そのもののように自在に、しかも素早く動いて、隣に座っている木村さんの身体を四つん這《ば》いにさせた。木村さんは高圧電流に感電したように足先まで痙攣《けいれん》させ「折れる！」と絶叫する。

生前の佐川先生を知らない門人たちは一様に驚いていた。「あんなに穏やかな柔和な人だったとは驚きました。もっと威厳のある厳しいイメージだった」

ビデオ鑑賞の後、出版社の佐々木さんは、木村さんと道場の門人数人から合気上げの基本技を体験した。

佐々木さんは剣道をやってきているので体の軸がしっかりしていて、弱い身体ではない。

しかし、木村さんのお弟子さんが片手で佐々木さんの手首に軽く触れただけで、後ろへ横へとばね仕掛けの人形のように簡単に転がされていた。相手を転がすにしても手の動きに力を入れた感じが見えない。

木村さん以外にも合気のようなことが出来る門人がいると佐々木さんは思った。「いったいなんだか意味がわからない」そう言いながら、佐々木さんは慎重になり、重心を下半身に落して再度挑戦した。

道場の門人は佐々木さんのどこを狙っているのか、申し訳なさそうに、ぎこちない表情を浮かべながら、数人が、二、三回ずつ佐々木さんに技を掛けては、軽いタッチではね返していた。

道場で一番弱いという年配のIさんも合気投げで、佐々木さんを転がしていた。帰りの車の中で彼は、「何が何だかまったく理解できなかった。何をやられていたのかもわからなかった。女性には驚いた」と語った。

力の弱い者が、力のある者を倒せることは常識では考えられないことだが、少なくとも、年配の女性が、力のある鍛えた若い男性の力に負けなかった事実は、合気を進化させれば、老人でも女性でも、若い強者《つわもの》に負けない可能性があると希望が湧く。


平成十年春に佐川先生が長逝されたあと、木村さんは門人の集まりにたまに私を呼んでくれ、近況を知らせてくれる。

門人は道場の収容面積にちょうど見合う位の人数で、盛行しているらしい。先生の没後九年目の平成十九年春、木村さんから電話がかかった。

「あのね、このあいだ神戸《こうべ》道場で合宿稽古をしたんですけどね」

「へえ、神戸道場なんていつできたの」

「こっちにいた前林《まえばやし》君が神戸の大学へ移ってね。佐川先生に言われてむこうで道場を開いたんです。それでこっちの連中が数人で、年に二回合宿稽古に出かけるんですよ」

「木村さんは笑顔で人気がありますからね。道場の雰囲気もいいし、はやるんだ。前林さんは神戸の人だったんですか」

前林さんは筑波大学体育科学系文部技官で、たしか剣道五段であった。現在は神戸学院大学の教授である。彼は昭和六十二年三月に木村さんの門人となって、筑波大学の道場で稽古をして、同年十一月に佐川道場に入門したと、私もうかがっていた。

「前林さんは佐川先生に気に入られていたという人でしょう」

「そうですよ。前林君を通して佐川先生の技を体験したんですよ」

「え？　どういうことですか？」

「僕が皆の前で前林君の両手を持って、合気上げでも何でもやってみなさい、と言ったのですよ」

木村さんはいつものように、ちょっと手が上がるか上がらないかくらいだろうと思って前林さんの両手首を強く握った。

前林さんは合気上げの要領でわずかに両手を上げて前に押し出した。瞬間に木村さんは後方に四、五メートルほども激しく飛ばされた。

木村さんは思いがけない結果に驚くばかりであった。

木村さんは言う。

「そのときの感覚は、あっという間に足が地から離れ浮いた感覚になり、次の瞬間、殆《ほとん》ど水平に真後ろに投げられた気がして、これをやられた瞬間、『あ！　佐川先生とまったく同じ投げ方だ！　もしかして前林君は合気がわかったのかな』と思いました」

私は尋ねた。

「ふだんは吹っ飛ばされたことはあるんですか」

「一度もありません。その投げ方が、佐川先生に私がふだん投げられていた感覚と、ぴったり一致していたことに気付いたんですよ。

驚いてもう一度手を取ろうとしたときに、なぜか凄い恐怖心が湧いてきて前林君の手を持つのをすごく躊躇《ちゅうちょ》したんです。ちょっと迷ったあとで、『えい、ままよ』とばかり前林君の両手を持ったんです。前林君は私に両手首を摑まれると、最初の時と同様に両手を少し上げ、軽く前に手を張りながら出したんです。

二度目は身体がまるで無重力のところを勢い良くスーッと真上にかなり高く上がった感じで、そこから畳に落ちるまでがすごく長く感じられました。もう畳だろうと思って受け身を取ろうとして、手で畳を叩くつもりが空を切ってしまって、肩から落ちてしまった。これは生前の佐川先生にもやられたことのない初めての不思議な感覚でした。

ただ見ていた人は『大きく弧を描いてのけぞっていた』というので自分の感覚とずいぶん違うなと思いました。

前林君は二度とも足も踏み込まず、力も入れなかったけど、自分のイメージは佐川先生が木村先生を投げられている現場に、出くわしたようだったと言ってましたね」

「そんなことがあるのか」

「私も心中から震え上がって、門人の両手を摑むのは、その場ではもうやめたんです」

「へえ、おそろしいことがあるもんだなあ。佐川先生はあの世から来られたのか」

「さあ、物理的な感じであの世からこの世へ移動して来たというのではないと思うんです。佐川先生ぐらいの実力があれば、傍《そば》に近づかなくても意識をつなげるだけで相手に影響を与えられると思うんです。

例えばご先祖にお祈りして、あちらの世にいる先祖に祈りが届くような、そういうもので、意識のエネルギーが強ければ距離は関係ないといえるんじゃないですか」

「佐川先生は生前の合気とあの世で進化させた合気の両方を見せに来て下さったんですね」

私も先生の生前、木村さんたち高弟に同じ技を二種類かけておられたのを幾度も見たことがあった。

それにしても先生があの世におられ、なお合気を進化させ続けているなど、とても信じがたいことだが、実際にそういう体験を聞くと、完全に否定することは出来ないと思った。

佐川先生が九十歳を過ぎた頃、台所で木村さんは先生と二人で雑談していた。そのとき先生は立ち、木村さんは坐《すわ》っていた。

先生は笑いながら言われた。

「死んだら人はどうなるのかねえ」

木村さんは答えた。

「魂は強いエネルギーだから、肉体はなくなっても魂は残る気がします」

先生は言われた。

「そうかねえ。私は死んだら何もなくなってしまう気がするんだけどね」

木村さんはそのときの様子を思い出して言う。

「佐川先生はあの世はないと言った言葉を、訂正して下さったのですね」

春の合宿の午後、佐川先生としか思えない動きを表した前林さんはその夜ホテルに来て木村さんに言った。

「あのときは佐川先生が来られていた気がします。今はもう帰られた気がします」

「ほんとか、また吹っ飛ばされるんじゃないだろうな」

木村さんは警戒しつつ、彼の両手を持つと、ちょっと手が動くか動かないかくらいだったので、あのときは先生からの影響があったと納得できた。

「それにしても住む世界が違っていても、現世に住むこの身体を、先生の進化された合気で投げられてしまうとは、なんという稀有《けう》な幸運だと思い、動悸《どうき》が高まりました

である。

木村さんは、前林さんが殆ど手を動かしていないのに本当に身体が宙を舞ってしまった、という事実、信じられないことではあるが、大勢が見ている前で実際に起きた、ということは我々が理解していない何か重要なことがある、と思うようになったそうである。

昭和五十六年四月二十五日、木村さんは妻和代《かずよ》さんと同道し、午後二時前に先生を訪問した。先生はお茶と水羊羹《ようかん》を出して下さったと、百五十五回目の稽古ノートに記している。

途中から先輩の矢島《やじま》さんも来られて、雑談に加わった。先生は言った。

「最近日光浴をしているんですよ。体もまっくろだし調子がいいんだよ。天気がいいときは毎日やっている。

太陽の光はすべての源だから、一番いいんじゃないかと思っているんですよ。これで元気で幾つまで生きられるか試してみようと思っている」

和代夫人は答えた。

「私はほとんど電車に乗ったことがないから、国分寺へ着いた時はすごく疲れました」

「それは既に気持ちで負けている。自分がこうだと思っていると、そうなってしまう。気力の問題ですよ」

木村さんが「それにしても先生の合気は凄まじいですね。本当にたまげてしまいます」と言うと、先生は持論に力をこめて語った。

「ここまでくるにはそれ相当の努力をしてきているんですよ。ただ何となくやって、こうなったわけではない。

私は昔は腺病質《せんびょう》で細かったが、ずっと鍛えているうちに変わってきたんだ。三十代の頃は指も手も細くて困ったんだが、ずっと鍛えているうちに変ってきたんだ。四十歳を過ぎた頃から徐々に太くなってきた。古い人でもなかなか上手《うま》くならないでしょう。もっとも熱心さが足りないんだね。木村君は別だけど、みな熱心さが足りない。

最近の人はすぐ効果が上がらなければ、やめてしまうからね。得ようと思えば忍耐強くやらなければだめです」

そのあと道場で稽古を見学。古参門人の小原良雄《おはらよしお》さんが先生の手を掴んだとたんに、合気で吹っ飛ばされた。

どう持ってきても、わずかに動けば相手は攻撃力を失ってしまう。

小原さんが佐川先生の首を絞めたとたん、彼の体が宙に舞った。

凄まじい迫力の技が続く。

佐川先生はこのときに言われた。

「合気術は昔はなかったと思うね。どう考えてもこれは武田先生が考えられた武術だと思う。それを基盤としてさらに合気を深めていったんだ。

だからよそではこんな風な武術をやっているところはないよ」

先生は和代夫人に告げた。

「私は一般稽古ではあまり技を見せないから、明日の直伝講習を見に来なさい」

和代夫人は翌日も道場を訪れ、木村さんの二元三回目の直伝講習を見学した。

先生の足の動き、姿勢を見て、和代夫人は思わず先生に話しかけた。

「先生は足の動きが自然で、動いても足音がしませんね。

それに姿勢がものすごく良い。

腰がドーンとして安定していて綺麗《きれい》です！」

先生は和代夫人に言われた。

「私の動きは刀にしても本当に斬ってしまう動きだから迫力もあるし、芝居のような作った形よりもかえって美しいこともあるのですよ」

先生は、先輩に小手返しが効かない木村さんを見て言われた。

「技は生きているのだ。小手返しをやろうとして頑張られたら、そのまま前に出ていくとか、足を払ってしまうとか、次々に組み合わせてやっていかなくてはいけない。一つのところにこだわると、いわゆる形になってしまう。そこを捨ててこだわらないようにする。実戦ではそれが、大切だ」

「武田先生の教え方は何も言わないでただ、こうしてこうして、とやるだけだった。私のように教えないからね」

佐川先生は稽古着袴《はかま》姿で五時間、木村さんの直伝講習をされた。

これ程長時間にわたって講習をされたのは、このときだけであったという。先生は和代夫人が来られたことを喜んでおられたようで、普段よりも言葉多く、指導された。


木村さんに見せていただいた佐川先生晩年の門人の吉垣武《よしがきたけし》さんの稽古日誌がある。彼は筑波大学で数学を学ぶうち、木村さんの門人として合気武術の世界に入った。冒頭にはじめて佐川道場を訪ねた平成四年九月四日の、暑い陽射しが照りつける中央線国分寺駅の情景が描かれている。

木村さんに伴われ、徒歩十五分ほどの市道を歩き、道場に着く。

前日は高名な佐川先生に面会するので、興奮の余り、ろくに眠らなかった。

とにかく暑さが身に沁みる。道場に着いて佐川先生にお会いしてご挨拶すると、想像していたイメージとはまったく違う、物腰の穏やかな方である。

若々しく、繊細な感覚が静かな身のこなしに洩《も》れて見える。

先生は百六十三センチと聞いていたが、静かに発せられる迫力のためか、大きく見えた。

筑波大学の道場で木村さんとやっている通り、正面打ちの稽古をしていると、佐川先生から「位置がだめだ」と声をかけられ「打ってきなさい」と木村さんに命じられる。

木村さんが正面打ちをした手をちょっと上げたかと思うと、びしゃっと畳に倒されてしまう。そのあとで突きに行っても、さっと払っただけで、木村さんは「あっ」と声をあげて畳に叩きつけられる。

技の早さと軽さ、吹っ飛ばされるスピードと叩きつけられる衝撃が凄く、今まで大学の稽古で無敵だった木村さんが、蹴鞠《けまり》のように軽く吹っ飛ぶので胆《きも》をつぶし、口を開けて想像もしていなかった光景を見ているばかりであった。

佐川先生から感想を求められたが、気が動転しているのでまとまった表現が湧いてこなかった。

残暑の厳しい日中に、古参の猛者に千回以上も投げ続けられ、水分も取らずで、ついに脱水症状から熱痙攣をおこし、夕食時は横になっていた。

夜の稽古はとても出来ない状態であったので、見学させてもらうことになった。

佐川先生はゆっくりとした口調で諭して下さった。

「体の小さい者は鍛えなきゃだめだね。特に足と腰を鍛えないとだめだ。遠くから通ってくるなら、自分で倒れるくらい毎日鍛えなくてはいけない。先輩の技を見て真似をしなくてはいけない。自分勝手にやって、出来るわけはないよ」

佐川先生は優しく、体格の余り良くない吉垣さんが荒稽古にショックを受けた様子を見て、気を引き立ててやろうと何かと配慮して下さった。

佐川先生はさり気なく元気のない彼の前で技を見せる。

体格の頑丈な高弟を集めると、「こうやると関節が折れてしまう」と関節の極《き》め技を次々と見せて下さった。

横面打ちや突きに対し、凄い速さで極められ、「ウワー」という叫び声が道場に響いていた。

佐川先生は技を極めながら門人たちに言う。

「力でやったらだめだ。自分の力でやっているようではだめだ。みんな力を入れすぎ。だからといって身体に応じたある程度の力は必要だ。力もないから、力もつけなくてはいけない。手首をパッと極めるぐらいの力はなきゃだめだ」

と言われた。

当時の道場の風景が、想像の中に浮き上がってくるような描写である。

九月七日。

「佐川先生に高弟の木村さんと前林さん、菊本《きくもと》さんが次々に四つに組んだ瞬間、真下にピシャッと倒されてしまった。

相手の手を脇にはさんだ瞬間、一瞬で倒してしまい凄い速さだった。

剣道七段の菊本智之《ともゆき》さんは体が大きく、四つに組むと佐川先生が見えなくなるくらいだったが、いきなり体が裏返り、もの凄い音を立てて畳に叩きつけられていた。

映画の特撮でもこんなに早く人間がひっくり返らないだろうと思った」

佐川先生の相撲の技は、独得の合気によってできるものであった。

入門したての門人は実り多い日を迎えてゆく。

九月十一日。

佐川先生が相撲の話題で皆と色々、談笑されていた。

木村さんに「胸を押してごらん」と言われ、おもいっきり押したと思ったら、木村さんは一瞬にして後ろへ飛ばされていた。

「ほら顎を上げるだろ」

と言って顎を上げさせると、ほんの少し首を振るだけで、後ろへ飛ばしていた。

「横綱の曙《あけぼの》が来て顎を押されても、こうやればいい。手が動くように首も動くんだ。

だから攻められるんだよ」

　と言われた。

　佐川先生が椅子に坐られていて、両足を高橋さんに持たせると、クルッとひっくり返し、二元の技を足でかけて極め、動けなくしていた。

「足も手のように効くように鍛えないといけない。何事も集中してやらなくてはいけない」

　と言われた。

　木村さんがパッと突いた瞬間、佐川先生がパッと右にさばいたかと思うと、寄っただけで吹っ飛ばしてしまった。

　一瞬の動きが人間の動きとはとても思えない。吹っ飛ばされると水平方向に人間が三、四メートル吹っ飛ぶのでびっくりする。これは本当に凄い。

　夜の稽古で佐川先生がお話しされた。

「体を鍛えなくてはいけない。特に足と腰を鍛える。今の若い者は体が弱い。私なんか九十歳だよ」

　といって木村さんを投げ飛ばす。

「十一歳からこれをはじめてもう八十年だよ。角度が悪いと言っているのだから素直に従えばいいのに、自分勝手にやっている。

こっちは八十年間の研究と見解を基に言っているんだから。今の人は力もないし、足も腰も弱い。道場に通ったからって強くなれるものではない。自分で体を鍛えなくてはいけない。四股《しこ》とかで腰を鍛えるんだ」

と言いながら、高橋さんが両手で佐川先生の片手を握ると、パァーッと後ろへ飛ばしてしまった。

佐川先生の九十代の動作、口吻《こうふん》が強いウィスキーの痺《しび》れのように伝わってくる稽古日誌である。

九月十四日は技の稽古についての談議にはまったく触れず、合気技を身につける上での鍛え方についての教えに重点を置いている。

佐川先生は足腰を鍛えなくてはいけないとの持論を語る。

「力士も、柱を押す鉄砲をやったりして腰を鍛えればいい。筋肉トレーニングで肩にばっかり筋肉をつけるからだめなんだ。

骨太にならなくてはいけない。外国人は最初から太いから有利だよ。そのうち相撲の上位は外国人ばかりになってしまう。今の若いのは足首、手首がどっちも細い。太くなくてはいけない。最初のうちは小さいことにこだわらず、もっと大きくやっていった方がいい。

小さくちょこちょこやってると、上手くならないよ」

佐川先生は鍛錬することの大事さを教えているが、皆の鍛錬不足に歯がゆさを感じ、機嫌が良くない。

体幹を鍛えあげねば合気技を極められないのである。

九月十八日、佐川先生は吉垣さんに叱咤するように注意された。

「君の体は弱すぎる。鍛えないとだめだよ。膝も曲げすぎちゃだめだ。曲げればいいってもんじゃないんだ」

きびしい口調は続く。

「相撲で小さい者が、前みつを取ってばかりいては、でかいのに勝てるわけがない。小さいのは動かないとだめだ。相手を揺すれば隙ができる」

有望な後継者を養成するためにどうすればいいか、流儀を発展させる手段をどう進めるか佐川先生は考えをめぐらせておられるようであった。

九月二十一日、佐川先生は「今日は腰が痛い」と言われたが、前林さんが先生の片腕を思いっきり取っても、瞬間に真下に潰してしまった。

ちょっと前屈《まえかが》みに立っている佐川先生の腕を木村さんが持つと、途端に木村さんの力が抜け、クニャーと倒れてしまう。またそのままパッと後ろにも吹っ飛ばす。

木村さんが後ろから両手を持つと、サッと腕をあげ、一方の腕を頭上から回して、絡めて前へ吹っ飛ばした。

佐川先生は腰が痛いと言われたが、技を掛けている時は普段と変わらずに、緩急自在に、続けさまに色々な技を繰り出されていた。

佐川先生は萎縮《いしゅく》しがちな若い門人を激励した。

「常に相手を攻めなくてはならない。どの技も軽くやるのは大切だが、相手に押されたくらいで倒れるようでは、体が弱い。攻めて倒すつもりでやる。気迫も大切だ」

九月二十五日、佐川先生発言の要旨として、次のように記されている。

「上の技を習ったのであれば、それを使わねばならない。いつまでも古い技にこだわっていてはならない。新しい技にどんどん変えていかなくてはいけない。

頭を使ってやっていかねばならない。技を見せているのだからそれを見て、考えて、取っていかなくてはいけない。

腰や足を鍛える方法はあるが、これは秘密だ。誰も気づかない。私だけの知っている方法だ。武田先生は、全然教えてくれなかった。

自分で技を取らなくてはいけない。武術は頭でやるものだ。考えないとだめだ。考えていれば発展していく」

九月二十八日、佐川先生の教えの主なものは次の通りであった。

「集中してやるんだ。考えて、どうやったらこういう形になるのか、段階ごとに考える。技をするときは、切れ目なく、サーッとつづけておこなう」

「剣も一回でバッと斬れるように切れ目なく一気に攻めるんだ。人間には天分がある。教えないのだから、自分で考えるしかない」

「私ははじめは健康のために大東流を始めた。最初はつまらなかったが、合気が分かると面白くなって、一生懸命やるようになった。十一歳で始め、十七歳で分かった。真剣に合気を考え始めて、二年で分かった。どんなに鍛えた人でも、合気の分かった人にはかなわない。すべてにゼロを掛けたようなものである。

体を作らないと、どんなに技を学んでも何にもならない。どんなに色々なものに手を出してもだめだ。集中してやらないとものにはならない。難しい。必死に真剣にやっても、難しいんだ」

先生に、「正しいポイントがある」と言われ、木村さんが腕を突っ張って踏ん張っているのに、手を添えるとクシャーと下に潰し、ちょっと動かすと後方に消し飛んだという事実が記されている。

十月二日、佐川先生は次のように語られた。

「合気上げで合気は分かった。十七歳のときに分かった。もとは嫌いであった。皆力が弱い。手も鍛えなくてはいけない。鍛えないでただ稽古だけをいくら積み重ねてもだめだ。

まず相手の力を抜く合気を出来ることから始まるんだ。それができないと、いくら技を覚えてもだめだ。

相手の力を抜くというのは、もっとも武術の理想とするところだ。武田先生の合気は力を抜くだけだった。身体のどこを触れても飛ばすことが出来るのは私の独自のものだ。武田惣角先生の合気を発展させたんだ。武田先生は形以外は教えてくれなかった。

人間には才能がある。技を見て、合気を摑まなくていけない。自分で考えなくてはいけない」

吉垣さんの日誌の抜粋を読ませていただくうち、往年の佐川先生と再会したような感動を覚えたのである。

十月五日、佐川先生は門人たちに言った。

「みんな力が弱い。普通の力とは違う、武術用の力をつけなくてはいけない。教えたらなるほどと思うだろうが、自分で考えて取らないといけない。

四方投げでも、頭から真っ逆さまに落ちる技がある。ちょっと混ぜれば普通のと違いがわからない。太らないといけない。体重を増やせば抵抗力もつくんだ。体を作らないと、技は出来ない」

「勘が悪かったり、不器用だったり、鈍いのはだめだ。人間はいつ何があるか分らない。妻が死んだり体が動かなくなったり、こういうことは若い頃には想像も出来ないことだったんだ。シャツを着るのも大変だ。死にたいと思うこともあるが、息子がいるから頑張っているんだ」

十月九日、佐川先生は吉垣さんにいった。

「あんたは中学、高校の頃いじめられただろう」

木村さんが「彼は器用にふるまうから、そんなことはなかったでしょう」とフォローして下さった。

あとで中学二年の時、手術で二カ月、学校を休み、通学しだした時に、嫌がらせを受けたことを思い出した。

このあと様々なアドバイスをして下さった。

「手が弱い。足ばかり出していてもだめだ。手を強くしてパッと出ていかなくてはいけない。

下の人とやらないと強くならない。下の人とやって、どうやって倒すかを考えて、ポイントを押さえてやるようにする。

上の人は体が強くて違うのだから良いところを攻めても倒れないし、体が硬くなる。下の人とやるときは余裕があるから攻めていけるんだ」

「人の見ていないところで体を鍛えなくてはいけないんだ。人の見ているところでは、合気の技しか見せなかった。本当は体が大切なんだ」

平成四年十一月二十三日、先生は生涯忘れない教訓を吉垣さんの脳裡《のうり》に刻みこんで下さった。

「体ができていれば、見せているのだから出来るはずだ。私は練習なんかしない。理論がわかればその理論通りに動かせば、必ず技が掛かる。ただ体ができていないとだめだ。皆、体ができていない。

若いときは反抗心を持たなければいけない。今はマザコンの奴が多い。母親の言うことばかり聞いていてはだめだ。若いうちは変わったことをするくらいじゃないとだめだ。

並みの精神力じゃだめなんだ。辛《つら》いことだってあるんだ。それでも考えて研究し続けなくてはいけない。ただ倒すだけじゃだめなんだ。考えてどうやって倒すか、研究しなくてはいけない」

平成五年一月二十九日、日誌の、佐川先生の教訓は厳しい。

「体を鍛えるのに十年はかかる。一生鍛え続けないとだめだ。相手がどこから来ても倒してしまう。蹴りだって、パッと出す。後ろから来ても、首を絞められても吹っ飛ばしてしまう。修業とはそういうものだ」

二月五日。

「私は何十年も毎日運動をしているから、人に血色がいいと常に言われるんだよ。体を作るのが大切。最近の若い人はあんただけじゃなくて、皆弱い。足とか腰が弱いせいだ」

座取りの稽古で木村さんが突いたときに、佐川先生がよろけて後ろに倒れそうになった。

その瞬間、木村さんの突きを手でからめて、足でもババッと極めてしまった。あっという間の出来事で、危ないと思った瞬間に形勢が逆転したのでびっくりした。

「年を取ったら、よろけることもあるんだ」と、あとで話されていたが、本当の技を実見したような気がした。

佐川先生は吉垣さんのように年若く、気の合う門人には体の鍛え方や人生訓、変化技への対応策、治療に関することまでも隠すことなく教え、ふだんは表さない性格の一面を、詳細に世間話を語るような軽い口調で説明することがあった。

第三章　ふしぎな機縁

佐川先生の次男敬行さんは、没後の遺産処理につき、遺言を残していた。

「父の合気を記念するために、そして、多くの人たちの憩いの場所になるように、道場とそれにつながる母屋、土地を公園にして、小平市に遺贈したい」というものだった。

木村さんは、家財の処分を敬行さんに頼まれ、道場の稽古日に、門人の有志が掃除、片付けを行なうことになった。

先生の父君、佐川子之吉《ねのきち》氏の遺品や、北海道で雑貨問屋、貴金属商を営んでいた頃の高価な品物が出てくるかと期待された。

しかし貴金属どころか、価値のありそうなものは指輪一つ、出てこなかった。先生の奥様の服も、古い着物以外は着古して傷んだものばかりで、着られそうな服は何もなかった。昔あった銀製品の高価な置物が見当たらず、大量の書籍が紐で縛られたまま、所狭しと山積みにされていた。

大正十一年（一九二二）の佐川先生の「私設無線電信通信従事者資格検定合格証書」も出てきた。

銀座《ぎんざ》にある古物商を呼んで、価値のあるものはないかと見積もって貰《もら》った。合計で五千円と言われた。元々、価値のあるものがなかったのか、それとも紛失してしまったのか、わからない。

佐川先生は、突然思い浮かんだ考えを正確に記憶に残すため、大量のメモ書きを残されていた。そのメモは本来であれば、堅牢《けんろう》なノートに整頓されて記されるべき重要なものである。

佐川先生は思い付いたときに赤く陽灼《ひや》けした藁半紙《わらばんし》や、印刷物の裏に書かれる。そうするのが佐川先生の独得の性癖であった。

記録はあちこちに点在しており、古新聞紙、チラシなどの中にも、人目に付くのを避けるかのように、紛れこんでいた。

合気や身体練磨についての心得を綴《つづ》った書類は、求道者にとっては何ものにも替えがたい貴重品である。

そのような、どんな大金を支払っても手に入らない貴重な記録が、紙束に穴を開け、ことよりで綴《と》じただけの冊子や小さな手帳や便箋《びんせん》に書きとめた形で、室内の棚などに放置されている。

そんな書類はたやすく人目を引くはずがない。それらの多くはゴミとして処分されてしまって当然であろう。

木村さんは言う。

「先生の武術探求の生涯、遍歴、心の有様が記された自筆の文章が、遺品の中で一番、価値があると思いますね」

先生がご自身で書かれた手紙の写しも残っていたそうである。誰にどんな内容の手紙を書き送ったか分かるように、全文が丁寧に書き残されたものであるという。

「『技は私の命だ』とおっしゃっていた秘密主義の先生だから、合気の情報をあえて残さないのではないか。現世で精進されておられるうちに、合気の情報を消滅しなければならない、と考えられたこともあったのではないでしょうか。

先生はそれらの貴重な記録が簡単に発見されないように、捨てられてしまいそうな古新聞や古雑誌の間に挟んだのでしょう。

几帳面《きちょうめん》で繊細な先生がそのようにされたのは、あえて意識された上での行為だと思えて仕方がない。

どうせ残しても分からないだろうと思うのと同時に、合気の価値を知っているならば、広告や古雑誌をなめるように探す筈《はず》だ、と思ったのかもしれません」

木村さんの語った師弟関係の深奥は、何とも言えない虚無の気配に満ちていると共に、合気調和の世界へ入るための鍵を摑《つか》みとる唯一の手段を、改めて感受させてくれる。


もう大切な物はないと思うところまで家の片付けが進んだとき、作業をしていた門人がIさんに頼んだ。

「まだ大事なものが部屋にあるかどうか、念のため易で観てもらえますか」

Iさんは普段、「易は本当に困ったときに使うもので、安易に使うものではない」と言っていたが、このときは「いいですよ」と気軽に引き受けてくれた。

Iさんは、あまり語らないが、実は易の大家である。彼女は以前宝探しのテレビ番組に出演した際、由比ケ浜《ゆいがはま》のどこに金目のものがあるかを占うことになった。Iさんは、番組側は放送を面白くするために、前もって砂浜に物を埋めていたこと、それらはすべて掘り起こした後だったということ、その埋めた場所まで、易で的中させた。スタッフは驚倒したが、バラエティ番組であった為《ため》、演出は変更された。

Iさんは佐川家の各部屋に、大切な物が残されているか、易で観てくれた。

「仏壇のある真ん中の部屋に宝物がある」

幾つか並んだ部屋のうちの一つに「乾為天《けんいてん》」の卦《け》が出ていたという。

「乾為天には大金という意味がある」とIさんは言った。

眼に見えるところはすべて探したので、外部から見えない所を調べるしかないと、門人たちは言う。

まず仏壇の下の引き戸を開けた。埃《ほこり》まみれで何十年も掃除していない状態である。手を入れると細かい埃が湧き上がる。

真っ暗な奥を手探りで確かめていくと、軍刀一振りと錆《さ》びた鉄扇《てっせん》が出てきた。

道場には刀剣鑑定に秀でた門人がいたので鑑定をしてもらうと、備前長船《びぜんおさふね》であった。この軍刀は警察に届け出て教育委員会で刀剣登録を行った後《のち》、栃木県の二荒山《ふたらさん》神社に寄贈された。

門人たちはIさんに聞いた。

「部屋に隠されていた宝物は、備前長船だったんですね」

Iさんは答えた。

「刀じゃない。他にまだ宝物があるのよ。あと探していないのは天井裏と床下しかないわね」

門人たちは電気屋を経営する門人に頼み、天井裏と床下を確認してもらった。

先代の佐川子之吉氏は佐川商店を経営して裕福だったので、金、大判、小判などが出て来るかも知れないと、門人たちは期待した。

室内をすべて探し終え、「目ぼしいものが出てこないな……」と諦めかけた門人の一人に、未使用の白い私製葉書が数枚束ねられて、部屋の一隅に転がっているのが目に入った。そんな物は家のあちこちにあり、見慣れたものであった。調べてみる価値すら感じなかった。しかし、この部屋に宝物がある可能性を無下にできず、一応手に取って一枚ずつめくっていった。未使用の白い葉書の中に一枚だけ、茶色にすすけた葉書が混ざっていた。

宛名が佐川幸義様と読めたので、差出人を見ると、武田時宗と書いてある。武田時宗さんなら年賀状だろうと思ったが、裏面を見ると年賀状ではなかった。昭和二十九年（一九五四）二月三日に、武田時宗氏が書かれたもので、特に重要なものではなさそうに見えた。

裏面の文章に植芝盛平《うえしばもりへい》の名が読めた。

門人はその葉書をすぐに木村さんに持っていき、手渡して内容を報告した。

普段笑顔を絶やさず門人と話し合う木村さんは、葉書の文面を読み出すとたちまち顔つきが変わり、視線が厳しくなった。

「これは大変なことが書かれている！」

門人は木村さんの顔つきを見て、驚く。

葉書の内容は、次の通りであった。

「冠省　余寒未《いま》だ厳しき折柄　皆々様益々《ますます》御清栄の事
御慶《およろこ》び申上ます。
降りし　弊社第五暁丸も例年より十五日早く
本日初出漁致しました。
扨《さ》て昨日　茨城県岩間町吉岡　植芝盛平様より
御貴殿　宗家継承の儀に就き　御懇篤なる御祝福の書面を賜り
佐川様は申分なき適任者と喜んで居ります。
私より今後　御支援被下《くださる》様御願ひ申上げました。
植芝先生も立派な人物であるので　武道の面では私心無く協力被下《くださる》事と拝察致します。
時節柄、愈々《いよいよ》御自愛の上　斯道に御奮闘御弥栄《いやさか》の程
御祈り申上ます。　敬具」

世間では大東流と合気道は仲が悪いといわれているが、合気道は大東流から分かれた一派であり、この葉書は武術史に大きな影響を与える、重要な歴史的史料であった。

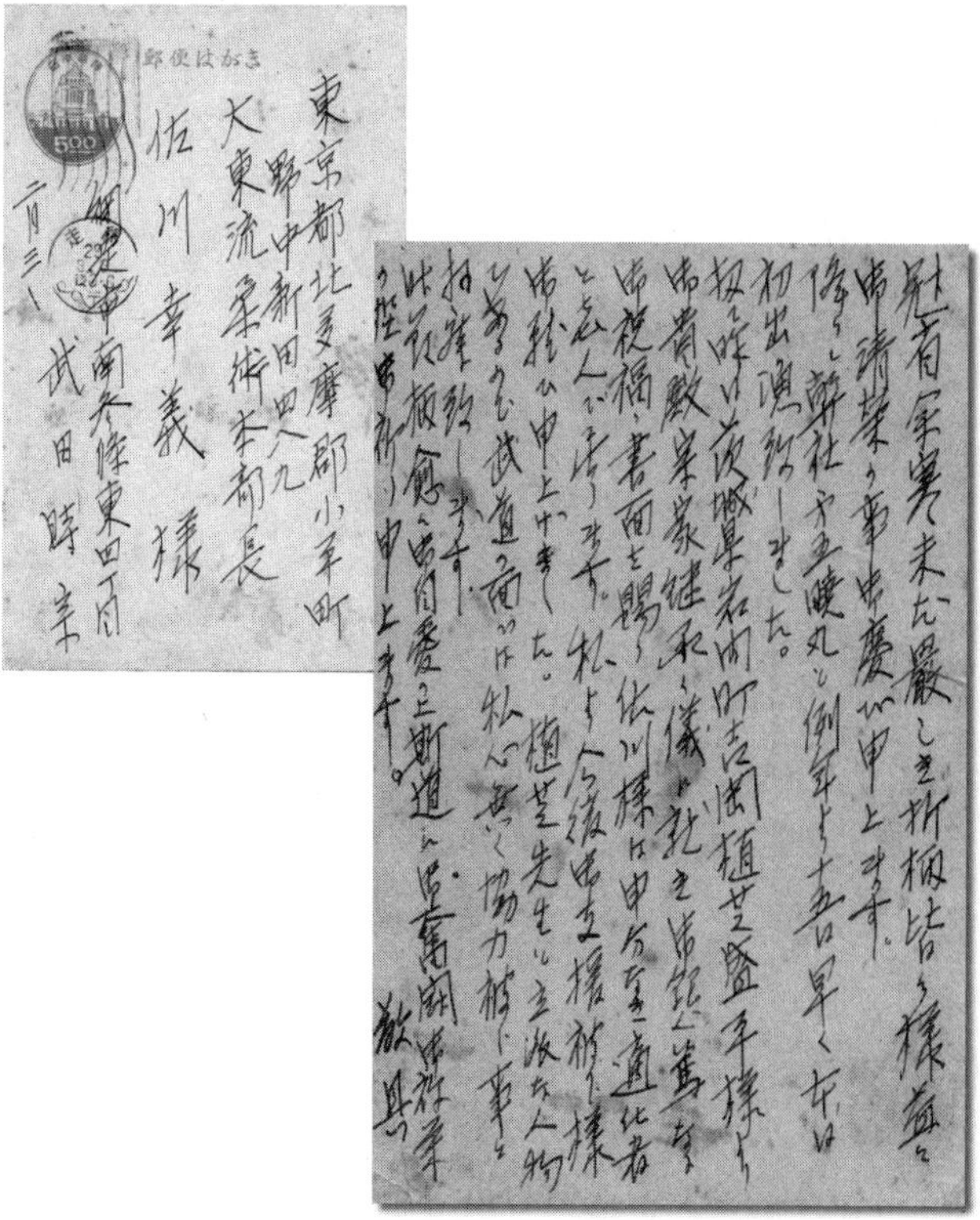

東京都北多摩郡小平町
野中新田四八九
大東流柔術本部長
佐川幸義様

網走市南六条東四丁目
武田時宗

◉武田時宗氏から佐川先生へ宛てた葉書

もしIさんが、この家にはまだ宝物が残っていると指摘していなかったら、誰もこの葉書に気付くことなく、白紙の私製葉書だと思って捨ててしまい、顧みなかったであろう。

乾為天の卦には最高の位、権力という意味もあるという。大東流において宗家は最高の位である。

Iさんは葉書が発見されると、「これが宝物だったのね」と嬉《うれ》しそうであったという。

葉書の文章は、植芝盛平翁が佐川先生を大東流の宗家として、申し分なくふさわしい人物であると認めた証拠となるもので、本来ならば大東流重要書類として金庫で保管すべきものであった。

それを多くの反故《ほご》に等しい書状の束の中に入れたのは、どこを目指して稽古に精進しておられたか。現世の栄達のことなどまったく望んでおられなかった本心が透けて見えてくるような気がする。

道統を確かめる上で最も重要な証拠であり、生涯を費やして練磨した合気の成果を世に示す名誉欲にさえも、とらわれていない先生の価値観に、門人たちは感動した。

昭和二十九年一月には、武田時宗氏は兄の宗清《むねきよ》氏との連名で、「佐川幸義殿を源家相傳の流統たる大東流合気武術第三十六代の宗家として決定此段御通知致します」という通知状を出している。

これを受け取った植芝盛平氏が、武田時宗氏に祝意を伝えたものと思われる。

しかし通知状は印刷物だったので、今回、時宗氏による自筆の葉書が発見された意義は大きい。

昭和三十年九月に創刊された雑誌「真実」の創刊号から、立山一郎《たてやまいちろう》による「合気術物語」の連載が始まったが、翌年の二月号には「大東流三十六代目　佐川宗範現わる合気術」という文章が掲載されている。

この連載は、昭和三十一年六月に発行された立山一郎著『合気之術』（真実社）に多少の修正が加えられて出版された。一部を引用してみる。

「惣角先生の流れを汲む者が多いが、少年の頃から惣角先生の相手を勤め、その技、抜群を認められて、大東流合気術の第三十六代目の宗範となっているのは佐川先生である。

佐川先生は今年で五十四歳、五尺三寸、体重十五貫、一見芸術家のような優さ男であるが、ひとたび道場に立つと合気術特有の霊力が、部分、部分に移動するようにみえる。武田先生を師とすること二十有余年、親子二代にわたって学んだ人である。

（中略）

ひところ日比谷《ひびや》の音楽堂でその技を公開したこともあったが、都心から離れているのと、強いて宣伝しない先生なので、合気術を知る者も、宗範が東京に在住されているのを知らない者が多い。（中略）

記者は暮も迫った三十年の十二月、その道場をたずねて色々教導された。（中略）

佐川先生は、故惣角先生の相手、受け身に立って練磨された人である。したがって惣角先生の全技術を学びとっている。――その技は深い」

後に『秘伝日本柔術』を著して佐川先生を世に紹介した松田隆智《まつだりゅうち》氏はこの著者立山一郎（本名・和田善太郎）氏に会って、結局、佐川先生を訪ねることになる。

同じ昭和二十九年一月、佐川先生は大東流関係者に挨拶状を送った。挨拶状の内容は、次の通りであった。

「小生先年　故恩師武田惣角先生御嫡子　宗清殿並《ならび》に時宗殿より大東流合気武術本部継承の件に就き　御推薦賜りましたが事が余り重大にて　果して　その大任に堪え得るや否やを慮《おもんぱか》り躊躇致し居りましたが

故恩師より受けましたる御恩に報ずるの道は
流儀の普及発展に全力を竭《つく》し　励進するに如《し》くは無しと思考し
その使命を体し　今回浅学不才未熟をも顧みず
茲《ここ》に大東流合気武術本部（宗司）を継承する事に致しましたので
御通報申します」

この挨拶状に対する久琢磨《ひさたくま》氏の返事も、沢山の封筒の中から発見された。

「拝啓　大東流合気柔術本部御継承の御挨拶状拝見致しました。
小生　先生より　昭和十六年　免許皆伝を拝受してより此方《このかた》
（以下中略）
近来老齢とともに何等かの方法を以《も》って
斯道を後継者にお渡ししなければならぬ
と考慮致して居りました際でありますので
貴下が其資格を以って御継承相成られる事は
全く肩の荷を卸ろしたる感があります。
故先生より充分　御修得の事と存じますので、

小生より申上げる事はありませんが（以下略）」

以上の直筆の資料は、昭和二十九年には、武田時宗、植芝盛平、久琢磨の三氏が、佐川先生が武田惣角先生の後継者であると公に認めていた証拠となるものである。

こうして佐川先生は正式に武田惣角先生の後継者として、第三十六代宗家に就任した。

その二年後、時宗さんは佐川先生を訪ね、「宗家は血縁者でなければいけない。だから自分が宗家になる」と発言し、念書を交わした。

以下の便箋に書かれた念書が存在し、武田時宗さんの署名がある。

「佐川ヨリ武田家へ宗家返上シタ事
佐川幸義ヲ大東流本部長トスル
（宗範ハ本部長の意ナリ）
右決定スル
大東流合気柔術宗家　武田時宗（自筆署名）
宗範　佐川幸義（自筆署名）
昭和参拾壱年壱月弐拾五日
以下余白」

結局、これらの事情により、佐川先生は宗家としての大東流の普及活動から離れ、合気そのものの探求に、より全身全霊を尽くされることになった。

他者の評価に囚《とら》われない先生の気性を思うと、宗家返上を求められたことは、先生にとって望むところだったのではないだろうか。

佐川先生は後に木村さんに言った。

「時宗さんは私がやっているのを見て、自分でもやろうと思ったんだね。父親がすごいのに、全然名前が知られていなかったり、誤解されたりしているのが悔しくて頑張ったのだ。フランスの雑誌に紹介されるまでになったのだから、まあ良くやった、というところなのだ」

昭和四十九年十月二十一日、武田時宗さんは佐川先生を訪ねて話した。

「現在、大東流合気武道総本部の総本部長は空席になっている。久琢磨氏から総本部長になりたいという申し入れがあったが、断って本部長のままにしている。これは、総本部長は先の約束で、佐川先生のために空けているからです。組織としては、宗範の名称は無いが、総本部長即宗範です。宗範と呼称して下さい」

木村さんは、しみじみと言う。

「先生は、生涯工夫し続けた合気というものについて、その意識と本質は、気付く人が気付くだけだと思っておられたのでしょうね。
どれだけ説明されても気付くことが出来ない人には気付けないと思われていたのでしょう。

先生は何度も言われた。合気の技は、教えられて身に付くものではない。自分で考えて自得《じとく》したものでなければ強くなれないよ、と繰り返し言われましたからね。

人以上になろうと思ったら、人以上に努力しなければなれるものじゃない、とも言っていました。一心不乱に探究して前進し、絶えることなく考え続け、生涯をかけて向かうことをやめなかった人間の中からだけ、佐川先生の合気に近づける者が現れるのじゃないかな。

佐川先生は、合気の心構え、鍛錬については語られていたが、メモに残されたような合気の本質に関わる内容の事柄について、道場ではまったく語られなかった。

先生は、『武術を習う上で、平常心や集中力が大切だと良く言われるが、そんなことは分かりきったことで、わざわざ、言うようなことじゃない。それが分かった上で修行を積むのでしょう』と話されたことがありました」

気付きや悟りは他者から教示されて得るのではなく、自得するものである。先生は自得すべき合気の本質をメモなどに書き残しておられながら、自ら語ることなく長逝された。

「しかし合気武術の後輩たちに残した道標《みちしるべ》とも言うべきものは残されていますよ」

木村さんは、先生自筆の免許六段教課から技粋した次の文章を見せてくれた。

「合気　心の修法
敵と会いては、死もなく生もなく、出るべし。
右の修養はなかなか道遠ければ、初め敵と会い死を覚悟すべし。
功を得んとか、美事に勝とうと言う見得を捨て、即ち欲心を抛《なげう》ち死ぬ事。
死ぬにしても、敵と相討ちせんとの覚悟にて出ずべし。
此処《ここ》に於《おい》て、死の安心出来れば、不恐、不惑、狐疑逡巡《こぎしゅんじゅん》なく、
畏縮、退怯の臆心なく、肚《はら》が定まり、心気も亦《また》強くなるなり。
人生に於て十年長く生きるも終局に於て大差なし。
我が信念の道に死すことを悔いるべからず」

木村さんはさらに一束の原稿を取り出した。

「これは合気体術準免許の原稿ですが、何回も書き直しているでしょう。佐川先生の合気の理念の一番本質的なところだと思うので、お見せします」

木村さんは下書きの一部を取り出して見せてくれた。
「合気は気を合わす事である。
気は宇宙・天地の気なり。
人はその気を受けて生ず。
合気の妙用は天地・森羅万象一切に合一同化し、融和するにあり。
然《しか》れば我に対する敵は更に無きものなり。
合気心に至れば、我無く、人無く、生も無く、死もまた無し。
あたかも無人の広野を行くが如《ごと》く、
空々無々万物変動、たちどころに心に写し、
身体は円融、無碍《むげ》、変転自在にして尽きること無し。
合気は争うことを致さず。
暴なる者には自然に出て空の合気、
天地自然の妙用にてその攻勢を無依ならしめ、
更に出会いに際しては、合気の法則にて先制し無力とし、
または先攻された場合は、之《これ》に抗する事なく
合気転身、又変身して之を制す」
この文章には書き直された痕が幾つか残っており、先生の理解された合気の神髄が

語られている。

　木村さんは言う。

「ここに書かれているような佐川先生が目指した卓越した意識は、私のような凡人にとっては、文字の上での意味は分かっても、それを自分のものとすることは、とても難しいと痛感しています。

　今生に於いて、その精神を目指すつもりでいますが、とても到達できるとは思えないです。先生の合気の技は人間のレベルをはるかに超えていましたが、先生は、他からの評価を相手にしていないのです。生き方の本質を見つめ続けて、合気の本質に迫る独自の観点を開拓していったのですね。

　かつて私も『木村君は、他からすごいと認めてもらいたいと思って稽古をしている節がある。そんなことでは決して本当の修行は出来ないのだよ。他人がどう思おうと関係ないのだ。自分自身の修行なのだ』と台所で先生に諭されたことがありました。

　先生の技と同じレベルになるには、私のような凡人では、今生だけでは、とても無理だと思っています。しかも、先生の意識や感性のレベルすらも、とても真似が出来ないと思うのです。これは、参りますね。

　意識は、技術と違って思うだけのものですが、先生のような感性を持てたら素晴らしいと思っていても、その意識すらも、とても先生の感性の真似が出来ないのです。

せめて、一歩でも先生の意識に近づけるように修行を続けなければならないと思っています」

「たしかに、あれだけのことを出来る人は他にいませんよ。凄い人間の存在を知っているかいないか、それだけで、人の生き方や目指す方向が違って来るでしょうね。尊敬できる素晴らしい存在を知っている人は、それだけでも恵まれた人生と言えますね。

佐川先生が生涯をかけて目指した理想は合気であったわけですよね」

「そうですね。では、先生の合気とは何か、先生が残された文章から、それは調和することが合気であるといえるようです」

「調和が合気といわれると、言葉自体は易しいですが、よく意味が分かりませんな」

私は木村さんの雲をつかむような説明に、考え込んでいると、木村さんの方から口を開いてくれた。

「佐川先生の合気を二十年間体験し続けて、合気に魅了されて、それぱっかり考え続けて来たのですが、私は、いまだに先生の合気の足元にも及びません。

佐川先生の合気は、あまりにも神業というか現実的にあり得ない技ばかりでした。先生の合気は理解を超える程、超越しているのです。

ましての、佐川先生の強調された調和という思想は、私のような凡人が、認識できるような簡単なものではないと思っています」

「そうは言っても、木村さんは直接、身近に佐川先生に付いて行ったのですから、他の人よりも、先生の考えを理解できていると思いますよ。こうして書くことになったのも、天の配剤かもしれません。

木村さんの感じた佐川先生の調和の合気を、どうとらえたか話していただきたい」

「まだ入門して間もない頃、佐川先生と二人で、道場訓を見ながら話をしたことがありました。

先生が、『これは、私が書いたのだが、一文字、漢字が間違っているんだよね』と言われました。

私が内容を読んで『森羅万象の調和した動きが合気なんですね？』と聞くと、先生は笑いながら『こんなのは、いいかげんなことを書いているんだよ』と言われたのです。

私は先生の言葉を額面通りに受け止めて『そうなんですね』と答えると、先生もうなずいてニコニコされていたんです。

先生は、言葉にされないのですが、今考えると、言葉にされない先生のあり方が、佐川先生の合気に通じる道標だったと思えるのです。

佐川先生の技は卓越していましたが、心が卓越していなければ技も卓越出来ないと思うのです。佐川先生の教え方というのは、ものすごく緻密でした。『私はこの本当のやり方は教えないよ』と言うので、『それは一体何だろう?』と考えるようになります。しばらくたって本当に何気なく、そのやり方を話されるのですが、考え続けていたお陰で「あ! それだ」とピンと来ることが何回かありました。

また佐川先生と台所で話していたとき、『A君には一カ条のやり方を教えてあげることに決めた』と言われましたが、その後何も注意しないので不思議に思っていました。

三カ月位たったとき、たまたまA先輩が一カ条をやったときに「そうじゃない。本当はこうやるんだ」と佐川先生は教えました。

Aさんはたまたま注意されたと思ったでしょうが、佐川先生は三カ月も前から注意する最良の瞬間を待っていたわけで、本当に驚きました。

以前お話ししましたが、二十六歳の男性から、お金がないので一日で合気のすべてがわかるように教えて欲しいという手紙に返事を書くようにと先生が私に言った話がありましたよね。

あれも、佐川先生は私に返事を書かせているけど、それは合気について私に考えさせるチャンスを与えていたんですね。合気のすべてを一日で理解させることも、一日で聞いて理解することも不可能ですが、それは、すべてがそう言えるわけです。

人生とは何なのか、一日で理解させてほしいという人に、人生とは、云々《うんぬん》と理解できるように相手に染み込むように人生を理解させることなど何日かけても出来ませんよね。

人生を理解するには、自分が長い人生を生きて、様々な体験を通して、自分の価値観が積み重なって、生き方を学べることでしか、人生を感じ取れないと思います。

合気も、目指す道の中で、失敗もし、苦労し、挫折も味わい、それらの体験を通して得ていくものではないかと思います。実際に佐川先生の合気を受ければ、身体は頭よりストレートに合気を感じます。こちらの抵抗力がまったく消えてしまうんです。力が抜けて溶けたようになり、気持ちの良い状態です。

攻撃してくる相手を気持ちよくさせて力を抜けると言うのは、体験したことがない人には、到底理解できるものとは思えないのですが、これが本当にそうなんです。

この状態を武術でいえば、襲いかかってくる相手と争い戦うことになるわけだけど、相手と調和して勝利を得るというのが、合気なのでしょうね」

木村さんは語る。

「調和を本質とする合気が、人間社会に応用できるのが理想です。

本当は、合気は武術だけではなく、治療、芸術、人間関係、すべてに合気調和の考え方を生かすことが出来れば、良い変化を起こせるはずです。

合気武術は、合気を武術の面で表現したものであると思われます。戦いですら、破壊ではなく、調和に基づく合気で行うという考えです。

佐川先生は本当に、一瞬で敵を倒す真剣勝負を徹底的に追求されました。それを本当に出来るようにするために、他に頼らず武術に徹して凄まじい努力を積み重ねて来られたのです。その結果として、調和の考えに達していかれたのですね。

しかし、この考えを佐川先生は門人に語ることはありませんでした。

ただ、合気を体得するためには、理念の理解は基本です。

でもそれを実現するための技術も絶対に必要だと思います。いくら気持ちでそうしようと思っても、それを実現する技術を修得しなければ、とても出来るものではありません。

また『技術だから、いくらでも発展していく』と佐川先生は言われていました。

例えば、楽器の演奏でも技術は重要ですよね。私は全くの素人ですが、世界的に活躍されている和谷泰扶《わたにやすお》先生にクロマティック・ハーモニカを教わっているんです。その演奏は聴く者の心を揺さぶり、音の世界に引き込むエネルギーに溢《あふ》れています。生《なま》の音色《ねいろ》を大切にする和谷先生は、マイク無しでオーケストラとハーモニカ協奏曲を共演するほど音量もあって、小学校以来のハーモニカのイメージとはまったく異なります。実際に教わると、もの凄い技術の集積に支えられていることが、はっきり分かります」

合気武術を習い始めるとき、最初に教わるのが合気上げであると、既に記した。佐川先生は言っておられたという。

「稽古を始めてから今まで、一番変わり続けたのは合気上げだよ」

先生が合気を習い始めたのは十一歳のときである。それから九十五歳で亡くなられるまで合気上げのやり方が、変わり続けたという。合気の基本となる技の真の姿を見極めるためには、どれ程の努力を重ねなければならないか、想像さえ出来ない。

人間にとってなしうるかぎりの稽古を積むので、常人には到達できないとしか思えない領域まで合気の技が達するのである。

合気武術の根源である合気上げの技を、もう一度確かめてみる。

最初に向かい合って坐《すわ》り、一方が相手の両手を力の限り押さえ込む。それを合気で上げる、攻防である。

押さえられた手を上げるのは、常人であれば力を奮って戦う他に方法がないと思えるが、合気ではまったく力で衝突せず、相手と調和して上げる可能性を求めての修行を始める。

佐川先生は亡くなる前日まで稽古を続けられたが、そのときまで先生に合気上げをお願いした門人は何の抵抗も感じることなく、両手を持ち上げられた。

他の武道も身に着けた壮漢に両手の甲を力任せに押さえつけられては、力で対抗する他に手段がないとしか思えないが、先生は相手の注ぎ込む力がまったくないかのように手を持ち上げる。

幾度繰り返し押さえ込もうとしても、加えた力がまったく宙に消えてしまい、軽々と持ち上げられてしまう。先生の腕には力瘤《ちからこぶ》など出来てはいない。

普通の人には魔法としか思えない合気の本質が、そこにあった。

「お互いに頑張り合っていて、こんなの倒せるはずないと思うでしょう。でもそれができるのだよ。どんなに難しそうに見えても合気では可能なのだ。諦めればそれまでで、合気は取れないよ」

と、佐川先生は話された。

「武術は力のぶつかり合いですね。つまり相手の力を意識すると、それに負けずに反発しようと自分の力を出すことになる。それは相手との衝突となりますね。

合気は衝突しかけてくる攻撃的な相手に対し、調和して技を掛けます。

調和には無限の段階があります。

普段の生活の中では、様々な問題が起こります。その中で、常に自分の気持ちを安定させ、調和させ続けるということは、とても難しいことです。

佐川先生は、私が初めてお会いした七十六歳から九十五歳で亡くなられるまで、本当に留まることなく合気を発展させ続けられました。

なぜこんな事が出来たのだろうと考えて見るに、一般に自分の弱点が分かれば分かるほど、それを克服しようとして、進化します。

佐川先生のすごいところは、あれだけの神業でありながら、決して『それで良し』とはしない事です。自分の合気の弱点を絶えず見つめるのですね。

だから、『これで良いと思ったら退化する』と断言できたのですね。

人間はどこまで行っても、皆、不完全です。でも自分の不完全さや駄目なところは、なかなか気付けないのですね。

他人の駄目なところは分かっても、自分のことはなかなか分からない。結局、自分の弱点、欠点をどれだけ気付けるか、そこが進化と調和の唯一の道のような気がします。

佐川先生は、『本当に稽古を積めば、恐れは消え迷いも無くなる』と私に言われました。他者から影響を受け過ぎてしまうのは、自分が弱いからでしょうね。

佐川先生の言葉とはいえ、自分に出来ないことを口にするのは、恥ずかしいです。実際に合気の技を受けない限り、どんなに言葉を尽くしても、合気を伝えることは難しいと思います」

木村さんの話を聞いているうちに、私は佐川先生から、合気の本を書くように言われた当時のことを思い出していた。普通は、入門したばかりの白帯の者が、佐川先生から技を掛けてもらえることはない。ところが先生は、私には、特別に技を掛けて下さった。技を掛けるコツまでも教えて下さった。

先生の技は、まったく力を用いないので、やわらかい指先は押してくる動きも感じられない。祖父にあやされる孫に戻ったような穏やかな気分が、静かな風の流れのように心地《ここち》よかった。

「自分には、とても合気について書ける自信がありません」

私は先生に謝罪した。

言葉で伝わらないものを言葉にするのが私の仕事であるが、私は合気を言葉で伝えることが出来るとは到底思えなかった。

大東流を佐川先生に教えた武田惣角氏は、生前に門人証を渡した者の数が三万八千人に及んだという伝承が残っているのに、生涯放浪漂泊を続け、行旅病者のような最期を旅先で遂げた人物である。

神業と言われた大東流の道統を後世に残すこともしなかった師の大きな業績を世に残そうと研究を重ねてきたのは、師と同様に合気の深奥を目指す佐川先生であった。

先生は合気の習練に打ち込む歳月を送り、鍛錬の実績を上げるための稽古のほかに費やす時間はない。

門人を増やし大道場を経営し、社会に名声を上げるための努力の時間を費やす余裕はまったく無かった。合気は宇宙万物の間に行き渡る調和の大法則である。

生きている間に一歩でも深く合気を身に付け、それを後世に残すのが佐川先生の唯一の希望であった。

木村さんには興味を持った事柄について、徹底して研究をしてとどまることを知らない性格がある。

幼い頃、父君から伊藤一刀斎《いとういっとうさい》など剣の達人についての話を数多く聞かされ、いつか名人の先生から剣技の伝授を受けたいと思うようになった。

彼は私立武蔵中学に入学すると剣道部に入ったが、真剣勝負の斬り合いとは随分かけ離れているのに驚く。

中学三年のとき、同級生に連れられて合気道の昔の本部道場へ行き、植芝盛平氏に出会い、入門した。木村さんの体は不思議な反応をしたという。

「そのとき習った技をやった時、心の底からわくわくする昂《たか》ぶりを感じ、うれしさで全身が震え、一体、どうしちゃったんだろうと、自分でびっくりしましたね。

それ以来剣道部に籍を置きながら、合気道の稽古に夢中になりました。東京大学理科一類に進学すると、合気道本部道場の山口清吾《やまぐちせいご》師範に正式に入門して、大学では剣道部に在籍して、三段を取りました」

木村さんは昭和四十三年十月五日の土曜日、日比谷公会堂で行われた植芝盛平翁の演武を見て急速な衰弱を感じとった。

「今教わらなかったら、もう植芝先生からは習えないだろう」

と思い、剣道部を辞め合気道に打ち込んだ。

幸か不幸か東大紛争の最中で大学の講義がなかったので、朝六時半からの植芝盛平翁の稽古から始め、夜八時まで、毎日四回八時間ほど合気道の稽古に明け暮れた。

植芝翁は昭和四十四年四月に亡くなり、木村さんはその直前に二段を允可《いんか》された。

木村さんはその後、数学研究に熱中し、東大の修士卒業と同時に名古屋大学理学部助手となるが、体力の衰えを感じたので、名古屋大学に合気道部を開設し、稽古を再開した。その後、プリンストン高等学術研究所の数学研究員として二年間アメリカに滞在することになった。

その時に縁があって、かつて合気道本部道場の内弟子だったニューヨークのテリー・ドブソンの道場で頼まれ、合気道を毎週末に数えることになった。

プリンストンから日本へ帰国する途中、三カ月間、ドイツのヘルベルト・ポップ教授に招聘《しょうへい》されマンハイム大学へ立ち寄ることになった。ポップ教授は平成二十一年に日本政府から旭日中綬章を叙勲されている。ドイツ滞在中は、頼まれて毎週末ドイツ各地で合気道の指導を行った。

ある時、リューベックという港町で合気道十二団体の百九名を一泊二日の合宿で指導することになった。

大男や身長二メートル四センチもある電信柱みたいな女性がいた。

その人数の多さに最初は圧倒されたが、すぐに気力で全体をまとめる要領を覚えた。港の道場は細長く、順に教えていくと、端の方で大きなドイツ人の二段の人が、自分勝手なやり方で教えていた。

気力が満ち溢れていた木村さんは「こら！　何やってる。かかって来い！」と言うと、その人は、とびかかって来た。

木村さんは瞬間、植芝盛平翁の真似をして「イエーイ！」と気合もろとも右手で払ったら、なんと相手が吹っ飛んで気絶してしまった。しばらくして正気に戻ったドイツ人は手をついて謝り、すごく素直になった。

木村さんは片手で飛ばせるなんて、と喜んだ。だがそれ以降は何回試しても飛ばせなかった。たまたま特殊な状況下で気力が異常に高まったときには出来た。しかし、普通の平常心の時にやろうとして出来ないというのは、自分に技術がないせいだ、と思った。

こうしてドイツで教えている間に、フランスのベルサイユで数日教えてほしいと頼まれ、合気道を指導しに行った。

ドイツ人たちも大型バス二台をチャーターして、ベルサイユでの木村さんの稽古に参加した。終った後で市長がレセプションを開いてくれた。

「フランス人とドイツ人が仲よく稽古をしたのは画期的で本当に素晴らしい」

と市長は乾杯の挨拶をした。

その後、フランスで合気道を指導していた田村信喜《たむらのぶよし》師範に「アネシーという町で指導者講習会をやるから出ないか」と誘われて立ち寄った。その時あるフランス人の合気道指導者との稽古で、四方投げをやろうとしたとき、彼に抵抗され耳元でささやかれた。

「倒れてほしいといえば倒れてやるが、どうだ」

木村さんは「そんな必要はない」と答えたが、相手を倒すことが出来なかった。木村さんも倒されなかったが、そのときの悔しさは肺腑《はいふ》に沁みわたった。

「日本の本来の武道は、こんなに弱体なはずはない。外国人がどれ程抵抗しても倒せるはずだと思ったので、帰国してから多くの道場を訪ねて回りました」

「強い実力者はいましたか」

私の問いかけに、木村氏は苦笑した。

「どの先生の技も受けてみると、これではとてもあのフランス人を倒せないと思うものばかりで、本当に出来る人は、これ程いないものなのかと驚きました」

木村さんは仕方なく自分で体を色々と鍛えてみた。だが相手に本気で抵抗されると、それ程とも思えない人にも合気道の技が効かないので、どうすればいいのかと考え込んでしまった。


色々と武術資料を調べると、植芝盛平先生の合気術の師である武田惣角先生は、ただ一人で全国を回り、どんな相手も倒し感動させ、高い教授料を支払わせていたと、驚くべき行跡が記された資料が手に入った。

こんなことは真の実力がなければ実行できるはずがないと思い、当身の達人として有名な松田隆智氏の著書『秘伝日本柔術』によって、武田惣角先生の子息武田時宗先生と直弟子の佐川幸義先生が合気の最高実力者であろうかと見当をつけた。

両先生の道場を訪ねようと住所を調べると、松田隆智氏の『謎の拳法を求めて』という本に、佐川先生は東京小平市に在住と記されていたので、電話局で番号を確かめ、さっそく電話をした。佐川先生は在宅で、木村さんは唐突に話しかけた。

「もしもし、佐川です」

「あのう、合気とは何ですか」

「相手の力を抜いてしまう技術です」

「ではお手紙を差し上げたいので、住所を教えて下さい」

木村さんのぶしつけとしか思えない質問を受けても、佐川先生が機縁の糸を切らなかったのは、ふしぎな事実であった。

先生は住所を教えてくれたので、木村さんは手紙を送り、昭和五十三年十一月二十八日に名古屋から国分寺の佐川道場を初めて訪れた。

道場の玄関を開けると、セーターを着た先生が弟子の首を抱え込んでいるところであった。先生は「裏口へ回りなさい」と言い、そこから応接室へ通してくれた。

先生は木村さんが聞くままに、武術の話をして下さった。

「刀なんか気にしない。軸から軸へ。本当に稽古を積めば恐怖心はなくなってしまう。太刀《たち》の下こそ地獄なれ、踏み込み行けば云々というが、それがいけない。太刀の下も地獄でも何でもないのだ。

私は毎日千本の素振り、千回の四股、その他ありとあらゆることをしてきた。同じ程度のレベルの者とやって、スパン、スパンと極《き》まるようになるのが大変なんだが、そうならなければいけない。

相手を無力化する。足が大変大事だ」

極めて傾聴すべき事柄を指示された。

「私の両手を押さえてみなさい」

先生は突然命じた。

「先生は椅子に坐っていて、こちらは立って上から押さえるんだが、当時七十六歳の先生に失礼な振る舞いはできないと、軽く押さえた途端、叱りつけられたんです。『それしか力がないのか。情けない奴め』と睨《にら》みつけられたので、驚いて、そこまでいうのなら絶対上がらないようにと、全力で上から押さえ付けたのです。

すると先生の手が突然何の動意も感じられないまま上がってゆく。私の力は消え失《う》せていた。先生は私に両手を握らせたまま立ち上がり、私を窓際まで追いつめたんですよ。私は身体が浮いてしまい一本足、あとほんの僅か力を掛けられたら、吹っ飛ばされてしまう感覚になりました。

そうなるまでまったく先生と力を交すことがなく、まったく隙が無いので手を離すことも出来なかったですね。それまで体験したこともない感覚に思わず『気持ちいい』と叫んでしまって、いったい自分は何を言ってるんだと、自分で発した言葉に驚きましたね」

先生は茫然《ぼうぜん》としている木村さんに言った。

「私のセーターを摑んでみなさい」

木村さんは、そんな技は合気道にはないと思いながら、両手で先生の身に付いていない、だぶだぶのセーターを両手で摑んだ。

次の瞬間に仰向《あおむ》けに倒れ、天井が見えていた。彼はそんなはずはないと何度も先生に頼んだ。

「もう一度お願いします」

彼はさまざまな姿勢をとり、倒れまいと必死で抵抗したが、何の反応も感じないまま、あっと思ったときには仰向けに倒れ、天井を見上げていた。

本物に出合えたという喜びを胸に湧き立たせながら平伏して、懇願した。

「ぜひ入門させて下さい」

だが佐川先生の「駄目だ」と言う声が頭上から聞こえた。

まさかと驚いて顔を上げると、

「合気術は、身に付けることが本当に難しい。それに他流を長くやった者はなかなか悪い癖が抜けないし、長続きもしないから、入門は駄目だ」

先生の元で何とか稽古させて下さいと頼むが、先生は黙って坐っているだけである。次第に暗くなってきたが明かりをつけないので、先生の姿が見えない程に暮れ果ててしまった。

先生から「帰れ」とは言われなかったが、闇中《あんちゅう》で長居するのもはばかられたので

「また手紙をお送りします」と言って名古屋に帰った。

木村さんは、入門を拒まれても許可されるよう懇願を続けると決心していた。拒まれたショックよりも、日本武道界で本当に技が遣える先生に出合うことができた喜びに、胸が沸き立っていた。

今まで技を観に出かけ、実際に手を取っていただいた先生方の多くは「力を抜け」と言われる方が多かった。だがこちらが思い切って抵抗すると、皆全身に力を込めてきた。

佐川先生はセーターしか摑ませないで、瞬間に木村さんを倒した。

木村さんは力を用いず、一瞬の影のように動くだけで人を倒せる本物の名人に会えた歓喜を、いつまでも身内にとどめていた。

翌昭和五十四年の一月八日、木村さんは田口鉄也《たぐちてつや》、内野孝治という古参門人とともに佐川先生のお宅に伺い、応接間に通された。

しばらく先生と挨拶など雑談をしていると、左隣に坐っている内野さんが木村さんの脇をつっついて合図を送った。

「先生、入門を是非、お願いします」

木村さんは頭を下げた。

先生はニコニコしながら答えた。

「私は教えないよ。それでもいいのなら、入門してもいい」

木村さんは先生の言葉の意味がよく理解できなかったが、入門できればあとは何とかなると思い、低頭した。

「是非、お願いします」

入門を許された木村さんが、佐川道場で初めて稽古をしたのは、立教大学で集中講義をするために東京へ出てきた、昭和五十四年三月一日であった。

翌日、佐川先生がこれからの方針について教えて下さった。

「結局、道場だけの稽古じゃ幾らやったってだめだ。どう鍛えればどういう身体が出来上がるかを研究して、そういう身体を作っていかなければならない。一朝一夕で出来上がるものじゃない」

入門の時から十七年程経った平成八年（一九九六）一月二十七日に佐川先生が木村さんの入門した時の記憶について、語られている。

「木村君が入門してきたとき、田口君よりしつこいので本当に驚いた。木下藤吉郎《きのしたとうきちろう》というか、秀吉《ひでよし》もこうだったかなと思ったよ」

初稽古の二日間は、佐川先生は稽古について口頭での指導をしてくれたが、木村さんを直接投げることは無かったので、それが「教えないよ」という意味だと思った。

三月十三日の三回目の稽古のとき、先輩である同年代の小原良雄さんに初めて立ちあい、彼の強さに驚かされた。

二カ条の技をかけられたとき、「痛い」と叫んで倒れたが、それを見ていた佐川先生が椅子からぱっと立ち上がり、木村さんに二カ条を掛けた。

まったく痛くないのに、体が吹っ飛んでしまった。小原さんの技との余りの違いに、「わあっ、全然違う」と大声で叫んでいた。

この後、先生は木村さんを時々、直接に投げてくれるようになった。

だが名古屋から十三回稽古に通ったあと、昭和五十四年五月からマンハイム大学とフランスのグルノーブル大学に約半年ずつ客員助教授として行くことになったので、先生宅の台所の裏口から挨拶に伺った。

「せっかく先生の門人になれたのに、一年近くも外国に行くことになってしまいました。先生と気持ちをつなげていたいので、何か向こうで鍛錬などして先生を忘れないようにしたいのです。何をすればいいでしょうか」

先生はほとんど考えることもなく言った。

「四股を毎日千回やりなさい」

その約束が大変であるのは、現地へ行ってみて分かった。

その様子を見ていた和代夫人が言った。

「四股千回をちゃんとやった日はカレンダーに○をつけて、それが百回続けば、一万円あげる」

グルノーブル大学にいるとき、筑波大学の小泉正二《こいずみしょうじ》先生から同大の講師に招きたいとのお手紙を頂戴《ちょうだい》した。

名古屋から佐川道場へ通うのは、小旅行程の時間を要するので、筑波なら小平市と同じ東京郊外だと思い、筑波大学へ移ることにしたが、それは誤算であった。帰国転勤して筑波に移ってみると、同じ東京郊外とはいえ当時は電車も少なく、自宅から佐川道場まで往復七時間もかかった。

普通の人であれば人生の残りの時間を抛って必死に稽古を積んでも、おそらくは取れないであろう合気への願望を思い切り、名門筑波大教授としての生活を送ろうとするのではないか。

だが木村さんは屈しなかった。

不思議なことが起こった。佐川先生に一度でも投げられると元気になり疲労がまったく消え去るのに、一度も投げられない日は歩いていてもよろめく程疲れるのである。

どういうわけであったか、佐川先生に一度も投げられない日が続いたので、道場へ向かう電車の中で異常な疲労を感じた。

「これは自分の考え方が何か間違ってるんじゃないか。元々、入門させてもらえただけで幸せだったのに、先生に投げてもらうことを期待するようになってしまった。まったく手を取っていただかない日も、稽古に通えるだけでありがたいと思い、投げていただいた日は更に感謝すればいいんだ」

このように思い直すと、本来陽性なので急に楽になってきた。

道場に着くと予期しなかったことが起こった。驚いたことに先生の方から笑顔で話しかけてきて下さったうえに、何回も投げて下さって、そのお陰ですっかり元気になってしまった。

道場へ通う最初のうちは先輩たちにやられてしまう。こんなに強い先輩たちを、佐川先生は本当に人形を払い飛ばすように打ち倒しているのか。それとも合気道のように先生に遠慮して、自分から受け身をとっているのか、実状を判断できなかった。しかし先生にすすめられた四股千回を海外で日課として始め、五年程経つと、とても歯が立たないと思っていた先輩たちの技も、ほとんど身体に響かなくなってしまった。

だが、八十歳を過ぎた佐川先生には、何の力も感じさせられないまま、相変わらず瞬間に倒され極められてしまう。

「やっぱり先輩たちも、本当に投げられてたんだ。それに先生の技は皆の技が進歩したものではなく、まったく異質なものだ。

合気を知らなければ駄目だ。長年月を費やし一生懸命稽古をしても、佐川先生の境地に辿《たど》りつくことは絶対に出来ないと確信しました。技の本質が違うんですよ」

佐川先生の他に、この技が少しでも出来る人がこの世に存在するとは思えない。先生がいなくなれば、再び出現することはまず無いだろうし、その可能性を想像する人さえいなくなるだろう。

これ程人為を超えたとしかいえない合気という技術は、何としても人類のために残さなければいけないという強い願いが、木村さんの胸中に宿った。

しかしどれ程熱心に練習を重ねても、先生には「木村君は生まれ変らなければ合気は取れないね」とか「木村君が合気は取れないことだけは保証してあげるよ」などと言われるばかりであった。

それでも木村さんは先生に投げられる度に感激し、元気を回復して激しい稽古を続けていた。その原動力は彼が興味を持った対象から離れない、火のような集中力であった。

佐川先生は七十歳のときに夫人が病気になられてから、初めて台所に入って食事を作るようになったと言われた。

夫人が亡くなられたのは昭和五十年四月であるが、先生はただ一人の家族である寝たきりの次男敬行さんの分の炊事、洗濯などを一人でやっておられたという。

入門して二年程過ぎた頃、行く手から走ってくる人がいた。よく見ると佐川先生で、買い物に行くとのことであった。

そのあと木村さんは手紙を書いて先生に送った。

「私が手伝えることなら何でもしますので、どうぞご遠慮なくお申しつけ下さい」

それからいつも、「次回の稽古のときにはこれを買ってきて下さい」と書かれたメモと代金を渡されるようになった。一時間程早めに道場へ到着して、台所で買い物を先生に手渡したのち、余った時を先生との雑談に過ごす習慣もできた。

しかし木村さんの術技に対する先生の評価は厳しかった。稽古の最中に先生に言われた。

「木村君は本当に勘が悪いし、力んでばかりいる。とても合気は無理だね」

散々酷評された木村さんは「これはもう駄目だな」と、身内の力が萎えた程、落胆した。

翌日の稽古前、木村さんは台所で先生に告げた。

「自分が合気を取れないことはよく分かりました。でも合気は余りに素晴らしいので、私はどうしてもこれを人類に残したいのです。

ですから先生から見て、この男なら合気が取れそうだと思える人を、教えて下さい。

私はその人を全力でサポートします」

木村さんは本気で内心を打ち明けた。

先生は彼の顔をしばらくジーッと覗《のぞ》き込むように見ておられ、突然言われた。

「私があんた以外に教えると思うのか」

先生はそう言ったきり台所を出て行かれた。

木村さんはしばらく呆然《ぼうぜん》と佇《たたず》んでいた。鳥肌の立つような気分であった。

第四章　師弟のつながり

佐川先生は木村さんが忘れようとしても忘れられない、彼の意識に濃い影を落とす言葉をいくつも残して下さった。

「私には後継者がいない。私が死んだら合気は消えてしまうんだね。誰も出来てない」

昭和五十五年（一九八〇）五月六日、佐川先生が道場で言われた。

木村さんが本格的に稽古を始めた頃である。

「木村君も、あれほど私のを見ているのだから、もうちょっとうまく出来そうなものだ。

なぜ出来ないかわからないよ」

五年後の昭和六十年六月九日の合気佐門会での佐川先生の言葉である。

翌日の六月十日、

「木村君は力ずくで倒しているから自分より力の強い者に対して何も出来なくなってしまうのだ。力じゃなくて倒せるようにならなければいけない。木村君が熱心でも、うまくならないのは、りきんでいるからだ。

私は木村君に対して姑《しゅうとめ》のようにうるさく言うが、いやみやいやがらせで言っているのではなくて、何とか直してやろうと思うから口うるさく言うのだ。私だって何も言わずだまっている方が余程気が楽なのだ。

だからこれで私が恨まれては、割に合わないよ。他の人には余り言わないでしょう。どうでも良いと思っている人には私は何も言わないのだ」

それ以降、佐川先生の注意が厳しければ厳しいほど、木村さんは、感謝の気持ちが深まっていった。

昭和六十一年八月三日の木村さんの稽古日記に、佐川先生が彼を指導するが、容易に理解させられない様子のうかがえる情景が記されている。

「相手の動きを崩してから、そこを力を入れないで攻めるのを、あんたはただ力でゴリ押ししていて、以前からちっとも変わっていない。稽古とはね、前の自分を捨てて、まったく変わっていくことだ。

もう六年以上もたつのに、そんなことじゃどれだけやったところですべて無駄になってしまうよ。まったくこれだけ教えられて力の入れぐあいとか、そんなところを取って身につけられないのだから、情けないよ。

教えないでも出来ている人もいる。やはり素質としかいいようがないね」

先生は言葉に力をこめる。

「力を入れないでやるのだ。相手に力を感じさせないで倒すのだ。足がとまっているから力になる。どうしても最後のところでウッと力を入れたがる。力を入れないで出ていけば相手は倒れてしまうのにね。足がほんとに大事なんだ。身体の移動で倒すんだ」

佐川先生は道場へ出ると笑顔で言う。

「今日は教えないと決心して道場へ出てくるのに、木村君の顔を見るとつい教えてしまう」

「あんたに少しは教えようと思って教えたら、ちっとも出来ないから教え癖がついてしまった」

先生は笑いながら言うので、本心なのか冗談なのかわからなかったが、木村さんは土浦《つちうら》から小平への往復七時間をついやし、週に三日間を通っていたので、先生も彼の熱意に感じ、教えにくい門人であったが、教えようという気分をかきたてられた。

武田惣角先生と佐川先生は、二代続いた稀代《きだい》の天才で、人が遣う技を見ただけでそれを理解できた。

そのため自分の技を他人に見せなかった。技を見せただけで何をしているかを見抜かれてしまうと、思っていたからである。

だが佐川先生の門人たちは、技をくりかえし見せられ、コツを教えられても理解できないので、先生はおどろいた。

「教えても見せてもここまで判《わか》らないとは、たまげた」

佐川先生は門人たちの理解能力の低さに唖然《あぜん》とした。自分が世を去るときまでに、門人に合気を伝えられるだろうか。現在の門人たちは、まったく合気が理解できていない。彼らに懸命に指導するようにつとめているが、この様子では理解できない門人をどうすればよいのか。

道統が自分の代で終り、形稽古だけを伝えていくようになれば、真実の合気は消えてしまう。佐川先生は、合気の継承者をいかにして育てるかを絶えず考えられていた。

佐川先生は木村さんが門人になった頃、身内に合気を理解できる可能性を眠らせている若者を発見しようと努力していた。

木村さんは言う。

「門人になって何年たっても、合気の本質をまったく掴めなかったですね。三千数百の技は何十年も稽古しているうちには形は覚えるでしょうが、合気を知らなければ、それを本当に遣いこなすことは出来ない」

木村さんが、鈍才ながら非常な集中力で稽古にうちこんでいるのを、先生が観察しながらこの男に教えてみるかと実行しはじめては、あまりの反応の乏しさにがっかりしては憤懣《ふんまん》をぶちまけた。

木村さんは、叱責され落胆しては励まされ投げ飛ばされることで気力を回復することをくりかえしていた。

昭和六十三年九月、先生は木村さんに告げた。

「私が死んだら合気は消えてしまうから、死ぬわけにはいかないよ。まったく。全然合気が分からないのだからね。誰だって壁につきあたるよ。それを乗りこえていかなきゃならないんだよ」

木村さんはその日記の文面を見て、過ぎた日に先生と語りあった光景を、記憶によみがえらせる。

「私の素質の乏しさを、先生からするどい剣尖《けんせん》で突かれるように指摘されると、先生が私に教えようとしている気持ちがよく分かり、ありがたかったですね」

平成二年（一九九〇）三月十七日、木村さんの日記をひもとく。

道場には結婚してひさしぶりに訪れた女性の門人が、応接間で先生と話していた。木村さんも加わり、近頃の道場の様子などを語りあううち、彼女が言った。

「先生は木村さんが道場へ来られてから、木村さんに教えはじめたのですね」

先生は笑ってうなずく。

「そうだね。八十歳を過ぎてからで、いまは随分教えているよ。まあ教えても出来ないということがはっきりしてきたので、安心して教えているんだ」

これを聞いて笑い声が起こった。

佐川先生の言葉のうちにどれほどの本音が含まれているのか、推測できなかった。

木村さんはいつも稽古のまえに、台所で佐川先生と余人をまじえずに一時間ほど雑談するのは、よそでは味わえない貴重な経験であった。

先生に頼まれた買い物を渡し、買ってきた中のコーヒーゼリー、あんまんなどを先生に食べなさい、と勧められて食べながら雑談をする。

佐川先生は、食べ物の好みはかなりはっきりされていて、一般にゼリー類は食べないが、コーヒーゼリーだけは別で、毎回、木村さんの分も含めて二つ買うように指示された。

あんこは、つぶあんは好きだが、こしあん、白あん等は食べないという具合だった。

はじめの頃は、先生がインスタント・コーヒーを入れて下さった。そのとき砂糖をスプーンに山盛りにして入れて下さるのにおどろく。先生が笑いながら言われた。

「びっくりしたかね。私は若い時分から湯に砂糖をいれて飲むのが好きだったね」

先生が砂糖をあれほど沢山とっても、健康でいられるのは、鍛錬のせいもあるが、普段からすごく頭を使って色々考えているせいだろうと木村さんは思った。

佐川先生の本質を見抜く頭の良さは、木村さんが見たこともないレベルであった。

木村さんは先生と気があい、二人でいっしょにいるとき話の種がなくなり黙っていても、緊張するようなことはなく、くつろいだ気分のままである。

木村さんは細事にこだわらない明るい性格で、他人の思惑を考えず何事も隠さずに言ってしまう傾向がある。そのため話しながらよく笑った。佐川先生は台所で木村さんと話すとき誘われて大笑いをくりかえされた。

入門後三年間ぐらいの間、先生と話すとき、自分とはまったく物の見方が違うので、別の世界の人に会っているように感じた。

説明を聞かせてもらうと自然な考え方だと納得するのだが、とても自分では発想できないと思うような内容であった。その違和感に慣れるのに三年ほどかかったのである。

だが武術についての質問をすると、先生は何も答えてはくれず、道場へ出ると門人の稽古している所で、笑顔で話された。

「この男は、台所で、私にいろいろ聞きだそうとするんだよ」

木村さんは不意をつかれ赤面し、そのあと武術の質問は出来なくなり、自然に談話がそのほうへむかうのを待つしかなくなった。

佐川先生は道場では門人たちに「合気はあんたらには取れないよ。無理だ」といわれていたので、先輩の門人方もほとんど合気の習得はあきらめていた。

だが台所で木村さんといるとき、先生は語調を変える。道場でくりかえし、「君たちに合気は取れない」と言われ、意気消沈したあとで台所では気力を回復させるように励まして下さる。

「この技にどれほど上達しても、合気を取らなければかならず行きづまるよ。強い者に本気で立ちふさがられたらそれまでだ。合気だけがそれを乗り越える唯一の手段だ。やるときめたらやり遂げるんだ。たとえ出来なくても、やるときめたらやり遂げるのが大和魂《やまとだましい》というものだ。

人生に保証はない、出来ないと思っていたら出来ない。もしかしたら出来るかも知れないと思ってやっていくんだ」

先生は道場で門人たちの将来への希望を微塵に打ち砕くような言葉を発したあとで、台所で木村さんを励まして下さる。木村さんは先生に励まされると無邪気な子供のようになぜか簡単に気力がいくらでも湧いてきて陽気になれた。そうなれた理由は、先生を心から信じきっていたからであった。

佐川先生の技が急に変化したのは八十二歳の頃であった。先生の相手は体のどこかに触れただけで、吹っ飛ばされた。

先生の全体のエネルギーがすさまじく増大して、門人たちはそれまでの何倍にもふくれあがった迫力で飛ばされ、全身が粉々になるようなショックを受けた。

通常の投げられるような感触ではない。畳に臓腑《ぞうふ》が片寄り打ちつけられたと思うほどの衝撃であるが、先生が動作にまったく力をこめていないのはあきらかであった。

先生はあの高齢で人間の能力を超えたとしか思えない、新しい技を摑まれたのである。

木村さんは、先生と一緒にテレビで相撲を観ることが何回もあったが、一生懸命稽古をしている力士が紹介されると、

「まじめに努力している人には応援したくなるね」

と良く言われた。

遠くから熱心に稽古に通う割にはなかなか上達しない木村さんを、どう指導したら良いのかと佐川先生はいつも考えられていたのかもしれない。

ある日先生は台所で、いつものように笑顔で言った。

「いろいろ考えて、やっとどんなボンクラにも合気を伝える方法を見つけたよ」

木村さんは思った。

――ボンクラとは俺のことだろうが、先生の言葉には何の意味が含まれているのか意味不明のまま、先生の言葉は日記に書きとめた。意味を探りとれないまま五年が過ぎ、木村さんは平成二年二月十五日に台所で先生からいわれた。

「こちらが良いと思うくらいの人でないと継げない。悪いところを直せといわれても直せないようでは、問題外だ。自分で気づいて直すぐらいでないとね」

佐川先生は他流の上位の人でも、人格がすぐれている場合に、例外として大東流合気武術の一元の直伝講習をやることがあった。

平成二年五月十八日（金）、その直伝講習の三回目がおこなわれた。先生は八十七歳であった。そのとき先生は木村さんにこれまでに見せたことのない激しい技を掛けて下さった。

椅子に坐っている先生に木村さんが立ち、正面打ちを思いきってしかけ、それを先生が片手で打ち返された。

木村さんは宙を飛んで頭から畳につっこんでしまい、それまで経験しなかったことが起こった。一瞬全身になにかが張りつめたようになり、手足が動かなくなったのであった。

昼間の稽古が終り、門人たちは夜の稽古がはじまる前に近所の食堂へ夕食をとりに出向き、「今日の先生の技はいままで見たこともない凄まじいものだったね」などと話しあっているところへ、佐川先生から電話がかかった。

「足元がふらついて気分が悪い。弟さんはいるか」

木村さんの弟の健二郎《けんじろう》さん（現・東京高輪病院長）は佐川先生の門下であった。当時は東大医学部の専任講師で、先生の主治医の役目をうけもっていた。

健二郎さんが道場へ戻ると、苦しそうに嘔吐《おうと》されていた。その場での診断は心筋梗塞で、健二郎さんはただちに入院をすすめたが応じなかった。

「いま入院したらかえって悪くなる。トイレにいけば大丈夫だ」

先生は入院せず、まもなく就寝されたので門人数人が道場に泊った。だが結局五月二十二日（火）午前九時頃、救急車で東大病院へ入院された。

入院されて二週間ほど経ってから、木村さんがお見舞いに行くと、先生は窓のほうをむき、窓際に手をかけて、スクワットをやっておられた。先生はそういう鍛錬の様子を、他人に見られるのを好んでおられない。木村さんはスクワットが終るまで物陰で待っていたが、かなり長い時間であった。

退院されたのは六月二十一日であったが、その日に道場で木村さんを疾風の勢いで投げた。およそ一カ月間を入院療養していたが、技の切れ味、迫力はむしろ増していた。

先生は門人たちを睥睨《へいげい》した。
「心筋梗塞で入院して、退院した日にこれだけ出来ることは、力じゃないということが分かるでしょう」

佐川先生が武田時宗さんに昭和四十九年十月二日に出した手紙には、武田惣角先生のすばらしさと、その伝承についての解釈が示されている。
すこし長いがきわめて貴重な資料で、内容をここに記す。
「天才的で稀代の名人　故武田惣角大先生の玄妙な合気　即《すなわ》ち全身が合気に満ち　その体の動く処《ところ》　敵は必ず倒る
我国には数百流の武術がありますが　他流とは基本的に理論が違い　随《したが》って鍛錬法も異なり　他では如何《いか》に練習しても　合気は出ぬものと思います
又　合気の体そのものの大先生は　太刀を遣っても天才で　他流を見ても　又は一寸習練しても　直ちに理解し吸収して　元流を超越した技を案出し　独自の合気之《の》太刀を体得形成したものと思います
それは大先生の体より　滲《にじ》み出たものと判断します
大先生の偉大な太刀は　柳生流とか一刀流とか小野《おの》派一刀流とか直真陰流とかいう流儀を超越したそれ以上のものであったと確信しております　明治の年間　仙台《せんだい》で下《しも》

江秀太郎《えひでたろう》の籠手《こて》を初太刀一本取りの御話は何回となく大先生に聞きました
この場合の出方はこの様に出る等の御話もききました
大先生の門に入った下江秀太郎は御承知の如《ごと》く　北辰《ほくしん》一刀流の達人で警視庁の剣道師範時代　あの高名な榊原健吉《さかきばらけんきち》と立会っても寄せつけず　榊原はぜんぜん下江には歯が立たなかったという実話を　当時の巡査より聞きました
そこで小生の目的は大先生独自無比の大東流合気武術を（中核となるものは合気柔術と思います）小生も愚鈍乍《なが》ら幼年の頃より専念し　数十年間苦心に工夫を重ねてきましたので　大先生の合気を理解し　そこに厳然たる一貫した理論のある事が判る様になりました
此《こ》の合気理論を門人の内で素質あって可能性のある者に伝承して　その技を連綿と正しく後代に相続させる事が　大先生の御恩に酬《むく》ゆる事の第一と思います（或《あ》る程度の）
小生の一番案ずる事は　仮に不鍛錬な未熟な門人を取立てて師範とした場合　合気のない腕力の柔術となり　それが二代三代と継伝された時には単なる形のみとなり応用性がなくなり　大東流とはこんなものかとの批判も出て来ると思うのです　それこそ　大先生の真価を損うものでないでしょうか」

平成四年七月三日は佐川先生の九十歳の誕生日であった。木村さんはふだんの通り道場へ出る前に買い物をして、台所で先生に挨拶をした。

先生は木村さんに言った。

「九十歳になったからいろいろ考えたが、教えることにした。あと多くて五、六年だ。今のうちに習わないとだめだよ」

七月六日に先生は台所で、嘆声のように深い尾をひく声音で、過去を振り返られつぶやかれた。

「あんたのように熱心で、本気でやろうとした弟子は、今までいなかったね」

最古参門人の田口鉄也さんは、昔から門人の出席記録を丁寧につけていた。そして佐川先生が亡くなられた当日における、全員の稽古回数の記録も作成された。

それによれば主な人名、回数は次の通りである。敬称は省く。

田口鉄也　四〇九〇回
木村達雄　四〇〇五回
高橋　賢　二二九三回
内野孝治　二二七六回

田口さんが稽古に費やした年数は約四十年、木村さんは約二十年であった。

稽古の密度において群を抜いていた木村さんは、精進の気合が弛《ゆる》みかけるとたちまち佐川先生に叱咤された。

「あんたはこの三カ月間、進歩がとまっている。それは自分のやり方でいいと思っているからだ。私には鏡に映すように、あんたの心が読めるのだ」

平成四年八月十七日には、

「木村君は弱い者には合気のようになるから、いずれ合気が出来ると思っているが、そうではない。最初から取らなければいけない。合気上げも私のそばにいても、すぐ違う方向へ行ってしまう。木村君は私から離れたらだめになるね」と言われた。

その頃佐川先生は、雑誌や新聞でたまに紹介されることはあっても、世間にあまり知られていなかったので、木村さんは先生についての単行本を出版したいと考えるようになっていた。

作家の高橋三千綱《みちつな》さんも佐川先生に入門して、数回通ってきた。

あるとき、彼は木村さんに言った。

「佐川先生の連載小説を書こうとして、実は何回も試みたが、むずかしくて書けない。木村さんが直接書いてくれませんか」

高橋さんは講談社の週刊誌担当の三木《みき》編集者を紹介してくれた。

木村さんは、連載は無理だが、単行本ならなんとかやってみると答え、単行本担当の磯尾《いそお》さんと交渉することになった。

磯尾さんは大ベストセラーになった本を幾つか担当した実力者で、少林寺拳法四段であったので、さっそく佐川道場を訪ねて先生の技を見学した。

「これは素晴らしい！　こんな武術が存在するんですね」

磯尾さんは先生の技に感動し、講談社での出版を即決した。

私が帯に推薦文を書き、初版二万部という好条件で売りだし、増刷十数回というおどろくべき売れゆきとなった。

木村さんが原稿を書きはじめた頃、佐川先生は台所や道場で、「なんだ、この原稿は！」と怒声を響きわたらせた。

木村さんは当時を思いだしていう。

「先生に怒られて、自分の心臓がパラパラと崩れ落ちていく感じがしたことが三回ほどありました。この本は、人類の為にも出すべきだと思っていたので、耐えられましたが、ちょっとでも自分の為と思ったら、とてもじゃないけど、やってられなかったですね」

門人たちは息をひそめ、先生の迫力をなだめることも出来なかったが、原稿が進むにつれ先生の機嫌もよくなり、多くの資料、証言を提供され、校正にも深くかかわられた。

木村さんは「随分苦労するよ」とこぼしていたが、結果は思いがけない大成功であった。

昭和六十三年三月四日、かつて佐川先生の門人であった中国武術研究家の松田隆智さんが訪ねてきた。

先生は松田さんに言った。

「透明な力が大事なんだ。昔はピストンのように、と説明したでしょう。肩に力を入れない透明な力でやるんだ」

先生は機嫌よくそう言って、木村さんの胸を押し吹っ飛ばした。

松田さんは漫画『拳児』のなかで、佐川先生を佐上幸義という名で取り上げた。

昭和六十三年十一月二十六日の木村さん宛ての松田さんの手紙には、

「小学館より故人以外は実名を出さないように、との取り決めがありましたので、佐川先生の名前を一部変えました。『少年サンデー』は百万部以上出てるので、小学館編集部の方へ『佐上先生は実在の武術家ですか？』『佐上先生の弟子になりたいから取り次いでほしい』との読者からの電話がかなりあったとのことです」と書かれていた。

そのいくつかのコマでは、佐上先生が投げている様子が、佐川先生の実際の雰囲気そっくりに上手に描かれている。

その章の小見出しは「透明な力」であった。

それを読んだ磯尾さんが、木村さんの新著の題名を「透明な力」にしたいと提案し、先生が了承したのである。

初版の発行日が平成七年三月二十四日であった。木村さんは言った。

「あとからふしぎに思ったのは、佐川先生がそれからちょうど三年後の、平成十年三月二十四日に亡くなったことですね」

その三年間に『透明な力』を読んで入門した人は、三百十八名に達した。佐川先生は道場で言った。

「もし頭のいい者が『透明な力』を読めば、合気の秘奥を読みとるかも知れないね」

先生の言葉の真意は複雑で、簡単に表現できるものではなかったに違いない。

松田隆智さんからの手紙は多く残されているが、昭和四十三年八月二十二日付の来信には、このようなものがある。

「拝啓　先日は、突然訪ねまして、失礼致しました。又特別に稽古をして下さいました事を、心から感謝して居《お》ります。本当に有難う御座居ました。

思えば、最初に、先生をお訪ねしてから、約九年間、無駄にしてしまった事を残念に思って居ります。

しかし、その間に、色々の流派の武芸を見て、真の大東流の素晴らしさが良く判りました。改めて、先生の偉大なる強さを感じます。

　先生から遠く離れて居る事を本当に残念に思います。私は、どうしても、我が国の秘宝とも申すべき大東流の秘技を習得したくて、そうして自分自身の、人間完成と共に、ともすれば、失われて行く現代に於《お》ける、日本の良さを、何とか、正しい姿で、たとえ少しでも、正確に、覚えたく思っております。

　大変、お手数をかけて申し訳、御座居ませんが、稽古日と時間、月謝等御知らせ下さいませ、お願い申し上げます。一生懸命、頑張って他人の数倍、会得できる様に努力を致す覚悟です」

　さらに昭和四十四年十一月二十一日付の松田さんからの手紙には、

「思えば昭和三十四年に初めて入門して以来九年間の空白の間、各地の各流派の武道を見たり、習ったりしましたが、大東流以上の流派は無いと確信を得ました。

すべての流派の奥義が、大東流の技の中に含まれて居る様な気が致します。

九年間を無駄に致しましたが、その九年間の経験のおかげで、これから先迷う事なく一筋に、一生涯をかけて、できる限り多く、本部道場へ出向きまして、許される限り沢山の技を正確に体得したい覚悟です」

　松田さんは著書『謎の拳法を求めて』でその経緯を記している。

「僕は昭和三十四年に入門（大東流に）したとき、あまりのむずかしさに、これほどむずかしい技術は一生かかっても、完成することはおぼつかない。それならいっそのことせっかく続けてきた「一撃必殺」の拳技を完成させるべきだ、と考えて断念してしまったが、その後成長するにおよんで、佐川師範の偉大さをあらためて知り、九年後に再入門して教えを乞うた。そして大東流一途に専念しはじめた時、自分の意志に反して運命によってふたたび修業を断念し、それがまた中国武術を徹底的に研究することになったのである」

『秘伝日本柔術』の出版について佐川先生との幾つかのやり取りがあった。

佐川先生が昭和五十二年六月二十四日に松田さんに送った、右のような手紙の控えが残っている。

「昨秋以来、大東流に関し、種々ご配慮蒙《こうむ》り、深謝致します。猶《なお》去る十八日　高橋賢殿へ当流体（柔）術の写真撮りサービス版四十数枚手渡しましたので御受取り下さい。次に或《あ》る書籍に依《よ》れば、先師武田惣角先生伝授の礼金に関し、事実に反することが記載されてありましたので、一応その実体を御知らせします。

一、明治三十年より四十年頃までは不教。

一、明治四十年頃より大正を経て昭和十年頃までは一人当り十日間で金拾円。

一、それより後は七日間で金拾円となりました。

右は講習形式の数人または十数人の場合です。

警察署又は団体等の稽古の場合は、その長の判断で謝礼するもので同一とは限りませんが、大体のところ一日又は七日間で金拾円か弐拾円です。
故先生の御住居についても書物に色々書かれているようですが（御殿のような立派な家を寄贈された等）
実際は極く粗末な家で柾葺《まさぶき》平屋建板壁造りで、約十五坪位のものと思います。
何かの参考になればと思います」

松田さんは昭和五十二年七月三日付の返信を送っている。
「拝復　お手紙拝見しました。大変に参考になりました。本の方はいつになく慎重になりすぎてしまい、また真実を世に知らせるという使命感や、あるいは大東流の名誉がかかっているなどと、色々の責任を強く感じてしまい、いつも通りに筆が進みませんので、困っています」

『秘伝日本柔術』が出版されたあとの昭和五十五年五月一日に松田さんは佐川先生につぎの内容の手紙を送った。
「『日本柔術』の書は、まづまづの売れ行きであり、出版社に問合わせも多いとの報告がありました。この書によって佐川先生の存在を知り、『教えを受けたいが、道場はどこにあるのですか?』という葉書も、出版社にかなり来ている様です。

ただ現在の先生の道場の中で、小生と共に起《た》ちあがってくれる人が居ないのが残念でなりません。

それぞれ生活や勤めに追われて、仕方のない事だと思いますが、御門弟の中で先生の技を受け継ぎ、武術に没頭する方が居られないのは、この上なく残念であり、淋《さび》しく思っています。

何とぞ、いつまでもお元気で多くの正伝の技を、世に伝えて下さい。

他の人の持っていない技を、多くの人に(たとえ他の人の弟子であっても)理解させることが、先生の真価を知らしめることになり、結局は日本のためになるのではないでしょうか。

そして歴史に、後世に名をとどめていただきたいと熱望しています。

追伸　先生が御一人で道場でのご指導だけでなく、家事一切までなされていられる事を聞き及び、電話など当方の勝手な時間にかける事をはばかりますので」

この来信に対する返書を佐川先生は同年五月二十七日に松田さんに送っている。

「『秘伝日本柔術』を読んで入門せし者、現在七、八人修業しております。

昭和五十三年十月頃、木村達雄という(昭和二十二年生)名古屋大学数学の助手で、数学関係ではなかなか優秀でアメリカ、ドイツ等、一カ年位、出張指導しているそうです。

　同人は非常に武道熱心で、既に武蔵高校時代、植芝の演技を見て合気道に入門し、同校に部を作って稽古し又アメリカ、ドイツへ出張中は合気道の各支部で、合気道を指導しているとのことで（合気道を十五年修業せしと）貴著を見て、小生に是非指導受けたいとの通信あり。（通信以前電話もあり）、折りかえし小生より、機を見て来訪されたしと回答したところ、其後《そのご》間もなく来家しましたので、合気技をかけて見せました。

（何のことはない、当流の初段にもかからぬ腕前です）

同人としては今まで習練した合気道とは全く異なり、小生の身体全体が合気体で撥《はじ》き飛ばされたり、くっつけられたり、全く力がすーと抜かれたりしたので、只《ただ》唖然としたものです。

　直ちに入門希望の申し出がありましたが、合気術はなかなか難しく身につける事の至難さを諭し断りましたが、同人は仲々引退《ひきさが》る事なく食い下がるので、其の後、五十四年一月に入門を許可しました。

　其のあと二カ月たって五月上旬フランスへ出張する事になり、中断しましたが、今年三月に帰国し、四月より引き続いて道場通いしています。

　仲々熱心で月に十回以上は来て稽古して居りますが、今までの悪い『クセ』が抜けず、正常になるまでは相当の時間が必要でしょう。

故恩師武田惣角先生は、その門弟に免状を授与する場合、合気の術の技量が必ずしも錬成上達した者のみに出すのではなく、講習の期間中に一方的に数多くの手数を教え（先生の手を捕って復習することは絶対に無い）、上級に属する技を教授した場合、各人の人物を観察して印可するものなれば、免状を受けた者即ち練達者とは言い難いのです。依って不鍛錬者が多いのです。

之《これ》は講習稽古の悪い点と思います。

小生愈々《いよいよ》老境に入りましたので、予《か》ねてより大東流合気術を有能者に伝達したい希望は大いに持っているのですが、今までのところ後継を託すべき門人が現れないのです。種々の条件を具備してないと会得は難しいと思います。残念なことです。

武術に限らず、総《すべ》ての技芸は師の技術を察し、身に着ける位の才能と素質が無ければならぬと思います。

之に加えて、精神力即ち負けじ魂が内蔵されてなければならず、また鍛錬を生涯を通じて、絶えることなく日々努力する様でなければ、練達の域には至らぬと思います。

況《いわ》んや先生の講習を受けたのみで、鍛錬せず型だけに捕われる様な取り方をしている者は、大東流の指導者とは断じ難いと思います。

随分くどくどと書きしるしました。右とりあえず御返事致します。

二伸　こうなる事は小生の運命とは思いますが、御賢察の通り、日々の炊事・雑用は全く参りました。毎月拾万円乃至《ないし》拾五万円位で（食事付）家事を取り仕切ってくれる人ありませんでしょうか。何か良い思案ありませんか」

佐川先生が、合気をこの世に残しておきたいと切望しておられたことは、大東館が昭和三十五年五月一日に発行した「大東流合気武道第五号」に記載されている。

それは武田時宗氏が亡父武田惣角先生の門人たちを歴訪した現況報告である。佐川先生について、つぎのように記されている。

「佐川幸義氏（本部顧問）この前にお目にかかったときよりも体も頑健になり、ますます元気になったように感じられました。

先生の技は一段と冴《さ》え、しかも人格を反映してその技は円熟を加えておられた。大東流合気武道は年齢に関係なく修練できるばかりでなく、高齢者となってますます深い域に達するという特長を先生に見い出しまことに心強く感じたわけである。

先生は父親（武田惣角）に同行して全国各地を武者修行して勇名をとどろかせた人であるが、円満そのものの先生を見ると、昔勇名を馳《は》せた人とは思えないのである。

先生と久しぶりに対面し、武道の話を語り明かしたが、奥深いお話を聞いて私にとってまことに有意義であった。

先生はご自分の技を後世に残すことを念願としておられ、日夜研さんを積んでおられる。

先生は本部の顧問をされているが、実は顧問というより第一線で御活躍していただきたい方である。

先生のおられるところは地理的条件に恵まれているので先生のお力によって大東流合気武道の普及発展を願ってやまない次第である」

平成九年四月二十八日に、木村健二郎さんが佐川先生に動脈瘤《どうみゃくりゅう》が見つかったので、稽古をやらないように進言した。

「そんなことなら、やるわけにもいくまい」

先生はその後一週間、道場で口頭での指導はおこなったが、誰も投げなかった。

だが五月五日に道場へ出ると門人たちに告げた。

「やはり、やることに決めたよ」

この日の稽古参加者は五十二名であった。先生は混みあっている道場で木村さんだけを投げたので、門人たちは先生が命を賭けて彼に道統を伝えようと決心されたのだろうと、身内に戦慄を走らせた。

その頃の木村さんの日記には先生が、過ぎ去ろうとする合気探求の長かった山河をふりかえるような、影深い言葉がいくつも記されている。見渡すかぎりの人生の黄葉のなかに、先生はたたずんでおられた。

「機械に頼って鍛えても、精神力が強くならないからだめなのだ」

「私は気が強いし、相手がどう来ても一瞬でやってしまう。同じ手はつかわないし、いくら鍛えても鍛えられないところをせめてしまう」

木村さんは二週間のドイツ出張から戻り、八月一日に道場へ出て、ふだんの通り台所で先生に挨拶をした。

「随分長かったね」

先生は木村さんを待っていた内心を隠さなかった。

その日の師弟はいつになく胸にひそめている感情を流露させ、泡のようにあふれさせた。先生はいった。

「いろいろとあったが、今までをふりかえってみると、結局は運命がはじめから決まっていたみたいだ。努力して良くしようとしても、息子や家内は死んでしまうし……」

木村さんは応じた。

「私も先生からここまで教えていただくようになるとは、ちょっと運命みたいなものを感じます」

「そうだね、運命だよ」

「いま、門人が多いですね」

「ここでは巧《うま》くならないよ。私は教えないからね」

佐川先生の考え方の特徴をあらわす逸話がある。門人の一人が言った。

「私の家では子供は正座しなければならなかったけど、親は自由でした」

先生は静かに反論された。

「それはだめだ。上の者が模範を示さなければならない」

また、先生はたまに高橋賢さんに言われた。

「気力が大事なのだ！」

月に一回の大東流合気佐門会のとき、先生は木村さんに言った。

「今日は冷蔵庫にある水羊羹を皆で食べよう。道場へ持っていきなさい」

木村さんは道場へ運ぶ途中、水羊羹のなかに、賞味期限が三年過ぎたものが混っているることに、気がついた。真空パックの包装ではなく、ふつうのビニールの包装だったが、まっしろにカビていたのだ。

木村さんはおどろいたが、勝手に捨てるわけにもゆかず、賞味期限切れというのも失礼だと思い、そのまま多量の羊羹を道場へ運んだ。

高橋さんはまっしろな水羊羹がめずらしく見えたのか、それを先生にえらび自分もその一個をとったが、ひとくち食べるなりむせて、あわてて先生の前に駆け寄り、とめた。

「先生、これはカビです。食べないで下さい」

ところが先生は一喝した。

「高橋君は気が弱い！　なんだ、こんなもの」

と言い、まっしろにカビの生えた羊羹を食べてしまわれた。

門人たちは仰天したが、高橋さんもやむをえず、何ともいえない顔で食べた。

先生は身をもって高橋さんに気力の大事さを示されたのである。そのあとお二人とも、体調を崩されたとも聞かなかった。

合気で闘うとき、相手が大きいとか強いとか自分は出来ないんじゃないかなど、心中に迷いをおこしてはいけない。

動じない心で水のひろがるようにスーッとやっていかなくては技は効かない。そんな意識を強調されていた先生だったと理解できる。先生の本意はもちろん闘うときだけではなく、万事において動じないことを伝えようとする心境にあったが、周囲の人々や、あとからこの挿話を聞いた世上の人々のおおかたには、それは伝わらないことであろう。

逆に、無茶なことをいう人との印象を与えることになるであろう。

先生が稽古を終え、奥の間へ戻るとき、高橋賢さんが先生の手を取って支えようとすると、先生はよろこばず、余計なことをするなといわんばかりにその手を払い、高橋さんを投げてしまった。

平成九年八月二十三日から一泊の温泉旅行では、先生は風呂場で高橋さんが支えようとするのを、はじめて素直に受けられ、笑顔で言われた。

「こんなに人の世話にならなくなっては、もうだめだと自分でも思っているのだよ。これでは来年は来られないね」

佐門会の温泉旅行は先生の言った通り、この時が最後となった。佐川先生は、自分の歩む道がどの辺りで終るという見当がつくようになっておられたのであろう。

佐川先生は木村さんが助教授のとき、よく言われた。

「木村君は教授に昇進したら、もう稽古には来られないね」

木村さんは答えた。

「いや、きっと今まで通りに来ますよ。忙しくはなるでしょうけど」

「そうなったら体に無理がくるから、がんばってはいられないよ」

先生がくりかえしそう言うのは、熱心な門人が繁忙に耐えられなくなり、技の進境が鈍くなってゆき、ついに門下から去っていくかも知れない前途を想像し、気にしておられるためであろうかと木村さんは思った。

彼が教授になったのは、平成五年九月であった。その後、稽古は一回も休まなかったが忙しさは助教授の頃とまったく違っていた。

木村さんは疲労が重なり、ついに狭心症になってしまった。それでもニトログリセリンを携帯して稽古を休まず、土浦から小平市の道場へ通った。

平成十年は年初から筑波大学の教育研究科の修士論文発表会や非常勤講師の先生たちの世話で忙しさがきわまった状態であったが、二月三日（火）についに研究室で倒れ、ソファに寝たまま身動きができなくなり、二時間ほど脂汗を流しながら危険な状態で過ごした。

その週は金曜から月曜まで四日連続で佐川道場の稽古があった。夫人は絶対に休んでほしいというが、休むという考えは木村さんの頭の中にはまったく存在しなかった。

だが道場へ行く前日の二月五日（木）に木村さんの父君が逝去した。木村さんはさすがに佐川道場の稽古を休んだ。休むとたちまち体力が回復してくる。

翌日、夫人の夢に亡父があらわれ、「もう達ちゃんは大丈夫だよ」と言ったそうである。

二月十四日、木村さんが道場に出ると先生は言った。

「誰も最初から出来る人はいないのだ。だからやるべきことを、ちゃんとやっていかなければいけない」どれほど忙しくても、稽古の段階はかならず踏んでゆかねばならないという意であろう。

三月二十一日に、京都で木村さんの父君の納骨式があったので木村さんは稽古に出席できなかった。

佐川先生は門人たちに「木村君はいつ来るんだ」と何度もたずね、待ちかねている様子であった。「この武術は本当に時間がかかるんだよ」と、嚙《か》みしめるような口調で言われたそうである。

このとき先生は合気を木村さんに伝承するために現在残された時間が切迫しているのを知っておられ、冷汗を握る思いでおられたのかもしれない。

三月二十三日（月）に木村さんは一週間ぶりに稽古に出席した。

二時半に先生がいる二階座敷へうかがい、ストーブに灯油を入れた。四時半頃、佐川先生は紺のスーツで正装され、道場に出られた。

稽古の参加者は松戸《まつど》多良《かずよし》先輩など四名のみであった。先生が正装で道場に入ってこられたことは、かつて一度もなかった。

先生はしばらく稽古を見ておられたが、五時半頃、木村さんを何度も凄い技で投げた。考えてみれば、師弟ともに稽古をつつしまねばならない体調であるが、道場で向かいあえば木村さんは佐川先生の神技に心を奪われ、体を宙に舞わせた。最初は片手の合気をやって下さった。技の感触はいままでとまったく違い、まるで宇宙に飛ばされているようであった。

木村さんは胸のうちで絶叫した。

「これは人間の出来る技ではない。神様の技だ」

先生の合気の次元が、また大きく変化したのである。幾度か投げられたあと、何とも形容の出来ない凄まじいとしかいいようのない技を、三回掛けられた。

かつて先生はそれを木村さんに一回掛けただけで心筋梗塞をおこし、一カ月間、東大病院に入院した。その時とおなじ技を三回くりかえし、掛けて下さった。

最近になってIさんは易で、そのときの佐川先生の本意を観てくれた。

「先生は、まだ生きていられる状態であったにもかかわらず、このままでは合気は消えてしまうと思われた。そして切迫した命のタイムリミットの中で、命と引き換えに強烈な技を掛け、木村さんの細胞に合気を埋め込んだ」

これが、佐川先生の「どんなボンクラにも合気を伝える方法」であった。

佐川先生はご自分の覚悟を木村さんに気づかせるために、紺のスーツで正装して道場に来られたのだった。

木村さんは言う。

「合気は私の命だといわれた先生でした。先生のご本意を知ることは不可能ですが、もし易のいう通りに先生がご自分の命と引き換えに、私の身体に合気を埋めこんで下さったのだとしたら、そこまでしていただきながら、そのことにまったく気がつかなかった自分、いまだに未熟な自分が情けないですよ」

木村さんは色々思い出してきた。

「でもそう言われて考えてみると、受け身もとれず頭から畳に突っ込んでしまう投げ方を一回やっただけで、心筋梗塞になって一カ月も入院したのに、その退院直後にすごく激しい合気を掛けても先生は何ともなかったのです。

いつもの合気だったら、いくら激しく投げても佐川先生の肉体には何の負担も無いので、心筋梗塞にはならなかったということです。投げられる方も、受け身をとることが出来ます。

佐川先生が一回やっただけで心筋梗塞になってしまった投げ方は、考えてみると、いつもの合気とはまったく異なるものでした。

なぜ手で頭を防ぐ受け身が出来なかったのか、そのときの状態を振り返ってみると、何かが強烈に体内に入ってきて、膨らみきった風船のように身体がパンパンになってしまい、手足がまったく動かせなかったのです。

この技は、強烈に投げるのが目的ではなく、佐川先生の身体内部の何かを強く私の身体に移すのが目的で、それは、佐川先生の身体に大きな負担を強いるものでした。一回やって心筋梗塞になってしまったので、先生はその技を控えられていました。また、寝たきりの息子さんがいるので『私は死ぬわけにはいかない』と言われていた。動脈瘤が破裂する危険性もあった。だが、合気をこの世に残すことを最優先され、一回やっただけで心筋梗塞になってしまった危険な技を、この世を去る覚悟で三回もされました。今更ながら愕然《がくぜん》としています」

佐川先生は木村さんを秘玄の技で投げたのち、

「疲れた。これだけ教えて分からなかったら、どうしようもない」

と言って、その十分後には就寝されたという。

翌平成十年三月二十四日（火）、木村さんは夫人の誕生日祝いを終えた夜七時頃、佐川先生が亡くなったという知らせの電話を受けた。

木村さんはただちに車で先生のお宅へ向った。彼はあまりに早く受けた衝撃に動転した。世界のすべてが止まってしまい、底のない寂寥感《せきりょうかん》に全身が打ちのめされた。頭は空白になり、何も考えられなかった。

三月二十七日、道場でお通夜が行われた。三月二十八日、小平の御自宅で告別式が行われた。プロの武道家や道場を離れていった人々もふくめ、何百人もの弔問客で溢れていた。

佐川先生の弟の佐川廣《ひろし》氏は、弔辞の中で話された。

「兄は、自分が強くなれたのは弟子のおかげだ。弟子が強くなるから私も強くなれる、と常々言っていました」

門人一同は佐川先生の真心に触れ、感涙をおさえられなかった。告別式の様子は、スピーカーで庭に流れ、門人たちの号泣する声が唸《うな》るように庭まで響いていた。

母屋で一人残された息子さんは、父の死を知らされたが、隣室でおこなわれている葬儀に出られず、ベッドで泣きつづけていたという。

その後、一同はバスで火葬場へ行った。骨がおどろくほど太く、白く光っていた。

係の人が皆に話した。

「この方は、ものすごく鍛えた方です。四十歳や五十歳の人たちもとてもかなわないです。生まれつき骨が太いわけではありません。とても精神性が高い方です」

係の人は、佐川先生のことをまったく知らない。

木村さんは思った。

「分かる人には分かってしまう。努力しているか否かは隠せない」

時間は過ぎ、別離の悲哀に打ちのめされた木村さんは、感情がかれはてた身内に、ふたたび合気のエネルギーが満ちてくるのを待つしかなかった。

第五章　言葉のない会話

木村さんは昭和五十七年（一九八二）六月二十九日に佐川先生に「筑波大学にも大東流合気武術同好会を作ろうと思うのですが」と話して許されたので、筑波大学で大東流の稽古をはじめた。

筑波大学は全国の大学を代表する、武道論の総本山であるとされている。その武道論研究室から、体育センター文部技官であった長尾《なが》進《おすすむ》さんが体験を望み、木村さんに師事してのち佐川先生の門人となった。

長尾さんは、初めて佐川先生に会ったときの様子を日本武道館「武道」平成二年一月号で、次のように書いている。

「木村さんが正面を打っていくのだが、先生は軽くスッと手を出されたかと思うと次の瞬間には木村さんの体はものすごい勢いで先生の足許に転がっていた。私は信じられないものを見てしまった驚きで、暫《しばら》く口が開いたままになっていた。あのどう押しても引いても動かない木村さんが、いとも簡単に転がされるのである。みると浅野《あさの》さんも前林さんも口を開けたままになっている。このあと先生は木村さんを相手に数々の神秘的な技を見せてくださった。そのたびに木村さんの体が宙に舞い、あるいは数メートルもはね飛ばされるのである。

気が付くと我々は自然のうちに平伏していた。私はこの時はじめて、人間は本当に素晴らしいものに出会ったときには自然に頭が下がるものであるということを知った。今、この日の日記をみてみると、その最後に『とにかく世の中がいっぺんに引っくり返ったような気持ちの一日であった』と記しているが、このときのいつわらざる心境である」

剣道の専門家である長尾さんに先生は、

「剣は受けるのではなく流すのだ」

「剣道の指導者でありながら、片手打ちをあり得ない技だと極言する者がいるが、鍛錬の効用を知らないからそんな口をきけるのだ」

などとそれまでの常識をくつがえす指摘をされ、長尾さんは合気の効用は剣道にもひろく及んでいることを、知らされた。

長尾さんは平成十八年（二〇〇六）、四十八歳の時に超難関といわれる剣道八段の昇段試験に一回で合格し、剣道界の話題を集めた。その後、明治大学の副学長（現教授）などをつとめ、繁忙をきわめたが、いまも大東流の稽古を熱心につづけている。

長尾さんは入門当時剣道六段、ウェイト・トレーニングも玄人《くろうと》なみの技が出来た。彼が筑波大学の格技体育館の一階で、数学の助教授の木村達雄さんという方が大東流という武術を教えているが、見学してみないかとすすめられ、日本を代表する大学剣道部コーチとしての自負を持っていたが、さっそく木村さんに会った。

長尾さんが最初に木村さんの腕前を試しに出向いたとき、今まで体験したことのない、不思議な技を掛けつづけられた。長尾さんは、そのおどろきを、文部技官で剣道部コーチをつとめていた前林清和《きよかず》さんに伝えた。

いま前林さんは神戸学院大学の社会防災学科の学科主任をつとめ、カンボジアの教育支援のＮＧＯをつくり、世界的な活躍をつづける一方、大東流を神戸学院大学の道場で教えている。

佐川先生に神戸で教えるよう勧められたのである。

前林さんは昭和六十二年十一月三日に長尾さん、浅野さんとともに木村さんの紹介で、佐川先生の門人となった。前林さんは当時の情景を記している。

「そのときの先生のお姿は今でも忘れない。

おだやかであるが身ごなしにまったく隙がなく、私たちを押し伏せるような圧倒的な存在感があるのに、透みきった静寂に包まれている。

稽古がはじまると時々、一言注意をされて木村さんを投げられるが、その技の切れ味はすさまじく、私たちが技を掛けても微動だにしない木村さんが、木の葉のように吹っ飛ばされるのである。

この時に『私のやるべきことはこれしかない』と直観的に決心したのである」

いま前林さんはいう。

「佐川幸義先生にお会いしてから、三十年が過ぎようとしている。佐川先生と出会った瞬間から私の人生の彩《いろどり》が変った。なぜならば佐川先生の存在そのものが、私のいままでに見たことのない高次な世界だったからである。

どういうことかといえば佐川先生の合気の技の凄さやお人柄のすばらしさなど、それらのすべてを含めた先生の存在が透明でその場全体に広がっているのである。

従って先生と同じ場にいると、異次元の空間にいるといっても過言ではない。

今私は大学で防災や社会貢献に関する教鞭《きょうべん》をとっているが、今から思えば実は先生との出会いがその契機となった。

先生と出会ってから私は人間の可能性は無限であるということと、使命感を持って生きなければならないという、二つのことを知ったのである」

私は先生にお目にかかったとき、現世にあらわれ生きているが、ふつうの人物ではないとすぐに分かっていたような気がする。先生の生きている場所と私のいる場所はつながっていない。

だから先生が門人になれとすすめて下さったとき、私は自分の本質を知っていたから合気を学ぶ根性がないと思い辞退しようとした。

だが先生にすすめられてはどうして拒めよう。心ならずもおうけしたのである。

私はいま、前林さんの発言に心をゆさぶられるとともに、先生にふさわしい資質をそなえた門人の一人として彼がいることをよろこび、拍手を送りたい。

前林さんが神戸学院大学に就職し、神戸に引っ越したのは平成三年であった。前林さんは毎週佐川道場へ通った。

当時の事情を、のちに語っている。

「当時は無我夢中で神戸から稽古に通わせていただきました。毎週、先生の道場で稽古し、時に先生に手を取っていただくことで、一週間の日常で濁った私の身体《からだ》と心が浄化されるのです。

これも非常に不思議な感覚ですが、合気の技を受けると身体が、心が透明になっていくのです。自分のもう一つの身体が確実にきれいになってゆく感じです」

平成七年一月の阪神・淡路《あわじ》大震災で神戸の市街は前例のない深刻な被害をうけた。

前林さんは被災後しばらくの間、行方不明となった学生の捜索と、家族の生活の確保で佐川道場へ行けなかった。その後稽古に行ける余裕ができたので道場へ久しぶりに稽古に行ったが、その際に佐川先生から思いがけない指示があった。

「神戸で教えなさい」

そのときは驚きつつも「ありがとうございます」とお礼を述べたが、実際に「私のような未熟者が教えることが出来るのだろうか」と不安でならなかった。

前林さんはその時の気持ちを語った。

「佐川派大東流の名を背負い道場をひらいたうえは、門人に対し、また外部に対し、先生の名をけがすようなことは絶対に出来ません。それは技についても、生きかたについてもです。

神戸で教えるにあたり私がもっとも大切にしてきたことは、口で説明したり、いいわけをしてから、あるいはしながら教えてはいけないということです。

先生は常に実戦を前提に稽古をされており、私どもにも常にそうおっしゃっていた。何もいわないで技で示すことだけが自分を進歩させる一筋の道だということは、自分には分かっています。

先生の教えの内にのみ、自分を進歩させる真実が存在すると信じていました。

何もいわず技で示すのは、簡単なようですが非常に困難であり、勇気が必要です。

しかしこの教えを実行してこそ、わが技がわずかながらも進歩していくのだと、先生の教えの深さに驚かされるとともに、感謝の気持ちに満たされています」

前林さんは佐川先生の合気技は言葉であらわしきれないほど凄まじく不思議だと言い、その印象を語る。

「先生に技を掛けられて飛ばされたり、叩きつけられる鋭さといきおい、飛ばされる距離が、想像をはるかに超えます。

私が先生に直接稽古をしていただいた体験から、言葉ではとても表現できないということを承知したうえで、あえて言葉で再現してみます」

前林さんが技について最初に口にしたのは、立技の後ろ裸締めであった。相手の背後から腕で首を締めつける技であるが、締められた方は、その技から逃れることのきわめて難しい強烈な攻撃法である。

「私が先生の首をうしろから締めた瞬間に、先生の肩が生きもののように動くやいなや、私の足は宙に浮き、逆さまになって、先生の頭の上を越えて前に投げられてしまいました。

何事が起こったのかまったく分からないまま畳へ叩きつけられるというのは、あり得ない現象としか思えません」

無刀取りは互いが相対《あいたい》した状態となり、相手が剣を打ちこんでくるのを素手で制して剣を奪い取る法である。

「先生を正面から打とうと木刀を振りあげた手元を下から制され、体が大きくのけぞってしまい、木刀を取りあげられてしまいました。

こちらが木刀を持っているのでかなりの間合がひらいていましたが、打つ瞬間にどういうぐあいに先生が距離をつめて私の真横へ接近されたのか、まったく分かりません。

私の心の隙間を動かれたような感じでした。先生の技は、そのときの実感を思いだそうとしても、どうしてもリアリティが湧いてこない。そこが先生の合気の技なんです」

柔道であれば投げられたとき、どちらの方向にどんな力とタイミングで、どんなスピードで投げられたかということを身体が感じるから実感があり、リアリティがある。

先生の合気はどちらの方向に崩されたか、まったく力を感じないから分からないのである。タイミングなどは必要ではない。スピードも必要ではない。

閃光《せんこう》のような速さで投げられることもあれば、スローモーションのようにゆるやかに投げられるときもある。どちらの場合もまったく抵抗できない。

体の力を残らず抜かれているときもあるし、全身に力がみなぎったまま投げられるときもある。どの場合にも力をまったく感じないと前林さんは言う。

そのために自分が飛ばされていても、他人が飛ばされているように感じてしまうというのである。

「視覚では私は投げられているのですが、体に何も力が加えられないから、身体として飛ばされているスピードや倒れるいきおいは分からないので、畳へ叩きつけられたときの衝撃に愕然としてしまいます。

そのとき、はじめてリアリティが湧いてくるんです」

前林さんは私がそうではないかと推測していたことを、口にしてくれた。先生の技は、身体が接触する前に掛けられていると感じるという。

「稽古をしていただくとき、むかいあった空間が先生の空間で、私はすでに制圧されているような気持ちになっているのです。それは気迫に圧倒されるというような、心理的な衝動のようなものではなく、まさに私がいる空間そのものをコントロールされているという、時間空間的な次元のことです。

そんな経過で、私は一心不乱にかかっていっているはずであるのに、いつのまにか腰砕けになったり、力が入らない身体になったりして、投げられてしまうのです」

前林さんは投げられたあとの極《き》めにしても関節を極められているのでもなく、力も感じないのに、体全体が動けなくなってしまうという。

こんな話を聞く人のおおかたは「またか」という気分になる。前林さんも、木村さんに投げられて、身体が接触している部分に関する問題ではなく、自分の居る「場」そのものを支配され完全に身動きの出来ない状態になるという体験をするまでは、同じような話を聞くと「またか」と思っていた。

前林さんは大学院まで剣道を専門に修行、研究してきた。彼がコーチをしていた筑波大学は、剣道において伝統、実力いずれもナンバー・ワンである。

柔道もオリンピック、世界選手権で金メダリストを多勢輩出していた。

形稽古を中心とする武道については、どうせ技を受けるほうが本当に投げられているのではなくて、自分から飛んでいるのだという眼で見ていた。だが佐川先生の武術は、そのたぐいのものとは育った地盤がまったく違う。

剣道、柔道、すべての格闘技、スポーツと次元の異なる実戦武術である。

佐川先生の合気は摩訶《まか》不思議の塊で、人間の能力をはるかに超えていた。だが先生は合気は超常現象ではなく確固とした理論にもとづくもので、その理論をつかみ修行すれば、体得できるとおっしゃった。

「合気の技は純粋な技術で、宗教性、神秘性などはまったくないのだ」

その言葉のうちには、妥協を許されない厳しさがこもっていた。

合気をどうしても修得できない人はいう。

「あれは超人的な技だ。神秘的なものだ」

そう考えて、理解した気分になりたがるのは、自分の才能努力が達しない境地が存在することを無視して、自分事にしないほうが楽になれるからであった。

先生は門人たちがそうして気楽になることを許されなかった。

「私に教わりながら工夫、努力をすれば修得は可能だ。途中であきらめるのは怠慢だよ」

門人たちは、人生の大半を鍛錬に過ごしてこられた先生の歳月を知っている。

午前中は郵便配達もひかえてもらい、毎日何千回も身体を鍛えつづける先生の凄絶な内実をひそかにうかがい知っている。

体の基礎鍛錬を徹底して行ううちに体内で眠っていた能力が、あるとき覚醒するのである。

佐川先生は言われる。

「私は九十歳を過ぎても鍛錬と研究を続けているよ。人間はこれで完全だと思ったときに、進歩がとまるんだ。人間には完全ということはない。私はいまでも進歩し続けているよ」

前林さんが先生に直接に指導していただいた十一年間に、先生の技が変化と進化を幾度もあらわされてゆくのを、身体で受けとめ感嘆していたと語る。

「私はその場に実際に立ちあわせていただいたのです。光栄な体験でした。修行を続けることで人間の可能性はひらけつづけるとの事実を、身をもって教えていただいたのです」

先生は技についてあまりお話しなさらなかった。門人が先生の技を見て自分で体得するという、日本古来の伝統的指導法を守っておられた。

ある日の稽古のなかで、

「平常心とか気力などというものは、武術をやるうえであたりまえのことだ。そんなことを言っているようでは、武術を稽古する資格はない」

というようなことを一度だけお話しになったことを、覚えている。

そのとき前林さんは先生の想像もつかない精神性の高さを、瞬間に垣間見《かいまみ》たように思ったという。

平常心と誰でも簡単にいうが、私たちは何かイレギュラーなことがあると腹をたて、落ちこみ、いらだち、怖気《おじけ》づく。そんなことがしょっちゅうある。

これをどのようにコントロールするかが大問題である。一流になればなるほど技の差はほとんどなくなってきて、勝敗に大きく影響するというよりも、勝敗の決定点が心の問題となってくる。

このためオリンピックの一流選手たちも心をいかにコントロールするかを考えつづけており、メンタルトレーニングなどをとりいれ、すこしでも好条件をつくりだしたいと努力しているが容易に進展させられないのが現実である。

だが、佐川先生は、心を鍛えることなどは身体を鍛えることの前提だといわれる。

前林さんはその意味をつぎのように解釈した。

「先生は毎日何千回となく鍛錬をおこなっておられる。その成果がゆるがぬ自信、平常心につながっているのだと思います。

しかしそのような一般的な理由だけではないと、最近分かってきました。

先生の精神性はすでに私たち一般の人間のレベルより高次のレベルにあるのです。

同次元の良し悪《よしあ》し、高低ということではなく、先生の精神性はすでに上の次元にあり、私たちのような一般の精神レベル、つまり下位次元のことは手にとるように分かるし、それをコントロールも出来ます。しかし下位の次元から上位の次元をうかがい知ることは出来ません。

だから先生の精神性について私たちは手がとどかないので、それを動揺させたり怒らせたり、怖気づかすことが出来ないのです」

先生が亡くなられて二十年が経つ。

先生の教示と技は前林さんの心と体のなかに残り、色あせるどころではなく、内部に深々と入ってくるようであるという。

稽古をするうちに先生が生前に前林さんに言われた言葉の意味が、こういうことであったのかと深く分かる時がある。

あらたな意味が分かったつもりであった技が、その後、日がたてば、先生が言われたのは実はこういうことであったかと、一度ではなく再度その意味を理解できることがある。

そういうときは佐川先生が、いまだに私のレベルに合わせてご指導して下さっていて、先生のあたたかい手にいまも触れさせて頂いている、という感覚になる、と前林さんは言った。

長尾さん、前林さんについで木村さんをたずねてきた武道論の研究者は、酒井利信《さかいとしのぶ》さんであった。酒井さんは剣道七段で、現在は筑波大学武道学研究室主任教授であるが、佐川先生に入門し、いまも稽古に通ってきておられる。

彼は武道論研究室の大学院生のとき、長尾さんと前林さんが大東流を試しに行っては、「毎日どんなにがんばってもやられっぱなしだ。まあふつうの武術じゃない」と言っているのをまったく信じていなかった。

だが急に心が動いたのか、研究室の仲間に「ちょっとやっつけてくる」と言い置いて道場へ出向いたが、つけこむ隙もなく転ばされるばかりで、その場で入門を願い出て木村さんの門人になった。

やっつけてくると言って出かけた酒井さんが、入門してきたと言い帰ってきたので、研究室の仲間はおどろくばかりであった。

酒井さんは平成元年四月三日、佐川先生に入門を許可していただいた。

酒井さんは老先生が門人を木の葉のように舞わせる光景に心を奪われた。

現実にあり得ないすさまじく連続する技を、自分が同じ空間にいることが信じられず、まるで無声映画を見るような思いで、たしかに外部から見ていた、という記憶が残っている。

佐川先生が技を遣われるときは、激しく投げている時でも、本当に静かな澄んだ空気が流れる特殊な空間があった。

鍛錬をかさねてきた先輩方が、激しく畳に叩きつけられる。技がおこす鞭打つような音が、門人たちの五体を緊張で締めあげずにはおかない。

そのなかを、足音もたてずに身を移す、先生の動きが、酒井さんの胆を奪った。

先生の動作には気配がなかった。道場にあらわれるときも、上座の門人たちはまったく気づかなかった。先生は道場に影のように入ってこられるので、先生が坐る椅子に背を向けて稽古をはじめている先輩たちは気づかない。

いつまでも談笑しつつ稽古をつづけていて、下座にひかえて先生の姿が見えている酒井さんは、先輩たちに先生が来られたことを知らせるべきか、気を揉《も》んだものであったそうだ。

入門してまず驚いたのは、佐川先生の弟子に対する態度であった。それまで接してきた先生と呼ばれる人たちとは、まったく違った。

門人を呼ぶとき呼びつけず「君」をかならずつけた。

もっとも驚かされたのは、毎月の月謝を封筒にいれて先生にお渡しするのだが、そのとき先生は毎回椅子から下り、畳に坐って受けとられることであった。

「私は道徳人じゃないいんだから」などと言われるが、門人に対する態度は紳士といわざるを得ない丁寧なものであった。

酒井さんは先生に手を取っていただいた日のことを、鮮明に覚えている。その日は人生観が変わった日であったそうだ。

平成二年十二月二十一日、二元直伝講習の一回目であった。なにげなく先生が寄ってこられ、いいのかなと思いつつ手を出すと、二カ条をかけて下さった。その手のやわらかい感触におどろかざるを得なかった。

つぎは上段直《ちょく》突き首巻投げである。

「投げられるときのあまりの透き通った感触と、畳に叩きつけられた衝撃の激しさに魂を抜かれたようになり、その後何回となく手を取っていただきましたよ。

それまで知っていた世界とまったく違うということだけが明らかで、閃光だけが明滅していましたね。言葉では表現できない技の凄さですよ」

先生の技は傍《そば》で見ていると壮烈であるが、受けてみると、きわめてやわらかく優しい。この点は常識とは違い、体感しなくては分からないと酒井さんは言った。

三元講習修了者で佐川先生が許可した門人からなる合気佐門会で、毎年夏に温泉一泊旅行に行くのが慣例となっていた。

先生は入湯を好まれ、早朝から日に何度も風呂に入られる。

皆、湯につかったまま先生のお話を聞かせていただくのだが、一回の入浴が一、二時間になるので、状態はさまざまであるが、皆湯あたりする。

谷川《たにがわ》温泉からの帰りがけ、駅に着くと列車の時間までまだ余裕があり、先生の体調もすぐれない様子なので、近所の座敷を借りて休憩することにした。

佐川先生は別室でお休みになり、門人たちは広い座敷で疲れた体を横たえ、寝込んだ。酒井さんがめざめトイレへゆくと、佐川先生の休まれる部屋の襖《ふすま》を細めに開けて、部屋の前の廊下で坐っている木村さんを見て、つよい衝撃をうけた。

後日そのときのおどろきを木村さんに語ると、

「弟子とはそういうものだと思っているから」となにげなくいわれた言葉は忘れることができなかったといっておられる。

筑波大学武道論研究室から佐川道場へ最後に入門したのは、菊本智之《きくもとともゆき》さんであった。

いまは浜松《はままつ》の常葉《とこは》大学教授で、健康プロデュース学部・心身マネジメント学科の立ち上げに関わり、六年間その学科長を務めた。大東流も大学の道場で教えている。身長は百八十一センチで剣道七段である。

佐川先生は菊本さんを大いにかわいがって、稽古のときに何度も投げ、上達させようとはかられた。

相撲のように四つにしっかり組ませた瞬間に叩きつける技を掛け、鍛えられた。

木村さんは平成五年九月十一日の日記に書いている。先生は彼にたずねた。

「菊本君を強くしようと思って鍛えているんだが、なかなか木村君には技が効かないね。菊本君は鍛えているのか」

木村さんは答える。

「二キロの木刀を毎日千回振っているそうですが」

先生は首をかしげた。

「それじゃ効果が出るのに三年ぐらいかかるが、それまで私は生きていない」

先生がそう言われるのは、菊本さんの素質をよほどつよく認めていたのであろう。

菊本さんは大学を卒業する前後の頃を述懐する。

「私の所属していた武道論研究室で、大東流が話題になっていました。まず助手の長尾さんが、『俺がいって、どんなものか試してくる』といって出かけられた結果は、降参せざるをえない内容だったんです。

次の週に前林さんが長尾さんの体験を私に伝えてくれました」

前林さんは長尾さんの話を早口の関西弁で教えてくれた。

――あの武術は、ほんまに凄かったらしいで。本気でやってもマジで全然かなわへんのやて。ほんまにすごいから前林もやってみろといってはるし、俺もいっぺん試しにいってみるわ――

菊本さんは先輩たちの体験に気分をおおいに煽《あお》られたが、しばらく様子を見ることにした。次の日に前林さんに会うと、興奮してまくしたてた。

「ほんまに凄かったで。何やっても全然あかん。あれこれ考えられることすべてやってみたけど、どうしてもバシバシやられてしまう。

あれはほんまもんや。ほんまにすごいからお前も騙《だま》されたと思うてやってみ」

菊本さんは信頼すべき両先輩の言葉ではあるが半信半疑で、そんなオーバーなことがあるはずがない。俺は騙されんぞと気分を硬化させ、旨《うま》いこと口車に乗せられたんじゃないかと不遜な思いをゆらめかした。

俺は武道の専門家だ。それも剣道の専門家を志して筑波大学の体育専門学群に入学した。

そこは剣道を志す人なら誰でも知っている先生方、学生剣道の代表選手が集り、激烈な稽古をくりかえす剣道部である。

これまで体験したことのない猛烈きわまりない稽古と、毎日の修練を死にもの狂いでやってきた。精根をしぼりつくして乗りこえるのがようやくの生活を過すうちにそれなりの自信もついて、ガチンコでやればそんじょそこらの輩《やから》には、気持ちでも体力でも負けるわけがないという自負心も出来た。

剣道場の下の格技体育館一階で、武道の専門家でない人々が、相手と申しあわせて行っているような武道には絶対に負けないと思いこんでいた。

菊本さんはその後、再び前林さんにすすめられた。

「お前、これだけはほんまにすごいぞ。いつになったら大東流やるんや。俺から木村さんに話したるで」

菊本さんはうなずきながら、胸のうちで毒づいた。

――そんなことやっても剣道は強くならん。かりにも武道の専門家になるため筑波大学で学んできた人々が、ほんとにそんなことをしていていいのか。武道、武芸、武術をよく知っている先輩たちが、なんで騙されるのか――

菊本さんは、「修論の目途がついたら」などといろいろ理由をもうけて大東流に近づかず、二年を過ごした。

先輩たちは二階での剣道部の稽古のあと、一階に降りて大東流の稽古をした。やがて佐川先生に入門を許されると、週二回のペースで荒川沖《あらかわおき》の駅から常磐線《じょうばん》に乗り、国分寺までいって、最終電車で夜中に帰ってくる、という熱心な稽古をかさねていた。

そのうち大学、大学院と同期であった酒井さん、翌年から武道論の大学院にくることになった阿部哲史《あべてつし》さんが、大東流を経験、筑波で練習を始めた。

なお阿部さんはその後、佐川先生に入門し黒帯になった頃、ハンガリーの大学から教員として招請され、ハンガリー剣道連盟からも監督就任を要請された。「合気の稽古が出来なくなる」と悩む阿部さんを、佐川先生は「世界で活躍してきなさい」と励まされた。そこで阿部さんはハンガリーに移住し、ハンガリーの剣道を世界選手権で常に三位以内に入る強豪チームに育てあげた。

菊本さんは一人、入門せずがんばっていたが、ついに体験しないでいては真実が理解できないと思い直した。

平成元年三月二十八日、筑波大学格技体育館一階の大東流道場で菊本さんは木村さんに会い、入門を許していただいた。

凄い稽古がさっそくはじまるのだろうと緊張していたが、稽古場の雰囲気は予想とはまったく違う。稽古が凄いと聞かされていたのだが、真剣ではあるが、笑声がたまに聞こえるような和やかな空気であった。

剣道場では裂帛《れっぱく》の気合を放ち、体当りで相手を羽目板にはね飛ばす猛獣のような先輩、同僚が驚いたことに、にこやかに稽古をしている。

菊本さんは、「こんな雰囲気の稽古では本当に強くなれる筈がない」と感じて、これはやはりとことん本物か偽物か試さないとやる気になれないし、もし納得できなかったら先輩たちには申し訳ないけど自分は続けられないと思った。

最初に菊本さんは木村さんに合気上げを教わった。正座して向かいあい、膝に置いた手を木村さんが押さえているが、力をいれる様子がないのに大きな重いものが乗っているように感じる。

手が上げられないだけではなく、体全体が動けなくなっている。わずかに動かせる頭や首を動かし、反動で上げようとしても何かのぐあいが圧倒的に違いすぎて、全身の活動をおさえこまれた状態になっている。

重量級の柔道部員、体格のいい剣道部員、体育を専門に学ぶ大学にはゴッツイ連中がごまんといる。菊本さんも体格が大きい。木村さんは大柄とはいえないが、この圧倒的な動きの差は何だろうと考えが混乱する。打つ手がなくなったとき、体重がなくなったように後ろに吹っ飛ばされる。

幼時に相撲、取っ組みあいでねじ伏せられ、倒されたことはあったが、真後ろに吹っ飛ばされひっくりかえったのははじめてだ。力任せに押し倒されたのではない。一瞬にひっくりかえるのである。

これはただの技ではないと驚嘆したが、こちらが油断したところを狙われ虚をつかれただけだと気をひきたてた。だがそのあとはどれほど油断すまいと気をつけ、なんとかして先を取ろうとはかってみても、何も出来ないまま数もわからないほど吹っ飛ばされた。

全力をふりしぼってみてもうまくいかない。タイミング、角度、体の使いかたを変え、左右に動作を急にやってみたり、いろいろ対応を試みるが、その動きはすべて中途半端にとめられて、体を吹っ飛ばされ転がされてしまう。

木村さんの印象は急転した。たいして体力のなさそうな人が、鉄壁のような体からいなずまのような技をつづけさまにくりだしてきて、菊本さんを転がす鬼になった。

鬼は笑顔が実に明るい。

「力で倒すんじゃないんだよねえ。ほら力をいれず、軽うく、ひょい、ひょい」

菊本さんは手玉にとられ、バシバシ、コロコロと倒されるのである。

前林さんらがはじめて木村さんの様子を見にいったとき、「まったく何も出来ない」と口ぐちに言っていたのはこういうことであったかと、菊本さんははじめて気づいた。

彼はそのときの様子を苦笑いとともに語った。

「考えられることや出来そうなことはやりつくしてしまって、そのうえのアイデアも何も浮かんでこなくなり、ただ投げ続けられていたんですよ」

今度は逆に、菊本さんが木村さんの手を押さえる。自分が押さえられたようにしてやろうとしたが、木村さんが上げる手をまったく押さえられず、自分の手が上がってしまう。

そのまま体勢を崩され、後ろへ横へと毬《まり》のように飛ばされる。充分に身を寄せ、思いきり摑ませてもらい、力をこめても何の抵抗もないかのように上げられる。

パッと手首を摑もうとすると、そのまま吹っ飛ばされ、思いきって攻めようとすればそれだけ強くはね返される。

どれほど吹っ飛ばされ倒されたか覚えていなかった。力を入れればそれだけ、自分に二倍、三倍となった力が返ってくるような気がしたと菊本さんは言った。

「自分の出来ることと考えられることをやりつくしましたが、何かが圧倒的に違うので、何も出来なかったんです。

稽古が終ってみると、私の両足指の関節のあたりはほとんど皮膚が剝《む》け、足の甲も何カ所も剝けていて血まみれになっていましたね」

菊本さんは稽古のあとで木村さんに、その師である佐川先生の技倆《ぎりょう》をお聞きして驚かされた。

木村さんは言う。

「全然力を感じないのに、軽うく触れるだけなのに吹っ飛ばされてしまう。全然違うんだよね。まるで別次元でほんとうに凄いんだよね」

菊本さんはいましがた、これまで体験したことのない別次元の武術の境地を知らされたばかりだが、それよりもはるかに凄いまったく別次元の武術、技とはどんなものであろうか。佐川先生とはどんな人物であるのか。

わずかな時間のうちに、たいへんなことになってしまったなと思った。

大東流を体験するまでは半信半疑の長い時間を過ごしたが、事実を知れば納得するしかなかった。先輩たちにすすめられたとき、なぜ同行しなかったのだろうと後悔する思いがあったが、そんな気分はすぐに消え去ってしまった。

まったく存在を知らなかったすばらしい武術にめぐりあった心の高揚に酔い、全身が汗と足からの出血にまみれ、ボロ雑巾のようになっていたが、気持ちは晴れわたっていて、胸を張って下宿に帰った。

その夜、乾いた血で足に張りついた靴下をはがして入浴すると、剝けたところに湯が沁みこんだが、みじめな気持ちはまったく影を落さない。

胸中に今後習得してゆく大東流への期待がひろがってゆく。

――ここはあのとき吹っ飛ばされて剝けたのだ。ここは自分が全体重をかけたときだろうな――

風呂場で菊本さんはその日味わった理解できない不思議な技をくりかえしなぞり、忘れたくないという前途への期待をあたためていた。その日の自分の姿に受けた衝撃は消え、これから習得できる技芸への期待がふくらんでいったのである。

菊本さんは先輩たちに言った。

「体験しなければ分からないことはあるんですね。私はこんな大事なことを、見逃してしまおうとしましたよ」

木村さんは翌日、国分寺の道場で佐川先生に報告した。

「昨日は体の大きな体育系の男が体験にきて、いろいろと抵抗をして降参しないので、なかなか大変でした」

先生は木村さんを叱った。

「そんな変な奴を入れるんじゃない」

だが菊本さんが佐川先生に入門して一カ月ほどたった平成二年六月一日に、東大病院へ入院した佐川先生を木村さんが見舞いにゆくと、先生は言われた。

「筑波大学での稽古を大事にしなさい。あの菊本というのは、将来頼りになるかも知れないから大事にしなさい」

菊本さんが佐川先生の門人となったのは、平成二年四月二十日であった。

菊本さんは観察力がつよい。入門当日、佐川道場が森閑と静まりかえった住宅街のなかにあるので、驚いている。

門を入り飛び石伝いに奥へ進むと、急に空気が変わったようになる。立派な庭園があり、道場の玄関に入るとスイッチが切り替り、特別な空間に来たように感じ緊張する。

稽古着に着替え、入門申込書を提出し先輩に稽古をお願いした。先生が静かな足取りで入ってこられたので、入門を許されたお礼とご挨拶をした。

先生は澄みわたった水のようなと形容したい動作で答えて下さり、道場の椅子に坐られた。

しばらくすると、「うわっ」という声とともにパーンという乾いた音が道場のなかに響きわたり、佐川先生が技を遣われたのだととっさに思ったが、他の先輩門人と稽古していたので、なにが起こったのか分からなかった。

つづけて佐川先生が木村さんに技を掛けられると門人たちは稽古をその場でとめ、佐川先生のほうへ向き直り正座して見入ってしまう。

先生は形稽古はしない。すべて実戦であった。先生が静かに流水のように動いているだけであるのに、木村さんは見たこともないような体勢に崩されたと思うと、そのあともの凄い速さと勢いで吹っ飛んだ。

菊本さんがそれまで見たこともない吹っ飛び方だという。

「他の武道やスポーツではどんな勢いで吹っ飛んでも、倒れることの延長線につながっているのですが、崩されたところから畳まで、何かが炸裂《さくれつ》したように吹っ飛ぶのをはじめて眼にしました。

木村さんの崩れかた、吹っ飛びかた、飛ぶ方向、体勢がそのたびに違うので、掛けられた技が違ったのだと思いました。

筑波で門人たちに隔絶した強さをあらわしていた木村さんが、なぜこれほど簡単に崩れるのか信じられない気持ちと佐川先生の圧倒的な次元の違いに感動し、言葉を失いましたよ」

木村さんが凄い体勢で吹っ飛ばされているときは、時間が止っているかのようであったという。

佐川先生は何の身構えもなく立っているように見えるが、木村さんは傍から見ていても立っているのがようやくのような体勢にされてしまう。

双方はむかいあっているのだが、飄然《ひょうぜん》とたたずむ佐川先生から木村さんのほうへ出ているエネルギーとも影響とも形容しがたい圧迫が、木村さんの体の自由を奪っている。その状態が、影絵のように浮きあがってくる。

途方もなく強大な引力の物体に、質量のほとんどない微小なものが付着しているような印象だと、菊本さんは思った。

そんな状態から佐川先生がごくわずかに動かれたとたん、ものすごいいきおいで弾《はじ》け飛ぶ映像が噴きだす。

相次いで繰り出される摑みどころのまったく分からない技に、正座している膝頭に手をつき、前のめりになって見入ってしまった。

あとで先輩から、

「お前もやっぱり口開いて呆気《あっけ》にとられてたぞ」

と言われたが、その通りであった。

佐川先生の技のすさまじさは、木村さん、先輩から聞かされ、身内で想像をふくらませてきた。だが現実はその想像を、はるかに超えていた。彼の想像の延長線上にはない技であったのである。

菊本さんは、入門して二年ほどたって佐川先生に手を取って稽古をしていただく機会に恵まれた。入門して一年八カ月が過ぎた平成三年十二月二日に初伝初段を許され、平成四年一月十七日から二元の直伝講習をお願い出来ることとなった。

はじめて掛けていただいた佐川先生の技は、菊本さんがまったく体験したことのない感覚を体内に残した。

先生は教えようとする動作で、叩きつけるような激しい技ではないが、ゆるやかに動かれてもこちらが何らかの力に乗って軽々と動かされているので、何の作用でそういう体勢になるのか、さっぱり分からない。

先生には本当に触れているだけで何の力も感じないまま、体が動きはじめ、たちまち倒れんばかりの体勢になり、どうすることも出来ず倒れる。力の圧力、方向は感じとれないので、先生の姿は眼前に見えているのに、動きを察知できないままに崩れてしまう。

あまりにも動きの筋道が分からず、自然に崩れてゆくのは菊本さんがそれまで味わったことのない、不思議な感覚であった。先生の手を摑んだ瞬間、先生から遠いほうの体の部分が、先生のわずかな手の動きの何倍もの大きな動きになって影響してきて、アッという間に崩され自由が奪われてしまう。

双方の力がまったくぶつかることがないので、毎回まったく不快感、圧迫感が不思議なまでにない。

「それでいいのかい」とおっしゃって下さるので、渾身《こんしん》の力をふるいまったく遠慮せずにしかけるのだが、こちらのあらゆる技は先生の技にまったく影響を及ぼすことがなかった。

思いきり崩され、ごく簡単に畳に打ちつけられる。菊本さんは言う。

「投げられるときの私の力の出しぐあいは、直前まで私が握っていた先生の腕を観ればあきらかですね。

投げられる直前まで私が握っていた部分に、私の手と指の痕がくっきりと赤く残っていました。合気で力を抜かれ無力化されるという状態になるのですが、全身のすべてが萎えしぼんだ風船のようになるというわけではなかったですね。握っている手の力は最後まで残っていて、くっついたかのように自分の意思とは裏腹に、打ちつけられたあとも手が離れない技もありましたよ。反対に握っている手の内側から吹っ飛ばされる技もあったなあ。いろいろな崩しや合気をして下さいました」

先生の鍛え抜かれた腕は、骨ばった感触はほとんどなく、握るとゲル状のものが入った膜の上から握っているように、指が先生の腕に入りこんでゆける、どこまでも握りこんでいけるような奇妙な柔軟性があったという。

二元の直伝講習が五回を終る頃、黒帯になって三カ月ほどしかたっていなかったが、夜の一般稽古でも先生が手を取って下さるようになった。

一カ条も瞬間に崩され、潰れた蛙《かえる》のように先生の足元へ崩されるときがある。どこへもまったく逃げられないままうつ伏せに倒され、背中側に腕を極められ制せられる技を度々していただく。

「このときどこも痛くないのですが、腕が極まっていてまったく動けません。肩の関節も一部分だけ壊れるという感じではなく、どこかだけが痛いわけではありませんが、自分の肩から腕全体が薄いガラス製品になってしまったような感触で、あまりにもどこもぶつからず接点がないのです。どこも隙間がなくギリギリの状態で、あとわずか一ミリでも佐川先生が動いたら、腕全体がピシッ、バリンと砕けてしまいそうな恐ろしさのある極めかたをされたこともありました。

あのまったくぶつからない、接触感のないぴったりと密着した感触は、文字ではうまく表現できません」

菊本さんは先生に倒されるとき、どのように崩れてゆくのか、感知できないので、周囲で見ていた門人たちにあとで聞くと、いいあわせたように答える。

「ものすごい崩れ方していたよ」

佐川先生に「菊本君、来なさい」と言われると、彼は先生の腰のあたりに全力で四つに組みにゆく。遠慮などしている余裕はないのだが、先生の体が直径二メートルほどの大木のように感じられて威圧されるのである。

大木のような固い感触ではなく、つかまえやすいものにしっかり抱きついた感じはあるのだが、巨大なエネルギーに矮小《わいしょう》な自分が張りついているようで、遠く及ばないイメージの差異に圧倒された。

「私の身長は百八十一センチ、佐川先生とは二十センチ近い身長差があったと思いますが、組みにいくと、先生の視線のほうがいつも上になっていたように感じましたね。

佐川先生としっかり四つに組んで倒そうとしたり、絶対に倒されないように踏ん張ったりしようとするのですが、どんなに力をふりしぼっても組みついた自分の形のまま九十度回転して真下に叩きつけられるのです。

先生が『それでいいか』とおっしゃって、『はい』と答えたとたん、ほんとうにアッという間もなく、自分がいま立っていた真下、先生の足元に打ちつけられるのです」

よく考えてみれば、自分が両足で立っていたところに瞬時に背中が落ちることは考えられない。

いったん足を振って上げるか、なにかの動作を入れれば、その位置に落ちることが出来るかも知れないが、両足を踏ん張って倒れまいとしているところから、畳に打ちつけられるところまで、時間の長さが計れる線の感覚ではなく、点としか感じられない。

その瞬間のすさまじい勢いは、わが体の半ばが畳にめりこんでいるのではないかと思うほどであった。

崩れている瞬間も自覚がない。他の技のときのように、体勢が倒れんばかりに崩されているような実感がまったくない。

先生の肩越しに見ていた光景が、つぎの瞬間に畳を背に、先生の上半身、お顔、天井を見ている光景に入れ替っている。

二つの光景がつながっていないのである。受け身をとろうと努力しようとしても、それをやれる時間の意識がまったくない。

そのため先生と菊本さんが互いにがっぷり四つになり、ほとんど動きを見せない先生がわずかに動いた瞬間に、菊本さんは先生の足もとの畳に、すさまじい勢いでめりこむほど叩きこまれている。

菊本さんは先生の神技を回想する。

「この技は晩年、先生によくやっていただきましたが、何回やっていただいても技が分かりませんでした。いまだに感想を述べることしか出来ません。

何回技を掛けていただいてもうまくいかなかったとか、技がもつれたなどはまったくないのです。どの技もそうでしたが、何度やっていただいても、はじめて叩きつけられたときのような衝撃と感動がありました。

いまこうして先生の技のことを思いだしていると、具体的な感覚を伴う記憶が生き生きと蘇《よみがえ》ってくるのは、不思議でなりません」

菊本さんは小平の道場での最後の四年ほどの稽古は、静岡県の浜松から週一回ペースで車で通っていたが、稽古に向かうときは昼間であるのに、車の運転に疲れきってしまいそうになることも度々であった。

ところが道場で佐川先生に手を取っていただき稽古をすると、昼夜と稽古をして真夜中に運転しても体の疲れは忘れ、覚醒した状態で帰途につくことができた。眼が冴《さ》え、眠気もまったく起きない。道場での稽古の様子が身内にあざやかに残っていて、脳が覚醒した状態で浜松まで帰ることが出来た。

菊本さんは昔の記憶を蘇らせる。

「よく考えてみると、筑波から小平の道場へ通っていた頃、行くときよりも帰りのほうが、エネルギーに満ちて元気になっていたように思えます。これは皆に共通したふしぎな現象でした」

菊本さんは佐川先生の立ち姿を思い出すと、めったに涙を出したことのない自分の瞼《まぶた》が容易《たやす》く潤むのを、人目に隠そうとした。

第六章　理と気

佐川道場では三元の講習を終え、先生の許可を得られた門人にかぎり、土曜日の一般稽古のあとで、佐川先生から直接に甲源一刀流《こうげんいっとうりゅう》の手ほどきをしていただくことが出来た。

竹刀の扱い方からはじまるのだが、木村さんは剣道三段で東大の頃にはさかんに地稽古、掛かり稽古で汗を流してきたので、別段目あたらしい技もないだろうと軽く思っていると、剣道ではやったことのない胴の防ぎかたを教わり、眼を見張るような思いになった。

先生は言った。

「これは真剣を使う場合、きわめて大事なものだから十分練習しなさい」

あるとき先生は木村さんに竹刀だけを持たせ、素面素小手でむかいあった。

「先生の持つ竹刀が生きもののように感じるんですよ。これまでの剣道の稽古ではまったく感じたことがなかった現象です。打ち込んでこい、と先生が言われたので、剣道の呼吸で足を踏みきり、思いきり摺《す》りあげ面を打ち込んでゆくと、佐川先生は竹刀を構えたまま動かない。竹刀が当ってしまう！　とおどろく瞬間、先生が消えてしまい私の竹刀は空《くう》を斬りました。あわてて周囲を見まわすと、先生は右後ろに竹刀を大きくふりかぶって、私がわずかでも動けば、私を一刀のもとに斬り倒せる位置に立っておられました」

先生はまえに台所での雑談のとき、言われたことがあった。「相手がどう斬ってきても、相手の後ろにくっついてかならず斬れる位置につくやりかたがあるのだ」いま教えて下さっている技はそれだと思い当り、二度目は先生の動きを絶対に見逃すまいと眼を皿のようにして打ち込んだが、先生はまたしても眼前から完全に消えた。

最後の三度目も必死で打ち込んだが、結果は竹刀を打ち込むまでまったく動かなかった先生が、打ち込んだ瞬間に消え、後ろに立っておられた。

「稽古を傍で見ていた門人に聞いてみると、先生はふつうの足どりで木村さんの後ろへまわり、大上段になられたというんですよ」

結局、佐川先生がなぜそんな技が出来るのか、まったく分からなかった。

木村さんは大学院生の頃に明治神宮で稲葉稔《いなばみのる》師範から一対一で鹿島神流《かしましんりゅう》をまなび、真剣を使って稽古をしたこともあった。

だが佐川先生の剣技はいままで眼にしたこともない、まったく異質というしかないもので、宮本武蔵《みやもとむさし》と真剣勝負をしても勝てるだろうと自然に思えるほどの、迫力があった。

それほど凄まじい剣を使いこなす先生が、「どれほど剣の修行をしても、剣、とくに片手斬りでは武田惣角先生にはどうしても及ばなかった」と言われた。武田先生の剣技は常人の想像を絶する域に至っていたのであろう。

木村さんは松戸多良先輩から佐川先生の言葉を書きとめた記録を、見せていただくことが出来た。そこには剣についての先生の考えかたが記されていた。武田惣角先生から佐川幸義先生に伝わる剣術の根幹に、合気がかかわっているという証拠である。

佐川先生は話す。

「合気で敵の太刀の力を抜いてしまうのだ。いまの剣道では竹刀と竹刀を合わせて攻めあいをしているが、真剣勝負ではお互いの太刀を合わせてはいけないはずである。

達人になれば、合わせた瞬間、これを好機として利用して入ってくる。剣を合わせるとは、橋をかけてやっているようなものだ」

つぎに正眼の構えについて述べている。

「いまの正眼の構えは臆病な構えだ。太刀で攻防一致といって身を守ろうという精神が入っているのはいけないことだ。

正眼に構えれば、どこからでも斬られないというのは嘘《うそ》だ。今とられている正眼の構えは、敵にとって攻撃範囲が広い。

私は身体を敵にさらすことを心がけている。いわば身体を捨ててゆく。斬らせる誘いをかける。これに相手が乗って斬ってくるのを待っている。

構えは下段にして出てゆく。半身《はんみ》の構えがいい。下段の構えでは、相手がくる場所は狭くなってくる。

私は二刀も遣うが、これも合気がもとである。剣を通じても合気が出来るのだ」

また真剣勝負についての考え方も話された。

「敵が太刀を前に出したら、切先を殺しておいて突いて出ること、太刀をはたき落して突いていくことなどが基本だ。

真剣の場合は突くことが第一だ。斬るのはそのあとでいい。斬るより突くほうが速いのだ。

本当の勝負の場合は、身体で相手のふところに入りこむ。勇気というのではない。飛びこんだ相手のふところの内が極楽である。地獄に飛びこむのではない。

恐ろしいという思いを捨てて、そこに入れば勝つという思いを心に持つ。この境地にならなくてはいけない」

また真剣の素振りについて、真剣を扱い慣れることをすすめられた。

「真剣を持って素振りを長い間やっていると刀に慣れてくる。また木刀や竹刀と違って、自然と度胸もついてくる。握った剣は手の指の五本のうちの一本と考えることだ。身体の一部になっていて、手の力も剣に一直線につながっている。剣の切先も強くする工夫を重ねなくてはいけない」

木村さんは先生の棒術の凄絶きわまりない演武を見せていただいたことがあったという。

五元の直伝《じきでん》講習十回が終ったあと佐川先生を御礼の席にご招待した。それから三週間ほど経ったとき、突然先生が笑顔で声をかけて下さった。

「今度、木村君に棒術をやろう」と特別に五元の十一回目をやって下さった。

先生が棒を凄い音をたて縦横無尽に振りまわすと、太い棒が鞭のように撓《しな》うのには眼を疑った。風を切る音をたて、目にもとまらぬ速さで動くのに、鉛のような凄まじい重みを感じる。目の錯覚で多数の棒が空間を駆けめぐるように見え、これに当れば死ぬと思う恐怖感に全身が重く縮んでくる。

このような凄まじく重量感のある棒術はどんな鍛錬をつみかさねたあげく身につくのか、想像の及ぶところではない。

佐川先生の棒術は、ご自身がいわれる通り合気の棒術そのものであり、その棒をつかもうとしたり、わずかに触れるだけで、相手の体が吹っ飛ばされたり、その場に沈みこんでしまう。

佐川先生は、ご自身の鍛錬を秘密にされていたので、それを目撃した門人は殆どいない。だが寝たきりの息子敬行さんは自分の部屋から、庭で毎日鍛錬をする佐川先生を見ていた。敬行さんはこう話していたという。

「時間は日によって違うけれども三時間くらいですね。力は入れてなく、軽い柔らかい動きでした。合気の動きや足の鍛錬、体捌《たいさば》きなどをしていました。日本刀や木刀も振っていました。でも棒の練習が一番多かったです。部屋では体操みたいな運動をしていました」

佐川先生は自分で手裏剣を二百本ほど製造し、畳を壁際に立て、それに打ちこむ練習も猛烈にくりかえしておられたそうである。

昭和六十二年（一九八七）十一月三日に、長尾さん、前林さんとともに佐川先生に入門した浅野敏男《としお》さんは、先生の武器術をたまたま見る機会に恵まれた事実を日記に書きとめていた。

「木村さんは年に何度か海外出張があり、木村さんのいない佐川道場はまるで火の消えたようになります。

夜の稽古などは、技を見せていただくどころか一言のご注意もなく、ただただ疲れ果てて帰路につくばかりでした。

ところがある金曜日、木村さんが出張中で、その日の昼は高橋賢さんと私の二人だけでした。

木村さんが不在のときは、佐川先生はあまり道場にお顔を見せられないのですが、その日はとても早く三時半頃、道場に出てこられました。稽古をはじめて一時間もすると、白帯だった私では一通りの練習が終ってしまいました。

そこでさまざまな他流武道、武術に詳しい高橋さんは、他流の手を紹介し、佐川先生に批評をいただいていました。

高橋さんは私を相手に他流の技を仕掛け、それを佐川先生は一つ一つに細かな説明をして下さいました。

『この技は他流ではポイントもなくただ形《かた》だけをやっているので、役に立たない効かないものだが、ここをこうすれば実戦で使える』とか、『その技自体は良い技なんだが、どの流派もその鍛えかたを知らないから、実際に使える技になっていない』など、まさに眼から鱗《うろこ》が落ちるの例えの通りの重要な欠点を、理によって指摘されていきます」

このとき先生は竹刀、木刀、棒、槍《やり》とふだんは決して拝見できない技を、数多く遣って下さった。

高橋さんが竹刀をとり、先生に矢を放つようないきおいで打ちこんでゆくと、佐川先生は軽い動作で横に動かれ、高橋さんは佐川先生がいなくなった場所で空を斬り、自分でひっくりかえって何度やってもおなじ結果になった。横から見ていると非常に不思議であった。

先生はふつうに横へ動いておられるだけなのに、高橋さんはなんで先生がいなくなった場所で竹刀を振るのだろう。

もしかすると高橋さんには先生の姿が見えなくなっているのかと思い、あとで聞いてみると正にその通りだと答えてくれた。

「打ってゆくと、その瞬間に佐川先生が消えた。いったいどうなっているのだろう」

高橋さんは首を傾《かし》げるばかりで、それはいまだに謎のままである。

先生と高橋さんが木刀をとってむかいあうと、まず正眼にとった高橋さんはまったく動かず、一足《いっそく》に立ったままで先生が高橋さんの眉間に普通に木刀を振りおろすと、高橋さんが「うわーっ」と倒れこむ。

傍で見ている浅野さんは、「高橋さん、何やってんの」と首を傾げるばかりであった。あとで聞いてみると、たがいに正眼にとった瞬間に木刀の切先だけが目の前に飛んでくるんだという。

だが横で見ていると先生が構えてからちょっと間があったので、浅野さんはそれも不思議に思った。

そのあとで二人は佐川先生から、棒の素振りをはじめて見せてもらった。これは木村さんがよく言っていたように、樫《かし》の棒が鞭のように撓って飛んでくるのである。

「素振りをしている佐川先生のお姿は確認できず、ぼやけたようになり、棒だけがビュンビュン唸りをあげながら、空間を舞っているのです。高橋さんと私はいつの間にか道場の端まで退《さが》っていました。

佐川先生の槍をご覧になった方はめったにおられないと思います。私は大変貴重な体験をさせていただきました」

先生が槍をとられ、高橋さんが木刀を上段に構えた瞬間に、槍の切先が高橋さんの喉元《のどもと》に入っている。先生が喉元を狙うから避けなさいといっても、高橋さんはまったく動けず、先生の槍がスーッと喉元にきて倒れてしまう。

高橋さんに聞くと、いつとは見てとれないうちに、切先だけが喉へ飛んでくるのだと言う。

「筋骨逞《たくま》しい高橋さんが腰を落してグイッと槍の先端を押さえます。佐川先生が、さあ、いいか、と言われると、さっきまであれほど逞しく見えていた高橋さんが、槍の先にひっかかったぼろ布のように左右に振り飛ばされているのです。

高橋さんは自分が投げられたという意識がないらしく、何度も槍をつかんだままの姿勢で、受け身も出来ず倒されてしまいました。

最後に圧巻だったのは、佐川先生が槍を軽く上の方へむけて突きあげると、高橋さんは空中で大の字になり、水平に飛んでゆきました。

私は思わず笑ってしまいました」

空手の黒帯だった浅野さんは佐川先生の技の体験について語っている。

「私は入門前のエピソードがあり、先生には筑波からくる薄気味悪い奴との印象があったそうです。そのためか、佐川先生は浅野がどんな奴か見極めてみようという意図で、私を何度も投げて下さいました。

まず誰でもおどろくのは佐川先生の手首の太さです。写真で見ても尋常でないことは分かると思いますが、実際触れてみると、見た目からは想像できない感触です。先生の手首はいくら摑んでも反発がなく、自分の手が佐川先生の手首の中に吸いこまれてしまい、いくら力をこめても全然握った気がしないのです。

そしてウンウン手に力をこめていると、突如後ろから畳がドーンとぶつかってくるのです。もちろん投げられて畳に叩きつけられたのですが、自分としてはまったく投げられたという意識はなく、手首をちゃんと摑もうとしていたら、畳のほうからぶつかってきたという感じがしました。

入門して間もない頃ですが、佐川先生は『私は腰より高いところは蹴らないよ』と言われました。ところが、ある日、私は先生よりかなり背が高いのですが、先生の蹴りがいきなり目の前に来たと思ったら、耳のすぐ脇を通って後頭部の髪の毛に触れたことがあり、すべてが一瞬の出来事でした。これは未《いま》だに頭の中で解釈がつきません。

ある日、佐川先生がある先輩に突きの対処を指導され、皆をバンバン宙に舞わせていたときのことです。

佐川先生が私に声をかけて下さいました。

『浅野君も突いてきなさい』

私は『ありがとうございます』もそこそこに、いきなり殴りかかると、先生はまったく動かれません。

拳の先に先生のカーディガンが触れたのを感じて『先生、すみません』と叫んでしまいました。

その瞬間です。例の如く畳が後ろからぶつかってきたのです。何がおこったのか、今度こそたしかめようと身辺を見まわすと、なんと正拳突きをしたままの格好で、畳の上に横になっていたのです。その後何回か突かせていただいているうちに、突いたときは足を払われ空中を一回転していたことがあったそうです。

自分では全然覚えていませんでしたが、食事のときに高橋さんからお伺いしてびっくりしました。

随分とあとになってのことですが、体捌きのご注意で、

『体をかわすのが早いと相手についてこられてしまう。突きなんか自分の皮膚に触れてからでも間にあうでしょ』

と言われたことがありました。このとき、やっと自分が突いた拳の先が先生のカーディガンに触れた理由が、これだと分かりました」

浅野さんは体験を語りつづける。

「先生の技を見せていただいている中で、とてもふしぎに感じることがあります。摑みにいったり、突いていったりした瞬間に、まるで畳に吸いこまれるように転んでしまうことがあるのです。

脇で見ていると、あの人は何やってんだ。自分から崩れてどうすんだろ、と思うのですが、いざ自分がやろうとしても同じことになります。一生懸命に手や胸を取りにいっても、なぜか途中で転んでしまうのです」

木村さんがまだ大東流の白帯であった頃、先輩の小原良雄さんから伝言を受けた。

「佐川先生が特に木村さんの名を挙げて、佐門会の忘年会の参加を許されました」

その後、昭和五十五年十二月十四日に、合気佐門会の忘年会がおこなわれた。参加者は先生も含め十二名であった。

その席で佐川先生は、剣の話をされた。

「ちょっと剣を振っているのを見れば、その人が素振りをしているかいないかすぐわかる。毎日素振りをしている人の剣は生きていて、ちゃんと走っている」

佐川先生が毎日真剣を振っていると聞いたある先輩が、私も真剣を買って先生のように素振りをしたいというと先生は応じなかった。

「あんたは木刀で十分に素振りをして体を慣らさなければいけない。耳を切ってしまうよ。本当は自分の額のところで剣を動かすのだ。そうすれば耳を切ってしまうことはない。

それにあんたはチョンチョンなんていう斬り方をしているが、そんなことでは手疵《てきず》をすこし負わせるくらいで、相手を必死にさせるだけだ。斬られてしまうよ。

私はかならず振りかぶって斬る。たとえどんなに間合が近くてもパッと大きく振りかぶって斬るでしょう」

いろいろと話がはずみ、田口鉄也さんが言った。

「いやー、断られても頼むのは、私と木村さんぐらいですな」

先生が応じた。

「いやー、木村くんもしつこくてね。どうせやってもできないからと言って断ったのに手紙や電話はくるし（笑）田口君に似ているよ、本当に、ハハハ」

この機を逃さじと小原さんが佐川先生に頼んでくれた。

「どうでしょう、ここで木村さんを佐門会の会員にするというのは」

先生は答えた。

「うーん、三元まで終っていないと、ちょっとまずいんだよね。まあすぐ三元もやってしまうといいんだよ」

「は、よろしくお願いします」

木村さんはおかげで、直伝講習をかなり早く受けることができた。

太田《おおた》道灌《どうかん》、資正《すけまさ》、資武《すけたけ》と続く正系の子孫である太田士朗《しろう》さんは、刀剣類に詳しい人で、平成六年（一九九四）六月十四日に佐川先生に入門した。佐川先生の言葉を記した彼のノートには、つぎのような記述がある。

「武田惣角先生は一五〇センチ足らずで女みたいな体だったけど、強かったね。子供の頃武田先生の剣を見ていろいろ考えてわかったから、どこから斬ってきても絶対に剣が体に当らないよ。

極意は一つだからね」

といいつつ刀を握る形をされた。

「武田先生は剣をよくやっていたね。ピュッと鼻の前で止めるからね。こうやってビュッ、ビュッと音がするからね。この音がなかなか出ない。手の内が締まらないとね。

武田先生はこんな短い刀でも音を出していたよ」

佐川先生所有の刀剣類はすべて太田さんが鑑定した。

模擬刀が一本あったが相当に使い込まれた様子で、固いものを多く叩かれていたせいか、物打ちには多くの刃こぼれが見られた。

これは現在日光の二荒山神社で保管されている。

また室町末期の関物《せきもの》としては誠に貴重な真剣「兼鶴《かねつる》」も、佐川先生が愛重し、大いに遣われた形跡があった。

その写真は太田さんの解説付きで「NPO法人・日本刀剣保存会」発行の「刀剣と歴史」平成二十九年三月号の巻頭折込で『刀銘　兼鶴作　永禄《えいろく》頃　正伝大東流合気武術　佐川幸義宗範　（一九〇二〜一九九八）所蔵』と紹介されている。

筑波大学での木村さんの門人の時期を経て、佐川先生の門人となった丸山輝芳《まるやまてるよし》さんは、佐川先生についての記憶を記録されている。

当時筑波大学で稽古していた四名の門人で、佐川先生にご挨拶したいとお願いしていたところ、一度だけということで昭和六十年六月九日の合気佐門会の日に、佐川先生にご挨拶させていただくことになった。

午後二時半頃、小平市の佐川先生の家に到着し、木村さんがチャイムを鳴らした。

佐川先生がドアを開けられ、「いらっしゃい」と笑顔で迎えて下さった。

応接間に通していただき、挨拶のあと合気についていろいろと語って下さった。

「合気は技術であって、抽象的なものではない。すべて理があるんだ。夢中でやっているうちに摑み、それがなぜ出来るのかを考え、発展させていったんだよ」

丸山さんは、まだ合気の本質をまったく考えたことも眼にしたこともなかったので、技術ならば、それを習得する時がくるかも知れないという考えが、内心をよぎった。

話題が剣に移った。

実戦で剣道のように飛びこんで面を打つとほんとうには斬れないという話になった。先生が「片手で斬ってしまう」と言われて、下から手で斬り上げる動作をされたとき、ほんとうに斬られたような気がして鳥肌が立ったという。

お話の終りがたに佐川先生が「木村君、手を取ってみなさい」といわれ、何気なさそうに出された手を取った瞬間、木村さんは合気で体の重心を奪われ浮かされた状態になり、自由を失っていた。

佐川先生は手を効かせたまま立ちあがり、窓際まで木村さんの手をくっつけたまま自然な動作で移動され、あとすこし手を動かせば、木村さんが庭に飛び出してしまう、というところで、静止された。

丸山さんがはじめて見た合気は、想像とはまったくかけはなれていた。

「佐川先生にかかると、アッという間に、畳に叩きつけられ、軽く吹っ飛ばされてしまうと木村さんが聞かせてくれていたので、合気というのは、力の遣いかたの違いだろうと思っていたけど、まったく違っていましたね」

そして応接間から道場に移動して稽古がはじまった。木村さんが先生に続けさまに何度も倒されたあと、先生に頼んで下さった。

「『このすばらしい感覚をぜひ筑波の人にも伝えて下さい』と先生に懇願され、私たち四人も合気の感覚を味わうことができたのです」

正面打ちにむかってゆくと、手と手を打ちあわす感触もなく、いつのまにか先生に前へ出てこられ、なぜか段々畳が近づいてきた。

そのときは自分が倒されているという感じはなく、なぜか気持ちが良くて、ずっとこのままでいたいと望むが、倒れてしまうので仕方なく受け身を取った。

佐川先生が、小原良雄、永野《ながの》恒雄《つねお》、松本《まつもと》征儀《せいぎ》、木村さんの四人を呼ばれた。

そして先生が「やったことはないが、理論的に出来るはずだから、やってみよう」とつぶやくように言われた。先生の左から木村、松本、永野、小原、先生の順で輪になって手をつないだ。

先生はつないだ手を上下に振りはじめられた。

しばらく何も起こらないので、とまどったような顔をしていた松本さんと永野さんが突然「うわっ」と声をあげて輪の内側へ倒れこみ、続いて小原さんと木村さんが、折り重なって倒れていった。四名は重なったまま動けなくなってしまった。

佐川先生は平然と立っておられ、ひとり言のように言われた。

「何人いてもおなじで、遠くのほうから倒れていくんだ」

丸山さんたちは、一度だけという条件で伺うことを許されたのだが、佐川先生は四名の人柄をみて、その日に入門を許して下さった。

丸山さんは、そのあとも佐川道場での先生の言葉を書きとめている。

平成元年六月には、

「武田先生は当身を入れてから技を掛けていたが、めんどくさいので私が取ってしまった。いちいちやっていると時間ばかりがかかってしょうがない」

平成五年頃から、木村さんが海外出張しているときは、丸山さんが土曜日の買い物をするようになったが、買い物をして台所でお話をすると、木村君はいまどこにいるのか、いつ帰ってくるのか、というような質問をいつも受ける。帰国するのが待ち遠しそうであった。

平成七年十月には、

「強い身体に頭は追いついてくる。運動を必要と思わないと日本は滅びるよ。身体が大切なんだ」

現在、筑波大学の数学の教授である森《もり》田《た》純《じゅん》さんも丸山さんと共に佐川先生に入門した。当時の門人の強さは半端ではなかった。

佐川先生は稽古の様子を見ながら時折技を見せて下さる。

強豪ひしめく門人の方々が一瞬で吹っ飛ぶ姿に、森田さんは何度も肝をつぶしていた。

二回目に佐川道場で稽古をさせていただいたとき、佐川先生は木村さんを相手にして、棒の技を見せて下さった。

佐川先生が軽く左右に自然に動かれると、棒は目で追えないくらい素早く動く。硬いはずの木の棒がくねくねと曲がって見える。

まるで棒に生命が宿り、生き物のように思えた。一瞬で相手を制圧し、それ、どうした、それ、どうしたと棒のわずかな動きで木村さんをからめ取って身動き出来ない状態にしてしまわれる。これが世上で「棒縛りの術」と呼ばれている技である。佐川先生の技によって、木村さんが棒にからまって身動きできない姿が目に焼きついたように残っている。

平成二年、佐川先生は東大病院に入院されたが、一カ月後に退院された。

その時以来、森田さんは道場へ出向くときは、台所の掃除を分担することになった。

床汚れの雑巾がけ、ゴミの始末、レンジ周り、魚焼き器、食器、流し台の清掃や洗浄が中心である。約一時間の作業であるが、その場で雑巾を洗うわけにもゆかず、あらかじめ雑巾を二十枚ほど用意しておき、きれいに洗い終った状態でバケツに入れておく。

それを次々に取り替えては床を拭くと、効率よく作業が進む。

雑巾を洗うのは地下水から汲みあげた水で、冬の水は心臓が凍るように冷たかったが、木村さんと佐川先生の会話から得る情報は、千金に値するものがあったので、掃除できることは大きな幸運と思えた。

冬の間は道場の水道管が破裂しないように、外にある栓を締めておくのだが、ある日、森田さんは台所の掃除のため、凍って動かない栓をエイ！　と開けた。その瞬間、管が破裂して水が四方八方にシャーと勢いよく噴き出し、止まらなくなってしまった。真っ青になった森田さんは、あわてて佐川先生にお伝えしたが、先生は現場を確認した上で、テキパキと業者に連絡をされて、対処をされた。

先生はまったく動じることなく、的確に状況を把握されて、「何やってるんだ！」とすら言わず、すべてが冷静に自然に素早く行われた。

森田さんは、その姿を見て、とても素晴らしいと思った。

佐川先生は長年月の間、日記を書きつづけておられた。森田さんは二度ほど先生から日記のページを見せていただいたことがあった。その日の出来事が丁寧に書きとめられている。

日常生活でも佐川先生は、日頃から細心の注意を払い、工夫を凝らし、それを実際に試し、また更に改良しておられる。

その取り組むお姿は、武術でもふつうの生活でも同じで、すべてにおいて佐川先生は非常に深く考えておられた。

森田さんは入門当初、佐川先生に「手、足、腰みな弱い。情けない」といわれ、先生の指示に従えば熊のようになるしか方法がないのかと思ったそうであるが、いまでは熊さんと渾名《あだな》をつけられるほどになった。

森田さんは、佐川先生が身をもって実践し、教えて下さった先生の最高の遺訓を語られた。

「これでよいと思ったら進化が止まってしまう。それではいままでの努力は何の意味も持たなくなる。ほんとうに大切なことは発展しつづけることなのだ」

佐川先生は武田惣角先生の後継者として、すさまじいスピードで進化を続けられ、門人の追随をまったく許さない空前絶後の合気の世界に到達された。それでも「私が到達することが出来たのは合気全体の三分の一ぐらいだろう」といわれた。

先生は合気世界を非常に大きく感受しておられ、未制覇の合気技術の三分の二は開発されないまま残されていると、考えていたのである。

佐川先生は外国人をほとんど入門させなかったが、先生から黒帯をいただいた外国人は二人いる。

さらに先生から直伝講習を受けた外国人は一人いた。その人はグルノーブルで木村さん夫妻と知り合った、ブリジットという女性である。

その後、ブリジットさんは来日し、佐川先生の技を見学した。筑波大学の木村さんのもとで、大東流を稽古してもいいと先生の許可が出たので、一年半ほどつづけた。

ある日佐川先生が木村さんにたずねた。

「ブリジットはまだ稽古をやっているのか」

木村さんは答えた。

「はい、毎週熱心にやっています」

先生は言われた。

「木村君に教わっているようではかわいそうだ。入門していい」

ブリジットさんは佐川先生の門人になり、二元の直伝講習まで許された。

そのお礼の席は平成元年九月五日にひらかれたが、佐川先生はその席で話された。

「毎朝仏壇で家族を拝むとき、ともに武田先生を拝んでいる。まさかそのせいではないと思うが、寝ている時などいろいろな機会にふと合気の考えが出てくる」

先生は木村さんに言われた。

「あんたも力を使わないでやるにはどうしたらいいかということを考えなければいけない」

ブリジットさんと木村さんは、お礼の席で食べすぎて帰りの電車のなかでまともに坐れず、「ウー、食べすぎた」となかば仰向《あおむ》いて坐っていたが、八十七歳の佐川先生は、おなじ量を完食されたので、二人で「凄いなあ」と感心しあった。

佐川先生は若い頃は大食漢で、カレーライスを一度に十一皿平らげたそうであった。

ブリジットさんは、佐川先生門下の稲妻望《いなずまのぞむ》さんと結婚して、今もパリ郊外の自宅にある道場で、大東流の修行を続けている。

現在、千葉工業大学の化学の教授である槌本昌信《つちもとまさのぶ》さんは、かつて木村さんが創設した名古屋大学合気道部に所属して、大学院に進学しても合気道をつづけていた。

彼は木村さんに紹介してもらい、昭和六十三年七月十五日に佐川道場へ入門した。

彼は当時を偲《しの》ぶ。

「私が入門した頃は、佐川先生は八十六歳でした。とても八十代半ばとは思えない迫力がありました。手足や腰が太くてたくましく、とても重みのある体つきをされていました。

声も大きく、はっきりとした口調で話されていました。

ふだんは品のある、とても暖かな雰囲気をされていましたが、きびしく注意をされるときは、まわりが縮みあがるくらい怖く迫力がありました。

佐川先生が道場に出て来られると、全員で『先生、こんにちは』あるいは『先生、こんばんは』と挨拶をしますが、道場の空気が一転して、ピリッと引き締まった雰囲気に変化したのを思いだします。でも稽古中、先生はいつのまにか奥へ入られたり、いつのまにかまた椅子に坐っておられた印象があります。

佐川先生はごく自然に動かれて技を掛けられるように見えるのですが、掛かる技の効果はすさまじく、岩のように強い体をされていた木村さんや、他の先輩方が吹き飛んだり、極められたり、自由自在に操られるのです。

しかも佐川先生の技はとても速く、先生が触れたり、すこし動かれると相手はあっという間にくずされてしまいます。

通常の世界ではありえない『絶対的な強さ』を佐川先生は持たれていました。入門当時の私には、佐川先生が技を掛けるときの静けさと、掛かる技の効果のすさまじさのギャップが非常に印象に残っています」

槌本さんは佐川先生が亡くなられる十日前に行なわれた、先生の最後の直伝講習の忘れられない情景を記している。

「平成十年三月十四日は、吉垣武さんと上田浩正《うえだこうせい》さんの第三元直伝講習の十回目があり、私も参加させていただきました。

この講習では、私がこれまでに見たことのない佐川先生のものすごい気迫を感じました。まさに真剣勝負のための講習でした。

『敵が刃物を持っているとき、倒した後にそのままにしていてはだめだ』

敵を倒した後、敵の手を足の足刀部で踏みつけて刃物を取りあげることを教えられる際には、道場の畳が抜けてしまうのではないかと思うくらいの迫力で、ドカンと畳を踏みつけられ、踏みかたをご指導されました。この講習では、佐川先生が命がけで木村さんに何かを伝えようとされていたのではないかと思いました」

槌本さんは佐川先生と木村さんとの間に張りつめた、道統継承の機をつかむための、緊迫した気配がたちこめているのを感受していたと記す。

「いま、佐川先生にご指導をうけていた頃の稽古ノートを読み直してみると、佐川先生はこんなに注意されていたのかとおどろき、顔色の蒼《あお》ざめるほど動揺しました。

佐川先生は武術家として技を大切にされていたため、秘密にされていたことが多いと私は思いこんでいました。しかしノートを読むと、佐川先生が門人を一人ずつ良く観察され、個々に応じて体の使い方や、技のひとつひとつの細かい部分についてまで、かなりの段階まで教えられていたことが、私の拙《つたな》いノートからもわかります。

しかし非常に恥ずかしい事ですが、当時の私は佐川先生からさんざん御注意いただいた体技に対する内容や、そのありがたさがあまり理解できていませんでした。今回ノートを読んでそのことが初めてわかりました。

『もっと足腰を鍛え強くしなければ駄目だ。教えようがない。道場に通ってくるだけで強くなると考えていたら、大まちがいだ。何か勘違いしているんじゃないか』

私にとってもっとも必要な稽古の方法について何度も繰りかえしご指摘下さったのですが、肝心の私がその重要な意味を理解できなかったのです」

あるとき、佐川先生は「槌本君はハカセ（博士）ではなくバカセだ」とおっしゃったこともあったが、「いま思えばまさにその通りであった」と、槌本さんは述懐された。

博士号を持つ人は佐川道場の門人のうちに十数名いたが、そのうち数人が先生に冗談半分にバカセだと言われていたそうである。

西岡寿《にしおかひさし》さんは日立製作所の部長であるが、平成二年七月六日に佐川道場に入門した。はじめて先生にお会いした印象は、肩肘張った武道家然とした姿勢がまったくない、学者か芸術家のような風格が拝見できたそうである。

西岡さんにとっては押せども引けども、微動だにしない木村さんであったが、木村さんが先生の顔面へ正拳突きをした瞬間、佐川先生が手をあわせるようにされると、途端に木村さんは後ろへ吹っ飛んだ。

合気をこの目で見るのは初めてであり、あまりにも一瞬のことで何が起こったのかよく分からなかった。が、飛ばされた木村さんのいきおいで、技の凄さを感じとることが出来た。

あとから知ったことだが、この日は心筋梗塞で東大病院に一カ月ほど入院し、退院後二週間目くらいのことであったそうである。

西岡さんのノートに書かれた佐川先生の言葉を、いくつか列挙する。

「若い頃、三十人を相手に戦った。武勇伝は、十代までだ。形は絵に描いた餅と同じで、実戦の役には立たない。変化を前提としなければならない」

「大きな気合は心が弱いから出すものだ。心が強く、恐怖心がなければ、大きな声など出す必要がない。相手が達人であれば、声を出している間に打ちこまれてしまう。声を出すのは、それだけ体内のエネルギーを放出しているということだ。りきみをなくすためには掛け声に頼らず、常に自然体でいるように心がける」

「相手に力を入れさせたまま倒せるようになるといい。ねじったり、ひねったりして倒すのは入り口だ。

皆、合気というものを分かっていない。理があるのであって、気などでは決してない。新しい理論を発見しなければだめだ」

「相手が突いてきたときは脇を締める。

これは相撲や柔道で脇差にきたときも同じで、武田惣角先生も脇を締めるということを教えていた。当時のノートを見たらちゃんと書いてあった。その後足捌きは自分で工夫し発展させてある」

稽古の心構えについて、つぎの教示がある。

「自分の思う通りに稽古するのであれば、道場でなくても出来る。気の向くままに稽古していたのでは上達しない。

いま出来ないことを出来るようにするために稽古するのだから、教わった通りに動けるように努力しなければならない。生まれたままの体の動きではだめだ。生まれてこのかたの動きを変えるのだから、よほど意識して苦労して変える必要がある。

倒そうとばかりしないで、正しい技の順序を学ばなければならない。自然成長的な稽古では強くなれないのだ。

勝つことばかり考えて倒そうという意識が強すぎると、正しい技を覚えようとする意識が薄らいでしまう。自分の思い通りに動かしやすいようにとばかり心がけて稽古しても、何の効果もあらわれない」

平成四年九月四日に入門した吉垣武さんは、その半年後に佐川先生の夕食のお弁当を買いにゆく役目を授かった。

昼の稽古が五時半に終り、先生が上の門人たちと談笑しているとき、そっと近づいてお聞きした。「本日のお弁当は何にいたしますか」

「何にしようかね」と先生が周りの門人たちに聞いたとき、先輩が「カレーなどいかがですか」といった。

先生はいわれた。

「カレーは甘いのは好きだけど、辛いのはだめだ」

吉垣さんは早速弁当屋へゆき、カレーの甘口はあるかと聞くと、「うちは辛いのしかないよ」と断られたが、「そこを何とか甘くしてくれないか」と頼むと「じゃあ砂糖でも入れるかい」といって特別に砂糖大盛りの特製甘口カレーを作ってくれた。

味はどうだったかとドキドキしながら、夜の稽古をしていると、奥から先生が出てこられ、

「さっきのカレーは甘くておいしかったよ」

と声をかけて下さったので、吉垣さんはとても嬉しかった。

昼の稽古が終わり、談笑の声が高まるときには先生に話しかけやすいが、門人の技

の拙さを叱りつけておられる時にはお弁当の話など持ちだせるわけがない。のろのろしていると先生はすっと奥に入られてしまうので、タイミングが重要だった。先生が古参の門人を叱りつけ、道場が静まり返っている時、横にいた先輩に「今だ、いけ」とこづかれ、やむをえず胸をとどろかせつつ進み出て、先生に声をかけた。

「先生、今日のお弁当は何にいたしますか」

敏感な先生は「うん、弁当かい」と言われ、先ほどとは雰囲気を一転して、穏やかに対応して下さった。

吉垣さんが先生の弁当を買いにゆく時の最大の楽しみは、お釣りを手渡すときで、そのとき先生の指に触れることであった。

先生の手はグローブのように大きい。小指でも吉垣さんの親指より太く、他の指の二倍ぐらいである。どうすればあんなに太くなれるのだろうと思うほどであった。

お釣りを渡すときに指に触れるとあたたかく、赤ん坊の手のようにやわらかかった。温かさがふわーと伝わってくるような凄い手だった。

やわらかいなあ、大きいなあ、といつも思っていた。そしてかならず先生が「どうもありがとうございました」とお礼を言われるので、こんな下っ端の門人に対しても、毎回お礼をいわれるなんて、本当に人間ができていて、凄いなあと思っていた。

平成五年十二月二十四日の金曜日、その日は焼肉弁当を二個買い、縦に二個重ねたビニール袋が熱気をはらんでふくらんでいた。

ふだんのように裏口から声をかけ、先生のお返事を聞いてから、戸を横に引いて中に入った。「お弁当を買って参りました」「すいませんね」と言葉を交し、弁当を渡すと先生の指をすり抜けた弁当が、ばさっと下に落ちた。

指をすり抜け弁当が下に落ちるまでは、スローモーションのように見え、二人で「あっ」と声を出してしまった。

頭の中が真っ白くなるのを感じながら、自分としては最速で拾い、持ちあげると上下が逆であったので、さらにパッとさかさまにして先生の指に、袋をかけるようにお渡しした。

そこからは記憶が飛ぶ。

「失礼しました」と何度も謝罪し、緊張のあまり力が入ってしまい、勢いよくバーンと戸を閉めた。

そして皆が夕食をとっている定食屋の亀屋に全力で走っていった。

すぐに弁当を落した話をすると、先輩たちは「吉垣君もついに破門だな」としゃれにならない話題で盛りあがった。

二十七日の月曜日に道場へいって稽古をしていると、佐川先生が道場にあらわれた。

吉垣さんは先生の足もとへ駆け寄り、「先日は大変申し訳ありませんでした」と詫びた。

先生は静かな物腰でいわれた。

「床が油で濡《ぬ》れて大変だったんだよ。雑巾で拭いたけどね。戸も外れちゃって鍵がかけられないから棒でつっかえをしたんだ。

お弁当を渡すとき、もっと寄って渡すといい。私の前で緊張しているようではだめだ。弁当を落すぐらいはいいが、戸を外したりしては困る。これからは道場のほうから弁当を持ってくるようにすればいい」

佐川先生は以前、次のように言われていた。

「人には上も下もない。だから、私はどんなに偉いといわれる人の前でも、緊張することはない。人間は未完成だから、どこまで行っても、これでいいということはないんだ。

だから常に努力を怠ってはいけない」

吉垣さんは述懐する。

「先生は私のような道場の中でも一番下っ端の者に対しても、買い物をしてくると常に丁寧な対応をして下さいました。自分の前で緊張することはない、と私に言われたのも人には上下がないという考えを、生活の中で実践されていた表れなのだと思いました。

肉体の日々の鍛練はもちろんですが、精神修養も日常に心がけていらっしゃったと知って、佐川先生の人格の高さ、心の広さを感じるひと時でした」

合気道や他の大東流を熱心に研究し、ほんとうに出来る境地に達した名人達者はいるのだろうかという疑問を解きたいために平成八年十一月二十五日に入門してきたのは、身長が百八十センチ以上で、体重も百キロを超える中西俊幸《なかにしとしゆき》さんであった。

はじめて道場に入ったときの中西さんの印象は他の門人方のそれとまったくおなじといっていいほど似ていた。佐川先生の人間離れした凄みを、充分に捉えている。

「道場に入り、しばらくすると佐川先生が家の奥から出ていらっしゃった。一目見てお声をかけていただいたとき、丁寧で優しく、どこか気品のある雰囲気を感じて、ほっとしました。

佐川先生はものすごく自然体でした。

そして先生は椅子に坐られるのですが、ふしぎなことにその姿は、物凄く深い静けさを感じました。

なにか気配がなくてその場所に溶けこんでいるというか、そのまわりの空間も透明な感じで静寂に領されているという表現にふさわしい感じでした」

しばらくして先生が木村さんを呼ばれた。木村さんが佐川先生に打っていった瞬間、その体がものすごい勢いで後ろに吹っ飛んでいった。ほんとうに一瞬の出来事であった。

佐川先生はまったく気負いたつ気配がなく、音もなく影のように動くだけで体のどこにも力を入れておられる様子はない。

人間業とも思えないあまりの出来事に、口をあけたまま、呆気にとられるばかりであった。

「私は何が起きたのか、さっぱり分かりませんでした。倒れ方が尋常ではない速さです。技を掛けようとしてもビクともしない木村さんが鞠のように吹っ飛んでゆきました。本物がほんとうに存在するんだと心が震えました」

あるとき先生は言われた。

「人間いくら鍛えたって、鍛えられないところがある。指だって全部折ってしまう。殺すのだからね」

そして指を引きちぎる動作をされたので、門人たちは思わずどよめきの声をあげた。

先生は一呼吸おいて笑われた。

「実際はやらないけどね」

先生の笑顔には殺気が消え、ふだんよりも一層人なつこく見える優しさがみなぎっていた。

剣道一家に出生し、古来高名な刀工として全国に聞こえた備前国長船住の刀鍛冶《かたなかじ》に長船の苗字《みょうじ》を与えた長船家の子孫である長船慎一郎《しんいちろう》氏が入門したのは、平成九年十月三日であった。彼は言う。

「私が入門させて頂いたのは、佐川先生の晩年ということもあり、先生は道場へ出てこられるのもお辛そうな様子のときもありました。

しかし合気で木村さんを投げられる時にはほんとうに嬉しそうで自然と笑顔になられていました。

また本来合気に予備動作は必要ないのですが、諸手捕《もろてど》りや片手捕りで木村さんに合気を掛けるときには『ここで合気を掛ける』といってから合気を掛ける動作をされ、力を抜いてから透明な力で投げる、と木村さんに教えておられる様子でした」

長船さんは貴重な体験を語られている。

「私はただ一回だけ、佐川先生が立って合気をお掛けになったのを拝見しました。それは佐川先生が道場からお部屋へ戻られる際、先生の足元が少しふらつかれたときに、高橋さんがサッと寄って先生の左手を支えた瞬間に、合気で高橋さんを一瞬で真下に投げ飛ばしたときです。

そのとき左側にいた高橋さんの方を見ていませんでした。力を全然使っていないことはもちろん、佐川先生の体が自然に反応していたように感じました」

佐川先生が亡くなられた翌日の平成十年三月二十五日、長船さんは佐川先生の弟の廣さんとの会話を書きとめた。

「兄は昔は今のように凄くなかった。相手に後ろから持ちあげられたら後ろへ崩し、相手が崩れたところを手で、腕や手を極めていた。

最近二十年ぐらいのように、一瞬で相手を崩し倒すことは出来なかった。兄にも段階があったのだね。

兄は武田先生に極められたら、我慢して更にポイントを衝《つ》いた技が打ち出されてくるのを待っていたものだ。簡単に倒されないで、もっと凄い技を出してもらい、そこから技を盗むという感じだった。

兄は夜中に起き出して、体変更《たいへんこう》や木刀による素振りをしていた。私はその凄さにおそれいって、これほどまでの鍛錬は自分には出来ないと思い、武道への道を断念したのだ。

武田惣角先生は技を手取り足取り教えなかった。技は見せたら教えたのと同じ、ということであった。

だから私が兄の稽古相手になって、技を掛けっぱなしでパンパン投げていた。そのときに兄は膨大なメモをとっていたね。しかし後でその日にやった技を研究するのだが、そのメモは燃やしてしまった。そうした理由は、実戦では相手によって技が掛かったり掛からなかったりして、要するに臨機応変に相手によってポイントを変えなければならないことに気づいたためであった」

真剣勝負の示唆に富んだ、興味深い挿話である。

平成九年六月十三日に佐川道場に入門した成《なり》田勲《たいさお》さんは空手歴十七年、全国空手道選手権大会で四連覇し、アラン・ドロン、マイケル・ジョーダンのボディガードも務めた経験がある。

彼は佐川道場での経験を語っている。

「木村さんが佐川先生の片手を掴むと、一瞬でその場に木村さんがヘタり込まされ、そのまま踏んづけられるとまったく動けなくなりました。

私が全力で押さえこんでいってもまったく歯が立たなかった木村さんが、赤子あつかいされるのを目の当たりにし、これはほんとうなのだろうかと半信半疑になりながらも驚愕《きょうがく》したのを覚えています。

また時折り佐川先生が椅子に腰かけられたまま突き（拳による直突き）を見せて下さるのですが、拳をスーと軽く出され空を切っただけで、まるで拡大された大きな拳だけが一瞬で的に飛んでくるような感じでした。

私がそのとき思ったことは、佐川先生に本気で突きで攻撃されたら捌くことは出来ない。吹っ飛ばされて気がつかないうちに、そのまま天国へいってしまうのではないかという想像が、脳裡をよぎりました。

それから先生はおなじく椅子に腰をかけたまま、ほんとうはこうやって折ってしまうと言われながら、足の足刀部で畳を踏んづけるのですが、これもおなじく拡大された重圧感のある足に感じられ、先生が畳を踏んづけるやいなや、道場に地響きが起きたかのような震動が伝わってきました。

なぜあんなに重圧感があり大きくみえるのかふしぎでなりません。九十五歳の老翁であるとはとても思えませんでした。

佐川先生の手、手首、足は長年の猛烈な鍛錬によって出来たものとお聞きしていましたが、ほんとうにいままで見たこともない手足の大きさで、手首の太さが尋常ではありません。さらに先生はただ大きいだけというのではなく鍛えつづけ、その部分、先生の本質的な所、のエネルギー密度が増していっているような感じがしました。

このような凄い佐川先生に実際に出逢《であ》えたことと、他には類を見ない底知れぬ奥深い武術に触れ、修行ができることを心から感謝しています」

成田さんは真の武道家としての、謙虚な感覚を備えた人物であった。

極真空手《きょくしん》の大山倍達《おおやまますたつ》師範は、大東流を武田惣角先生門人の吉田幸太郎《よしだこうたろう》氏から習っているが、現在の極真会館の館長松井章奎《まついしょうけい》氏も、佐川先生の最晩年に入門し、一日だけ先生にお会いされている。

松井氏はその日の経験についてつぎの一文を寄せて下さった。

「私が佐川幸義先生の存在を知ったのは三十年以上前の、私がまだ現役選手として活動していた、二十代前半の頃でした。

当時、触れた相手がみんな飛ばされてしまう『最後の武術家』がいるという話を聞いたのですが、あまりにも現実離れしていて、その佐川先生が本当に存在するのか、それとも架空の人なのか、存命なのか、さえわかりませんでした。

一九九五年に木村達雄さんが佐川先生と合気術を木村さんの視点から書かれた『透明な力』という書籍が出版され、それを読んでこれまで現実離れした想像の世界にあったものが、現実のものとして捉えることができるようになりました。

いまこの時代にこんな人が実在するんだなという感慨を受け、あらためて興味を持つようになりました。

しかし、世の中で凄いといわれる人にはそれまでにも複数お会いしたものの、本当に凄いと思ったのはほんのひと握りでした。そういうこともあり、本の中に書かれていることが凄い内容であったがゆえに、感心すると同時に本当にこんなことがあるのだろうかと、半信半疑の域を出ませんでした。

私が三十四、五歳の頃、縁あって佐川先生のある門人にお会いする機会がありました。そして合気上げを体験しました。これはいままで感じたことのない不思議な感覚でした。

そこで実際の稽古を見たい、佐川先生にお会いしたいという欲求がふつふつと湧きあがり、私人として入門を決意しました。

平成十年の三月九日の月曜日に入門しましたが、その日は佐川先生は道場に出られず、お会いできませんでした。

そして三月十三日の金曜日の稽古で現実の佐川先生が道場の奥から出てこられたのですが、本当に驚きました。

当時九十五歳と高齢で体も小さく、腰も曲って手すりで体を支えながら歩いてこられて、道場の先生用のイスに座られたのですが、後に聞いたところによると、当時先生は自分一人で缶ジュースの栓も開けられないなど、力も弱くなっていたそうです。

実際の稽古では、自分がまったく抵抗できなかったその門人が、上の先輩たちに全然歯が立たない。

私自身も体を浮かされる、投げられる、関節を極められる、身動きができないくらい固められる。または揉みあう感覚もなく体を飛ばされるという経験をし、私がこれまでに体験したことのない痛みや技を感じ、合気の技にどんどん興味を持っていきました。

稽古の中で、佐川先生は私がまったく歯が立たなかった先輩たちを、本当にすこし触れただけで、私が先輩にやられたとき以上に飛ばしてしまう。あるいは先生が爪先で相手の足先をちょっと抑えただけで、その人は動けなくなってしまいました。

それを間近で見たときに、本当に愕然としました。一人でジュースの栓も開けられない人が、本当にこんな力を発揮しているのだろうかと、信じられませんでした。でも自分の経験上、他でよく見受けられるような自分から飛んでいるたぐいのものとは、あきらかにまったく違うということだけは、はっきりわかりました。

その十一日後に佐川先生はお亡くなりになりました」

第七章　佐川合気活法の神髄

一般的な武術は肉体への破壊でしかないが、合気武術はまったく異なる。

合気は調和であり、肉体のみならず精神、意識まで整え、統合させる働きがある。

一般に、佐川先生に投げられると、体が変化して強くなる。体の大きな門人が五年ほど稽古をしていたが、先生に一度も投げられたことがなく、先輩たちは彼が抵抗しても倒すことが出来た。

あるとき先生が、「彼を強くしよう」といって彼を何回も投げ始めた。一週間くらいたつと、先生以外、彼を倒せる門人がいなくなってしまった。

体の密度が上がり、芯ができて崩れなくなってしまったのだ。

もっとも体が強くなって抵抗力がついたというだけで、彼が先輩を倒すことが出来るようになったというわけではない。

佐川先生は一度だけ、「本当に戦うときは、こうやる」と言って、木村さんを今まで見たこともないような激しさで畳に叩きつけたことがあった。そのとき木村さんは、本当に雷が落ちたような強烈な閃光を体ではっきり感じたと言う。

だがしばらくすると、体全体にエネルギーが満ちあふれ、全身が調整されて格段に強くなったのを実感した。「これは素晴らしい！」と喜んだが、先生は二度とその投げ方をしなかった。

木村さんが佐川先生に投げられると精神的にも元気になることを、特に実感した日があった。

「平成八年（一九九六）三月十一日の昼の稽古の最後のほうで、何であったか先生に金銭のことで叱られたことがあった。お金のことで誤解されるなど耐え難く、死にそうなほど落ちこんでしまった。

その日は入門者がいて、夜の稽古のときはその入門者を先生に紹介したが、この時さらに何かいわれたらもうおしまいだというくらい意気消沈していた。

先生はじっと私を見てから何もいわずに私を投げはじめた。ところが投げられるとまるで自転車のタイヤに空気を入れるような感じでだんだん体の内部が、エネルギーで満ちてきた。

かなり投げ続けるので、急速にエネルギーが溜《た》まり、心身ともにすごく膨らんでパンパンになってしまった。

体じゅうにエネルギーが満ちわたると、先生が『あんたは！』と再び怒りはじめたが、すっかり平気になってしまい、笑みをうかべつつ、『申し訳ございません』と言えて一件落着となった。そのあとは、終日幸せな気分だった」

合気には、治療的な効果もある。

あるとき、木村さんは風邪《かぜ》をひいてしまった。佐川先生にうつしてはいけない、と気力で何とか治そうとしたが、咽《のど》のヒリヒリだけが残ってしまった。しかし道場で先生が近づいてきたとき、何か暖かいものが咽へフッときて、その瞬間、咽の痛みが完全に消えてしまった。

本当に鍛えた人はやはり何かが違う、不思議なことだ、と木村さんは思った。

剣道の専門家である長尾進さんは、

「剣道の稽古によって左の手首に慢性的な痛みがあり素振りも満足に出来なかったが、佐川先生の二カ条の極《き》めを受けたら、何の痛みもなく手首からポキッと音がしてそのまま治ってしまい、素振りも出来るようになった。佐川先生に技を掛けていただいたことで、手首の骨が本来の正しい位置に動かされたのだろう」と話している。

合気には、頭脳を良くする効果もあるのではないか、と思われることもたびたびあった。

「合気ニュース」のスタンレー・プラニンさんが佐川先生の取材に来たとき、木村さんは筑波大学の講師だったが、「そんなに稽古していたら、数学ではもう上にはあがれないね。無理だよ」と真面目《まじめ》な顔をして言われてしまった。確かに、沢山稽古したら普通では疲れてしまって、しばらく休まないと数学をやるどころではない。

しかし佐川先生に投げられて一人で筑波へ戻る電車の中で、今まで解けなかった数学の問題が解けたことがたびたびあった。すっきりとして、頭が冴えてくるのである。そういう意味でも佐川先生の武術は普通とはまったく違っていた。

そのうち仲間が増えて、みんなと一緒に帰るようになると、帰りに数学を考える時間はなくなった。でもみんな稽古のあとは、心身が高揚し、きょうの先生はすごかったなあ、と興奮気味で元気いっぱいで最終電車で帰る。

特に佐川先生の直伝講習で何回も投げられたときには、心身が活性化しすぎて、夜中の三時くらいまで目が冴えて眠れないことが多かった。

「道場に来るときは元気がなくても、帰るときにはすごく元気になる」と多くの門人は言いあう。とくに佐川先生に投げられると、体は強くなるし元気になるのは、体験者の共通した感想であった。

木村さんは語る。

「佐川先生ご自身も治療について随分勉強されていると思うことがありましたが、活法伝書なども書き残されていました」

先生のまとめられた「活法伝書」には、実際に施術を行うときの体の使い方の注意が次のように記されている。

「活法者は心静かにして下腹に力を込め落ち着きて行うべし。手の使用は仮死体に触れる時は柔らかく合気の柔らかさにて取り扱うべし。又、足の作用も手の用法と同様なり。背柱活の如きは膝頭《ひざがしら》に余り力を入れず柔らかくして衝《つ》き立つるが如く為《な》すべし」

残された原稿は全部で百八十枚ほどあり、「活法伝書」については四、五回書き直されて、先生自身の言葉でまとめなおされていた。

結局、活法を、さまざまな流派から取り込み、ご自身で合気と統合した活法として三章分にまとめなおしているように思われるものであった。

原稿には佐川先生が活点を記した人体図が、見事に描かれているところもあった。ある活点をよくよくみると渦と書いてあったり闇月と書いてあったりするが、これらの言葉をみると、佐川先生はそれらの活点を通して身体《しんたい》をどう注目していたのだろうかと興味が注がれる。

若い頃は何でもやったと話されていたが、活法ひとつをとっても研究の深さを推測できる。

活法について先生が手書きでまとめられたものは、治療と武術の共通点が見られる。若い頃から様々なことに興味を持ち、吸収してきた先生にとって、この活法も合気の下地になっていると思われる。

本来、活法を学ぶことは武人にとっては必要なことであった。

武士が戦《いくさ》にでれば、怪我《けが》はあたりまえで、医者は上位階級の武士だけを治療した。脱臼や骨折を自力で治せなかったら、戦場で死んでしまうので、武士にとって活法を勉強することは必須だったのだ。

戦中に怪我したからといって誰にも治してもらえないので、自分で自分の体を治せないと命がなくなってしまう。

そんな瀕死《ひんし》状態の武士が戦場には沢山いるわけだが、その中には、生かすべき価値のある武士もいる。

顔を見て、生かす方が得になると思える武士を選別して、息を吹き返す活法で治療したのも武士の心得《こころえ》だった。

佐川先生も若いときから本格的に色々な活法を深く研究していたのである。

木村さんは言う。

「佐川先生は命がけで、長い年月をかけて武術的な合気の体を作っていきましたが、その過程で、体を何回もひどく壊してしまって、大変だったそうです。

そうやって長い生涯をかけて身体を壊しながらも合気の体を作っていった佐川先生は、痛めた体を乗り越えていくために、治療の原理を知っていく必要があったのです。

肉体が壊れる程の過酷な鍛錬と並行しながら、壊れた体を治していく。

それも自分で自分の体の状態を知って自己治療を施すことをしないと、鍛錬を続けることが難しかったと思えます」

力を使わないから鍛えなくても良いとか、気の持ちようで合気が取れると言うような考え方は佐川先生の中にはなく、先生は自分の体を壊しては治すことを繰り返し鍛錬を続けていった。体におもいっきり負荷をかけて鍛錬して壊し、また再生させて、を繰り返した。鍛えるとは本来そういうことなのだろう。

活殺自在の文字通りに、佐川先生にとり、生かすも殺すも簡単なのではないかと、私は思う。

「人を殺すほどのすごみ」と「人を生き返らせるほどの神秘」。

佐川先生は、それらを両手に携えながら自ら鍛錬に向きあい続けた。

それはある意味、人間の生死に真摯に向き合ったことになる。

日本には「武医同術」という言葉がある。昔は武術の達人や神秘的な療術師がいて、それぞれ、殺す生かすとして発展してきた技である。

武術と医術は、原理は一緒ということなのだろうが、それぞれの在り方で見た場合、本当の意味では一緒ではない。

あるところまでは同一だというが、何が同一なのかよく分からない。

「武医同術」とはなにかと考えると、生かすも殺すも相対的なことではありながら、あるレベルでは同じ原理があると聞いたことがあるが、佐川先生が一人で体現していた合気というものこそ「武医同術」の背景にあるもののようにみえてくる。

六章の中の丸山輝芳さんの話の中で、佐川先生を中心に門人四人が手をつなぎ、佐川先生が手を上下にパタパタ動かすと、突然真ん中に吸い寄せられるかのように、わーっと倒れこんでいった、とある。

そのとき佐川先生は「やったことはないが、理論的には出来るはずだから、やってみよう。何人いてもおなじで、遠くのほうから倒れていくんだ」とおっしゃっていた。

門人のIさんは、易の師匠である中根光龍《なかねこうりゅう》氏から実際に体験した話として、整体師の野口晴哉《のぐちはるちか》氏が非常に似た現象を以前行っていた、と聞いたことがあった。

野口氏が当時主宰していた整体協会では毎月「二十日の会」という集会があり、あるとき駒沢《こまざわ》オリンピック公園競技場に会員が数百人集まった。野口氏は、会員たちに輪になるように一斉に手をつながせた。野口氏は台に立って皆をみる。すると野口氏は台から降りて、初めて来た人たちのところへ近づき背中にそっと手を触れていかれた。数百人いる中で初めて来た人を遠くから見て判断できるのは、気が流れていないからだった。

野口氏が台に戻って手を上下にしばらく動かすと、遠くの方から人が順にドミノ倒しのように、だーっと倒れこんでいったそうだ。

実際に体験し、目の当たりにした中根氏にとって、非常に圧倒される現象だったが、野口氏は、人間のもつ気は電流のように流れることを意識にしっかり入るように指導した。

Iさんは、佐川先生はこのときに、ここにいっしょに参加していたか、もしくは、何かの機会にこれを知ったのではないかと思った。なぜなら、佐川先生の残された資料を見ると、様々な治療法を習っていた痕跡がある。また、佐川先生が明治三十五年（一九〇二）生まれ、野口氏は明治四十四年生まれと年齢も近く、昭和を代表し戦前戦後に野口整体で名をはせた野口氏に、治療に関心が高かった佐川先生が習いに行ったとしてもおかしくはない。

また佐川先生の話されていた中に「技を見たら出来る人がいるんだよ。そういう天才はいるんだ」と言われたこともあり、野口氏のことを指していたのではないかと推察されるのである。

以前、若い頃に野口整体を学んだ治療師の方が佐川先生の治療を行っている際に「その方法は私も知っているよ」と佐川先生が一言洩らされたことがあったので、何らかの関係があったと考えるのが自然である。

同時代に生まれた天才武術家と天才治療師の二人が邂逅《かいこう》していたのではないかと考えると、胸が躍る。

木村さんは、佐川先生に入門する前は「体の鍛錬をするのは三十歳までだ」と教えられていたが、先生に「何を言っている。少なくとも七十歳代までは、鍛えれば筋肉もついてくる」と言われて驚くとともに希望を感じた。

また高校時代に一緒に合気道をやっていた友人が夏休みに自衛隊へ体験に行き、ものすごく強くなって戻ってきたことがあった。だが彼は数年後、「結局いくら強くしてもやめれば元の木阿弥《もくあみ》だから、ああいうのは余り意味がない」と話した。しかし、佐川先生は、「やめなければ良いでしょう」と言われた。

またある先生が木村さんに「私は本当の鍛え方がわからないから鍛錬をやらないのだよ」と話したことがあったが、その話を佐川先生にすると、

「その先生は気が弱いね。私だって最初から鍛え方がわかっていたわけではないし、鍛え方なんて教わったこともないよ。

ただ十七歳で合気が分かってからでも、とにかく少しでも強くなりたくて色々なことをやって鍛えたのだ。二十歳《はたち》の頃には逆三角形のボディービルダーのような体になった。海水浴に行くと、みんな驚いてジロジロ見つめていたよ。

しかしそのわりに技が思ったようには効かないんだね。それで、これではいけないと思って、また色々考えて鍛え方を開発していったのだ」

のちに佐川先生の蔵書を整理していたら、ボディービル関係の古い本がいくつも出てきた。若い頃に鍛え方の参考にされたのだろう。

昭和五十五年（一九八〇）五月二十六日に佐川先生は言われた。

「今は不整脈なのだが若いとき無理して稽古して肉体を使いすぎたから仕方ないですね。理が分からなかったし、何をどうやったらどういう風になるかまったく分からなかったし、暗中模索だったからね。一つの鍛練を数カ月は続けて様子を見るし、良いと思えば十年は続けてみて取捨選択している。

私は自分の体を実験台にして、体を壊したりしながら、試行錯誤を繰り返し、常に新しいやり方を工夫してきたのだ。

もっともただ筋肉的な力を強くするのではなく、合気をどうしたら強化できるかと考えてやってきたのだ。

『透明な力』で、武田惣角先生も、あれほどの天才だから鍛えれば出来ただろう、と先生を立てて書いたが、本当は発想がまるで違うのだ。そこに気がつかないと出来ない」

佐川先生も最初はボディービルのような鍛え方から始まって、合気を強化する視点で常に試行錯誤して、まったく新しい鍛え方を発見されたのだろう。

またあるときは、木村さんに大きな鉄のハンマーを見せて、

「これを振るんだよ」と言われたことがあったが、木村さんは、ちょっと振ってみて、

「これを普通に振ったらすぐ体を壊してしまう。きっとまったく違う振り方をするのだろうな」と思ったそうだ。

以前に台所で、佐川先生が大きな重い木刀を、見たこともないようなやり方で振ってみせて下さって、

「これは自分で考えたのだが、我ながら変なことを考えたものだね」と笑いながら木村さんに言われたこともあったからだ。

佐川先生の技が全体として迫力が何倍にもなり、投げるというより、叩きつけたり吹っ飛ばすようになってきた八十二歳の頃から、先生がときどき手で腰を叩いて痛そうにされることがふえた。

もしかしたら新しい鍛え方で迫力が増したけれども、同時に腰を悪くされたのかな、と木村さんは想像した。

あるとき、「どうも素振りをしていて腰が痛くてたまらないので、色々考えたが、こうやって座って振れば大丈夫だ、ということがわかった」と言われた。

木村さんは、佐川先生のアドバイスは、すべて素直に受け入れて実行するのだが、不思議なことに、このやり方は少しやってはみたが、結局やめてしまった。

それから十年くらいたった時に、

「今思うと、腰を本当に悪くした原因は、座って素振りをしたことだ」と言われた。

木村さんは、その話を聞いて「真似をしなくて良かった」と少しほっとしたが、先生にだけ痛みを負わせて、良い情報だけを頂く不肖の弟子の自分を実感して申し訳なく思った。同時に、先生は本当に自分の体を壊しながら鍛え方を模索されていたのだ、と実感した。

佐川先生は「絶対に誰にも負けたくないという強い意志があったので、どんな辛い鍛錬もやり通すことが出来たのだ」と言われていた。

真剣勝負を基本とする武術で、「弟子が全員でかかってきても一瞬でやってしまう」ということさえ考えておられた佐川先生なので、「鍛えている、ということさえも、長いあいだ人には言わなかった」と話されていた。

佐川先生は、台所で木村さんに言われた。

「武術というものは全部を教えるものではない。一番大切なところは決して誰にも言わない。そこは自分が真剣勝負に使うやり方だ。次の段階を一子相伝する。更にその下を気に入った数名に教える。武術とはそういうものだ」と言われたこともあった。

道場では何回か「本当のことを言えば、体が出来ていなかったら、技は本当には出来ないのだ。そう言ってしまうと身も蓋《ふた》もないから言わないが……」と言われたことがあり、一番の秘密は武術的な合気の体作りなのだろうと木村さんは思った。

鍛錬というのは、ただ強くしようと思って夢中でやると体を壊してしまう。若い時はまだ大丈夫でも、年をとってからその弊害が強く現れてくるものである。

余程、体全体のバランスを取りながら長い時間をかけて体作りをしないと、身体を壊してしまうのである。

木村さんは、よく武道の演武会で、八十歳くらいの武道家の演武を見ると、まるで肩にハンガーが入っているような動きをするのを見て、年齢がいったら、みんな肩がかたまってしまうものだと思っていた。

しかし佐川先生は九十歳を過ぎても肩が自由に動き、ものすごい柔らかさであった。フルネルソン（羽交《はが》い絞め）で後ろから十分極めても、ものすごい柔らかさでスーッと解かれてしまう。

そもそも九十歳を過ぎた人が、フルネルソンで思いっきり極められても平然としているということ自体、ふつうではあり得ない。

●足を掴んだ瞬間に木村氏の体を飛ばす佐川先生（撮影当時九十三歳）。先生の横で座っているのは著者　（提供：新潮社）

木村さんは、鍛えれば九十歳を過ぎても、肩が柔らかいということが可能だ、と知って人間の可能性の大きさを改めて感じた。

佐川先生は木村さんに、「私は決して無理をしない。肉体に負担をかけすぎないように鍛える。長い時間がかかるのだ」と晩年に言われた。

「今になって、そんなに重いものを振ったりしなくても、体を強くする方法があることが分かったが、若い時は分からなかったね」と言われたが、さんざん体を痛めて苦労した末に発見されたのだろう。

また九十四歳の頃に「『透明な力』を改めて読んでみて、武田惣角先生の手が大きかったことを思い出した。どう鍛えたらそうなるかを色々考えてわかったから、これから数年で重い大きな手にしてしまう」と言われた。

九十五歳の新年会の写真では本当に手が大きくなっている感じがする。

かつて木村さんは、晩年の佐川先生がふらついて自分から倒れて受け身をとったのを見て、足が弱られたのかな、と思っていたが、あるとき、先生が「足を摑んでみなさい」と言うので、両手で片足に抱きついた。

ところがその足は弱々しいどころか、ものすごく太く力強く、わずかの動きで木村さんは吹っ飛ばされてしまった。

最晩年に佐川先生がバランスを保つのが少し難しくなったのは、足が弱ったせいではなく三半規管の問題だったのかもしれないと思った。

晩年、木村さんに「鍛錬のほかに歩くということを別にやる必要があることがわかった」と言って、室内に歩行器を入れて、亡くなる日まで、歩く鍛錬も続けられた。

佐川先生は四股とか蹴りなども色々工夫したやり方で五十年以上続けてこられたが、九十四歳を超えた頃から、片足をあげると不安定になってしまい、その鍛錬をやることが出来なくなってしまった。

五十年以上も続けてきた鍛錬が出来なくなったら、もうだめだ、と思ってガックリするのが普通だと思うが、佐川先生はまったくめげることなく、そういう状況を受け入れた上で泰然自若の心境で、それではどうしたら良いかを考えられた。

そして木村さんの前で、「こうすれば蹴りの練習を続けられる」と言って、鴨居《かもい》に両手をかけて蹴りをやって見せて下さった。

四股は椅子に座ってやれば倒れないで済む、とも言われた。

先生は本質的に開拓者であり、新しい道を切り開いていく強い精神に満ちあふれていた。

「何でも教わろうというような弱い精神では教わっても覚えきれなくなって忘れてしまうのだ。自分で開拓しようという気概に満ちている人が、教わったことを生かせるようになる。心構えが違うのだ」と言われた。

そして人生の最後まで鍛錬法も常に工夫しながら鍛え続けた。

どんな事態になっても動じない佐川先生の心境は合気の修業で養われたのだろう。

平成九年二月十五日、九十四歳の佐川先生は吉垣武さんに語る。

「吉垣君は体力がない。漫然と道場に来ても強くなんないよ。毎日鍛えないとね。鍛え方が足りないよ。弱くたって毎日訓練すれば、強くなるんですよ。考えないでやってもだめだよ。私は二十六歳の頃から、毎日鍛えているからね。毎日訓練しなかったら強くなるわけないでしょ。強くなりたかったら毎日訓練することだね。体が小さくたって、毎日やれば強くなるんだよ。体が大きくたって、鍛えなければ、生まれたままだから、弱いんですよ」

そして先輩の横面打ちをガンと叩くだけで、吹っ飛ばした。

「叩けばこれぐらいなるように、訓練しているんだ。訓練しているから出来るんだ。力が強いからって、体だけでやっていればいいと思ったら大間違いだ。頭も使わないとだめだ。どうやって相手を倒すかを考えないとだめだ。みんな考えてないよ。私はどうやったら倒せるか考えたもんだ。人間生きているんだから、頭を使わないと絶対にだめだ。

今の人は意志が弱い。だめだと思ったら、そこでおしまいだ。だめだと思ったらダメなんだ！　出来ると思ってやっているとそのうち出来るようになるんだ！」

吉垣さんは、この言葉を聞いて、心の底から元気になったという。

木村さんは言う。

先生は色々健康を保つ工夫もされていた。

酢に卵を殻ごとつけた酢卵を作って食べていて、木村さんに「健康に良いから木村君も酢卵をやりなさい」と言われた。

木村さんは一度試したが、余りのまずさに、これを飲むとはすごいな、と思ったが、結局飲むのをやめてしまった。

「一月から三月は太陽の強さが丁度良いから、日光浴をしながら運動をする、夏はやらない」と言われていたが、木村さんの二元直伝講習でストーブの前で稽古着に着替えるとき、木村さんは佐川先生の背中を見て驚いた。健康的に黒光りしていて、八十歳近い先生なのに、背中は二十代のサーファーのようであった。

道場での先生から感じる存在感というかエネルギーのようなものは、どの門人とも比較にならないほど大きかった。

佐川先生の合気の技は、年齢とともに益々《ますます》切れ味と迫力が増した。木村さんは、佐川先生が「体の具合が悪い」と言うときでも、激しく投げられてしまうので、先生の体調が悪いということの実感をもつことが出来なかった。今になって、もっと気づくべきだったと思うが、技のすごさに驚いてしまい、とても体が悪いとは信じられなかった。

しかし、それほど体の具合が悪くても、あれほどの技が出来たので、合気は本当に他とは原理がまったく異なるのだ、とつくづく思った。

佐川先生の門人で、聖マリアンナ医科大学教授・副病院長を経て、現在東京高輪病院で院長をしている木村健二郎さんは、先生との出会いや心筋梗塞で入院された当時の様子を、医師の立場で詳しく語っている。

健二郎さんは木村達雄さんの二歳年下の弟である。昭和四十九年に東京大学医学部を卒業して、第二内科で高血圧と腎臓を専門にする研究室に所属していた。

「私も大学時代から合気道をやっていましたが、兄から『大東流合気柔術の佐川幸義先生はまったく次元が違う』と言われ気になっていました。

昭和五十六年八月よりデンマークのコペンハーゲン大学へ留学することになったのですが、留学は二年間になるので、兄がその前に佐川先生に会わせてあげると言ってくれました。

そこで、兄に連れられて中央線の国分寺駅から歩いて先生をお訪ねしたのです。

七十九歳になられた先生はカーディガンを羽織っておられ、柔和な表情で私たちを迎えて下さったので、ホッとしたことを覚えています」

健二郎さんの淡々としているが要所をはずさない綿密な描写は、佐川先生の風貌姿勢を的確に把握してゆく。

「居間で色々とお話を伺ったあと、両腕を差し出され、摑んでみなさい、と言われました。その手首が太いことに驚きましたが、摑んだ感触が柔らかいことにさらに驚きました。すっと吸いつくような感じなのです。

しかし次の瞬間には爪先立って身体が浮いた状態になってしまいました。門人ではないし居間なので、投げられるということはありませんでしたが、完全にバランスを失い、先生がちょっとでも腕を動かされたらそのまま後方でも右でも左でも、自由自在に投げられてしまうことは、容易に想像できました。

『もっと強く握ってみなさい』と言われ、強く摑んでも、腰を下げて浮きあがらないように頑張っても、まったく同じでした。

その不思議な感覚は強く印象に残りました。

また、カーディガンを摑んでみなさいといわれ、その通りにすると、腰砕けのようにしゃがまされてしまい、なんとも不思議な気がしました。

その後、夜の稽古を見学させていただきました。

道場には二人一組で三組くらいの門人の方が稽古をしていましたが、門人同士が技を掛けあっていても、なかなかうまくいきません。合気道では技を掛けられる方は頑張らずにうまく投げられて、技を掛ける方を引きたてるようにするのが約束事ですが、この道場ではそのようなことはまったくなく、なかにはシャモの喧嘩《けんか》のようになってしまうこともありました。

ここでは技が効かなかったら倒れなくていいということになっているそうで、今までやってきた合気道とはまったく異なると思いました。

そのような時に先生が出てこられて、パッと技を掛けると、門人は一瞬でバシッと畳に投げつけられてしまうのです。

その不思議な光景を目の当たりにしたのですが、入門するわけでもなく、その日は道場を後にしました。

留学は二年にわたり、コペンハーゲンでは合気道の道場で教えたりしていました。イギリスのサセックス大学の合気道クラブに呼ばれて教えにゆくこともありました。合気道では頑張ることがないので、先生としての面目は保てますが、体格の大きいヨーロッパ人の彼らが本当に頑張ったら何もできないだろうなと思いながらやっていました。そのようなわけで、二年間の留学中、ずっと佐川幸義先生のことが忘れられませんでした」

外国におけるさまざまの業務で繁忙の日々を送っていた健二郎さんが、佐川先生のことを絶え間なく思っていたのは、真実の武道の底知れない魅力に気づかされていたためであろう。

二年の留学を終え帰国した健二郎さんは、成田《なりた》空港に迎えにきた兄の木村達雄さんに会うなり、さっそく佐川先生に入門したいといった。

達雄さんはおどろいて反対した。

「留学するのでもう入門する機会もないだろうし、一度本物を見せてやろうと思っただけだよ。まさか入門したいというとは思わなかった。稽古をこれから十年とか二十年とかやったとしても、実を結ぶかどうかすら見当もつかないんだ。やめたほうがいいよ」

だが、二人の応酬を聞いておられた母堂が「そんなことを言っていないで、取り次いであげなさいよ」と健二郎さんの希望に力を貸すよう助言して、結局入門の許可が下りた。健二郎さんはそのとき「母は強し」と思ったというが、「兄弟仲良くしてほしい」というのが、母堂の昔からの強い願いであった。

健二郎さんが入門した道場は、留学以前より門人が増え、狭く感じられた。稽古を始めておどろいたのは、白帯の門人にもコロコロ投げられるし、こちらが繰りだす技はまったく通じなかった。

女性の白帯の人にも同様であった。合気道四段であったが、いったい自分は何をしてきたのかと、空《むな》しい思いを禁じ得なかった。

だがしばらくすると、こちらの体も強くなり、技を掛けることはできなくても、抵抗しようとすれば出来るようになってきたと、語られる。

健二郎さんは大東流を習う日を重ねるほど、技の不思議なはたらきにつよく心を揺さぶられるようになり、稽古の要点をつぎのようにノートに記すようになった。

「夜の稽古のとき、先生は椅子に腰掛けて門人の稽古を眺めていらっしゃる。門人同士が技を掛けあって、お互いにうまくゆかないときなど、さっと椅子から立ちあがり手を出されるので、手首を握ると、あっという間に畳に投げつけられる。

いままでの稽古で門人はお互いに体が強くなっており、本当に技を掛けるのは不可能に思えるような場合でも、一瞬で畳に投げつけられる。

それも手首を持つと太い手首なのに非常に持ちやすく、表面の固さはまったく感じられないのは、留学前に感じたままであった。

そのやわらかい感触がそのまま持続して、あれっと思った瞬間に畳に投げつけられている。

力でねじ伏せるというなら、抵抗のしようもあるが、その力を感じないので抵抗のしようがないというのが、本当の感覚だ。非常に不思議な感覚である。十年以上修業して強くなっている門人の方たちも同様に、一瞬にして叩きつけられる。

見ている門人たちは、投げられる時に瞬間にして身体のバランスを崩されていると
いうが、投げられている本人にはそのことがまったく分からない。
たしかに他の門人が投げられているところを見ると、かならず身体のバランスを崩
されている。
従って投げられるという、目に見える派手な現象はその結果であって、投げられる
その前にとっくに終っているのだと思った」
日本中、いや世界中どこを探してもこのような技ができる人間は存在するとは思え
ない。技が効かなければ、倒れなくていいというのは、道場の先生に本当の実力がな
ければいえないことだ。
佐川先生の手をはじめて摑んだときの驚きと敬服の思いが、健二郎さんの脳裡にい
つまでも残っていた。
佐川先生の武術は本物だと骨身に沁みて得心した健二郎さんは、知己の朝日新聞の
畦倉《あぜくら》実記者に話すと非常に興味を持ったので、先生に頼んで取材を受けていただくこ
とになった。
当日は兄達雄さんをはじめ数人の門人が集まり、先生は袴と稽古着を身につけられ
技を掛けられた。その記事は平成二年一月十八日付の朝日新聞夕刊に大きく掲載され
た。

「一瞬の技　宙舞う猛者《もさ》　87歳佐川さんの奥義」

というタイトルであった。

記事には、

「玄関先で会ったときの佐川さんは、やや腰をかがめて歩く、普通のお年寄りだった。腰椎《ようつい》を痛めたのだという。だが、稽古着を着けた師範は雰囲気まで一変していた」

と書かれ、あとは門人に技を掛ける様子、記者自身が技を掛けられたときの不思議な様子などが書かれている。

記事のサブタイトルに、「武道の達人も学者も『なぜだ』」とある。さらに「世の中教え過ぎ　自分で工夫を」という先生のお言葉が先生の柔和なお顔とともに掲載されていた。

先生にはふだんは見せもしない臨機応変のとっさの技がある。健二郎さんは言う。

「夜の稽古のときだった。先生が私に『突いてきなさい』とおっしゃった。

突然のことで、こちらもあわててとっさに左手で突いてしまった。先生は私が右手で突いてくるのを軽くかわして技を掛けるつもりだったと思う。

しかし思わず利き手の左が出てしまった。

『しまった！』と思った瞬間に、先生の腹部に突きが入ってしまった。

その時の感覚は、『あれっ、やわらかい』であった。先生の腹部にすっと左拳が入ったような感覚であった。

先生は『ええい、こんなもの』とおっしゃって、ちょっとお腹《なか》を突き出す動作をされた。手はまったく使われていなかった。

次の瞬間、頭から畳に叩きつけられていた。まさに一瞬であった。自分でも何が起きたかまったく分からなかった。

そのときの応酬の様子を見ていた兄や門人に聞くと、私は左腕を伸ばしたまま、体が硬直したようにのけぞり、そのまま後ろ向きに吹っ飛んだとのことであった。投げられた本人はまったくそのようにバランスが崩されていることに気がつかなかった。

とっさのことで、先生が反射的に技を掛けられたのだ。先生のおっしゃる「体《たい》の合気」の真髄ではないかと思う。この強烈な印象を、いまでも鮮明に覚えている。やわらかいお腹ということではこんなこともあった。ある時、先生のお腹を診察させていただいたことがあった。お腹を押すと、非常にやわらかいので驚いたことがある。

長年鍛錬をして、あのような激しい技を使われるので、さぞ腹筋は発達しており硬いのだろうと思っていたが、本当に腹部はやわらかかった。筋肉自体がやわらかくなっていたのかも知れない」

木村さんは、佐川先生のとっさの反応で、すごく印象に残ったことがあると言う。

「先生が弟（健二郎さん）に横面打ちのコテ返しのやり方を説明していたときで、右手で打つだろうと思っておられたところ、左利きの弟がいきなり左手で横面打ちをした。アッと思った瞬間、弟はバシーン！　と凄まじい音と共に、蛙がつぶれたみたいに畳に仰向けに張り付いてしまった。

ふだん道場稽古で先生が一度も見せたことのないやり方で、『私が本当に戦うときのやり方は見せない』と言われていたことを思い出した」

健二郎さんはその後も佐川道場に通うことを続けていたが、佐川先生が心筋梗塞になられた時のことは鮮明に覚えているという。

「平成二年五月十八日も稽古が終り、兄をはじめ門人たちが国分寺駅近くの『亀屋』という食堂で食事をしていると、そこへ佐川先生から電話が入りました。『気分が悪くふらつく』とのことであったので皆何事であろうかと緊張し、国分寺駅に向かって歩いていた私を呼び戻しにきました。

すぐ道場へ駆けつけると、先生は苦しそうに立て膝をされていました。布団を敷き、横になっていただき、脈をとると頻脈《ひんみゃく》でした。

心筋梗塞かも知れないので、すぐに救急車で病院に入院していただこうとしたのですが、先生は拒まれました。いま思えば入院されたあと、家に取り残される息子さんのことが心配だったのかも知れません。それで近所の開業医をたずね、事情をうちあけ心電図と血圧計を借りてきました」

健二郎さんは高血圧症の専門医であったが、うかつにも先生の平常の血圧は測ったことがなかった。先生は高血圧であった。心電図をとるとやはり心筋梗塞であった。

しかし先生は相変わらず『入院はしない』と拒否された。心筋梗塞では今後何が起こるか分からない。重篤な不整脈で死に至ることもあり得る。やはり専門的な治療が必要である。

「先生は意志が強く、なかなか入院するといって頂けなくて、ほとほと困りました。兄をはじめ古参の門人の方々が懸命に説得してくれたおかげで、発症から四日目になって、私の勧める東大病院であれば入院してもいいと、ようやく納得していただけたのです」

五月二十二日の朝九時に救急車が来て、東大病院の第二内科に入院していただいた。

佐川先生は循環器専門医の精密な診断と適切な治療によって、徐々に回復にむかわれた。

先生はおそらく入院されるのは初めてではないかと思われ、いろいろと戸惑われることもあったが、主治医の指示に従われて安静とリハビリに励まれた。

研究室の助手に切り花を先生の病室へ届けてもらったことがあった。患者さんに見舞いの品を贈るのは、よくおこなわれている。

先生は切り花を届けてもらうと、大変よろこばれ、「きれいな花ですね、ありがとう」と言われた。

後ほど、健二郎さんが病室をたずねると、明るい病室に花瓶の花が映えて無粋な病室を彩っているのが印象的であった。その後、助手の女性が何度か花の手入れをしに病室をたずねたが、そのたびに「ありがとう。花はいいものですね」と優しい声をかけられたとのことであった。

佐川先生の心筋梗塞も、一カ月ほどでおちつき、入院から一カ月後の六月二十一日に退院となった。

長い人生に武道鍛錬を重ねてきた先生も、一カ月の入院生活で足腰が弱ってしまい、院内の移動では車椅子を使っていた。心筋梗塞はおちついていたが、心電図の変化は依然として消えていない。超音波で調べると梗塞のある心臓の一部の動きが悪かった。「これはご高齢で心臓の筋肉が壊死《えし》しているので、もう元には戻らないけれど、日常生活に支障はない」との専門医の判断であった。

小平市のご自宅に帰る時、健二郎さんは寝台自動車をチャーターして帰るのがいいと提案すると、佐川先生は言った。

「車椅子を使って電車で帰ったほうが、皆と話が出来るよ」

退院の日には多くの門人が迎えにきた。体格のいい門人が大勢で車椅子を取り巻くのはふつうの病棟では見られない光景であった。患者さんや職員はおどろき、やや怯《おび》えた表情で見ていたのが、印象に残った。

門人が皆で車椅子を担いで駅の階段の登り下りをし、なんとか道場に着くことが出来た。

健二郎さんはその夜のことを思いだす。

「退院した当日は夜の稽古がある日でした。まさか稽古はされないだろうと思っていたら、先生は二階の寝室へは行かれず、道場の椅子に腰を下し、門人たちの稽古を見ておられました。

そのうち突然兄を呼び『手を摑みなさい』と言われ兄がそうすると、もの凄い勢いで投げ飛ばしたのです。さらに足首を摑ませ、やはり風を切って投げ飛ばしました。この光景を見せられた私はもとより、門人一同も啞然として声もなかったです」

ふつうは八十七歳の高齢者が入院して歩けなくなれば、そのまま寝たきりになることが多い。先生は自分の意志で連日リハビリを続けられたので、医師の健二郎さんには尋常ではない強固な意志、創意工夫により回復できた事情がよく理解できた。

その後、一カ月ごとに東大病院に通い検査を続けたが、一年くらい経つと心電図に見られた心筋梗塞の跡がまったく見られなくなり、正常な心電図になった。また超音波で見られていた梗塞の場所の動きの異常も消え、まったく正常な動きに戻った。

「若者ではこんなことは見られる場合がありますが、八十七歳の高齢者でこのような事例はまず見られません。先生の日常に励まれた過酷とも見える鍛錬が招いた好結果だったと思います」


先生は「私は自分の体を実験台にして、時には体を壊したり、試行錯誤を繰り返して、色々鍛錬の方法を開発してきた」と言われた。一時は無理なこともされ、そのためか腰椎の圧迫骨折があり、痛みに悩まれることがあった。


先生は工夫されて腰に負担のないように鍛錬を続けられているとおっしゃった。先生は状況により臨機応変に創意工夫をされていたのだ。

また、右の中指の第二関節が腫れて痛みを伴ったことがあった。これも鍛錬の影響ではないかと思われた。このときには吉祥寺《きちじょうじ》にある健二郎さんの同級生のやっている整形外科を受診して治療を受けられた。整形外科的な治療で急性期の腫れと痛みは取れたが、指が曲がって伸ばせなくなってしまった。先生はご自分でマッサージを続けられて「これを続けていれば、そのうち良くなるよ」とおっしゃっていた。数カ月後には本当に指が伸ばせるようになった。

ちなみに健二郎さんの次男の木村吉裕《よしひろ》さんも後に佐川道場へ入門して大東流の稽古を続けている。


吉垣武さんは、先生の治療的な側面を捉えた挿話を記録している。

九十代になられた佐川先生は、武術はもちろんであるが、健康法や治療についてのお話を、稽古の合間に語って下さることがあった。

「昭和二十八年二月に北海道の屈足《くったり》で、大東流を指導したあと、余りの寒さに湯をかけず風呂に飛び込んだんだよ。そのあと風呂から出て酒食のもてなしを受けているうちに、右足の神経が麻痺してしまった。お灸《きゅう》をやっても何も感じなくてね。一カ月ほどで治ったけど、そんな状態でも合気は自由に出来たね」

昼の稽古の途中で、佐川先生を囲み雑談していると、内野さんが腰をさすりながら言った。

「最近は腰が痛くなりまして、困っております」

先生が応じた。

「そういうときは、これがいいんですよ」

先生は椅子から立ち、畳のところへ出てゆき、コロンと仰向けに寝て、足を両手で抱えながら、体を伸縮させる運動をされた。皆は横に並び、いっしょにやったのである。

先生は毎日の鍛錬と同時に、身体のメンテナンスとして健康法や治療についての関心を持っておられた。

吉垣さんが道場へ通ううちに鼻の奥に鼻茸《はなたけ》（鼻のポリープ）が出来て、東海大学病院で手術することがきまり、「道場をしばらく休みます」と先生に話した。

先生は言われた。

「手術はしないほうがいい。人は生まれたままの体のほうがいいんだ。手術をやるとほかにも悪い影響が出てくるからね。今の人はすぐ手術をしたがるね。

私も鼻が悪いけど手術はしない。北海道には多いんだよね。しない方がいい。鼻なんか通っていればいい。息が出来ればいい。それだけ通っていればいいじゃないか。医者だってそんなに体のことを分かっているわけではないんだよ」

先生は鼻を押さえフンフンとやってみて、

「チベット体操をするといいよ」と最後にいわれ、奥に入って行かれた。

手術日程は決まっていたが、何とか手術を延期してもらった。

吉垣さんは佐川先生にすすめられた体操を毎日おこない、次の年に病院で診てもらうと、鼻茸が完全になくなっていて、「なんで治ってるんだ？　不思議だ、不思議だ」と担当の医師にくりかえし言われた。

吉垣さんは鼻の穴をのぞかれながら、やっぱり佐川先生はすごいなあと思った。

門人のなかにはプロの鍼灸師《しんきゅうし》、整体師、隠れた才能で治療を行う方が結構多くいて、佐川先生もその方々から治療を受けられていた。

たまに治療の感想を言われる。「A君の鍼《はり》は痛いよ。B君の指圧は強すぎる」などと感じた通りを口にされる。

平成七年の夏、吉垣さんは佐川先生が健康法の話をされたり、門人の治療を受けて体の変化をよろこんで話される姿を見て、自分も何か本格的な治療方法を学びたいと思うようになった。

当時、門人の吉原秀峰《よしわらしゅうほう》さんは手技《しゅぎ》治療というのを行っていて、癌《がん》や白血病の患者を治すので「癌の先生」と呼ばれ、その筋では一目置かれる存在であった。

佐川先生が吉原さんの治療のあとに道場に出てこられ、「膝が楽に曲って正座がしやすくなったんだ」と笑顔で話されているのを見て、吉垣さんは教わるなら吉原さん以外にいない、と思いお願いしてみた。

「私のおこなっている治療は、中枢神経の疾患に変化を与える。鍼とか灸でも治らないようなものでも治す事例がいっぱいある。技術が凄いからね。解剖学も必要になってくる。今月末に講習があるけど、一回だけなら来ていいよ」

吉垣さんはよろこび勇んで講習会に出席し検査の仕方と、手で体を整える方法を教わった。

立ったり、座ったり、横臥《おうが》したりして患者さんを観察し、手や足などに触れるぐらいの軽い刺激を入れると体が整って、本人の自己治癒力があがり、痛みが取れたり、病気が治ったりするものだった。

その時は二十人くらいの講習者が来ていて、皆ものすごい観察力を持っているのに驚いた。そのなかでも吉原さんの観察力はずば抜けていて、交通事故に遭った人を見ると、どの角度から車に当てられたとか、ちょっと見ただけで右からの刺激が少し足りないとか、見えている次元が違う人だった。

せっかく来たのだからといって、検査方法や技のやりかたを丁寧に教わった。

手を動かすだけで患者の腰痛を取っている吉原さんに「凄いですねえ」と声をかけると、きびしい返答を返された。

「人間の持っている能力が凄いんだ。僕たちは命の応援をしているだけで、治しているのは本人だから。誤解しないように」

吉垣さんは、治療を習っている帰り道に吉原さんに言われた。

「みんな分からないでやっているけど、素人に真剣を渡しているようなもので、切れ味の凄い治療方法なんだ。患者が生死の境にいるときには生に転じ、死すべき運命にあるときには良い死に方が出来る、そういう技術なんだ。本気で取り組む価値がある。合気と一緒で世界に通用する技術なんだよ」

平成八年五月三日、道場で稽古のあと、雑巾がけをしていると佐川先生が吉垣さんに笑顔で声をかけてこられた。

「吉原君に習っているんだって。あれは難しいね。すーっと手とか足を持っていっている。柔らかいけど、ぐっときて効かせているんだね。あれはしっかりやったほうがいいよ。覚えておくといい」

そのあと、極め技の指導をして下さっているとき、先生は言われた。

「持ち方が悪い。ぐっと引き付ければいいんだ。背中を曲げたらだめだ。これだけいっても分からないのは、頭が悪い。

そんなんじゃ吉原君のは取れないよ。吉原君のは肩に力を入れずにやっている。骨にぐーんと効かせている。要所要所で効かせて、あとはやわらかく、すーっとやっている。

むずかしいね。教わっているんだろ。相当研究しなくちゃだめだね」

先生は吉原さんの治療を受けながら、彼の技を鋭敏に分析されていたのであった。

吉原さんが触れる柔らかさと体の芯部にまで効かせる技術が合気の共通するところだと先生に教えられた気がした。

平成八年五月六日、佐川先生は吉垣さんに笑って話された。

「今日は腕立て百五十回、鍛錬全部で七千回やったと吉原君に言ったら、やり過ぎだって言われたよ」

吉垣さんが吉原さんに、佐川先生の体や治療のことを聞くと、プライバシーにかかわることなので話せないと言われたので、その後は聞くことをやめた。

ところが平成九年のある日、吉原さんのほうから話しかけてきた。

「先生の体をまっすぐになるところまでやりたかったんだけどね。間が空いちゃったり、こっちの技術的なものもあってね。自分の患者だったら運動をしないように厳しくいうけど、先生にはなかなか言えないしね。

腰椎五番が潰れちゃってる。でも腰椎は動くようになってきたんだ。ぱっと刺激を入れるとすぐ緩むからね。老人では普通あり得ない体をしている。腰椎が動かないから腰が曲がる。腰が曲がっても腰椎が動けば、ふらふらしないんだ」

佐川先生はその頃、道場で吉垣さんの前で少し怒った口調で、つぶやくように低い声で言われた。

「運動をするなといっても無理なんだ。何十年と続けてきたからね」

吉原さんは手技の治療を受ける患者さんには治療後は刺激を安定させるために、八時間は運動や飲酒を控えるように指導していた。

佐川先生は、目指す合気の進化の為には、ご自身の身体の安定よりも合気の鍛錬を優先されたのである。

佐川先生没後の平成十九年九月二十三日、吉垣さんが吉原さんと一緒に駅にむかい歩いているとき、吉原さんは心に宿していた佐川先生の追憶を語った。

「佐川先生の治療をしていたとき、こういう運動はどうかとか、いろいろ聞かれたんだ。私はみんないいですよ、と言った。

先生に最初にやった治療は、腕を調整する技だった。それだけで先生が正座できるようになった。膝が痛くて出来なかったのが出来るようになったので、ものすごく驚かれた。それで毎週診るようになったんだ。

先生の身体は鍛錬で壊されたところも多いけれど、鍛錬していなかったらあそこまで元気でいなかったでしょうね」

吉原さんはその時から半年を経た平成二十年四月三日に、五十八歳で他界された。

後日、吉垣さんが治療の仲間と自宅に伺うと、治療室の壁に佐川先生の道場訓と黒帯の免状の額が掲げられていた。

そのとき、兄上に吉原さんの生前についてのお話をお聞かせ頂いた。

「弟は佐川先生を心から尊敬して、合気の技はもちろん凄いが、人間的に本当に高貴な方だと、常々言っていました。

弟は佐川先生にこの治療の技は神技だと褒められ、自信を持ち、またそれを励みに技術を磨いていました。

佐川先生が亡くなる前日まで門人を投げ飛ばしていたことも話していて、自身も癌でありながら、亡くなる前の月まで治療を続けておりました」

吉原さんの遺品のなかには、佐川先生の亡くなったことを伝える朝日新聞の切り抜きと、佐川先生のカルテが丁寧に保存されていた。

カルテには平成七年四月から平成八年十二月までに、五十三回に亘《わた》っておこなわれた治療の記録が残されていた。

第八章　武田惣角先生の足跡

合気柔術は、それまで知られていた日本の柔術とはまったく異なる系統の武術である。

これは、武田惣角先生が四十歳を過ぎてから全国を講習形式で教えてまわったことで、合気の存在が世間に知られるようになった。

合気道の創始者として世界的に知られる植芝盛平翁は、大正四年（一九一五）二月に、北海道遠軽《えんがる》の久田旅館で吉田幸太郎氏の紹介で、武田惣角先生に入門して合気術を習い始めた。

そして大正十一年九月十五日に教授代理となり、昭和六年（一九三一）四月七日まで武田惣角先生から大東流合気柔術を教わった。

植芝吉祥丸《きっしょうまる》編『植芝盛平生誕百年　合気道開祖』（昭和五十八年、講談社）に大東流合気柔術の看板を掲げて坐っている植芝盛平師の写真が掲載されている。

武田先生は戸籍によれば万延《まんえん》元年十月十日に会津坂下《あいづばんげ》の御池田《おいけだ》に生まれた。旧暦と西暦では一カ月ほどのずれがあり、これを西暦に直すと一八六〇年十一月四日になる。武田先生の生涯の足跡は、残されているものが少ない。実際に武田先生に合気を教わった佐川先生からの直接の情報は信頼度が高く、貴重である。

便箋に書かれた佐川先生直筆の「武田大先生の記録」が残っている。最初の一頁《ページ》には次のような三つの内容が書かれている。

【一、武田先生は幼い時に会津で祖父の武田惣右ヱ門《そうえもん》から柔《やわら》を習った。その稽古はきびしくて、「覚えが悪い」といわれ、足の指の爪に灸をすえられ、その爪の波型の曲がりは終生残った。

武田先生の父親の惣吉《そうきち》は大きな人で、田舎《いなか》相撲で四股名を白糸《しらいと》といい、一升餅を食べていたとよく話していた。惣角は子供の頃からたいそうな腕白者で、「父親を池へ放り投げたことがある」といっていた。武田先生の最初の奥さんコンとの間の長男の宗清さんは、「惣吉は戊辰《ぼしん》戦争の時、坂下の一団を率いて応援に出た」と話していた。

コンさんは明治四十一年（一九〇八）、四十二歳で亡くなり、明治四十三年に十八歳のスエさんと再婚、武田先生が五十六歳の時に時宗さんが生まれた。

二、日光奥にて熊と出会いその手首を切ったとのこと。

三、同じ頃の話として、霊山神社の宮司、保科近悳と出会ったこと、そして和歌一首貫ったことを（佐川先生は）玄関の次の六畳の間で武田先生から聞いた。会津藩の家老、西郷頼母はのちに保科近悳と名を変えた。

　これに関して、（佐川先生が）数え年で十六歳、中学三年のとき、武田先生が（佐川先生の）家へ来て、次いで武田先生の友人である会津の板橋林三《いたばしりんぞう》氏もやって来た。（佐川先生は）傍らで二人の話のやり取りをきいた。林三氏は武田先生に向かい、

「貴方《ニシャ》は前から柔術を修練していたが、今回の技は前の技と違うようだが？」

　と聞くと、武田先生は、

「これは保科さんに習ったのだ。撃剣で諸国回遊は、経済的にも身体的にも大変で、つまらぬからといって教えてくれたのだ。その時、ほかに一人一緒に教わったが、その人は早くに死んだ」と答えた。この時、両手を摑まれたときに投げる合気の手を見せていた」

　平成六年（一九九四）八月十九日に佐川先生は木村さんに話した。

「親父《おやじ》が武田惣角先生に習ったのは私が十歳の頃で、いっしょに研究したのは、十七歳の時だ。十六歳ではない。その頃の一年の差は大きい。

　合気の原理が分かったというより、いくら押さえられても手をあげるコツが分かったということなのだ」

佐川先生の父親の佐川子之吉氏の英名録には、以下のように書かれている。

【　　　条々

一、　門人を取り大東流柔術教授する場合は、其人の品行方正なるを選び、教授する事

一、　門人に教授する場合は英名録に、住所、氏名、年齢並びに道場の地名、教授日数、を記載し、之に捺印《なついん》せしむる事

一、　門人に教授する場合は予《あらかじ》め入門料として一人に付き金参円宛武田大先生に納入する事

大正三年三月二十八日

大東流柔術本部長武田惣角（武田惣角印）門人　教授代理　佐川子之吉（佐川印）】

武田先生は各地を旅されているので、どうやって武田先生に入門料を納入するのかと疑問に思うが、昭和十年に教授代理になった佐藤啓輔《さとうけいすけ》氏は、「そう書いておけば、おまえが教授料を取りやすいだろう」と武田先生に言われた、と「合気ニュース」の取材で話している。

教授代理になると、新しい英名録にこのように書いて武田惣角先生に印鑑を押してもらい、自分が大東流を教えるとき、その英名録に名前などを書かせるのである。

「武田先生は初めは大東流柔術師範と言っていたが、いつのまにか大東流合気柔術と流儀の名称を変えた。そういうところはいい加減で、技は日本一の天才といわざるを得なかったが、普通の人とはまったく違っていた」と佐川先生は言われた。

武田先生に教わった技を記した佐川子之吉氏のノートに、大正二年九月三日付で、

「一、片手を両手にて摑まれたるとき、其の手を押し出しかつぎ投げる事（前より）

一、同じくアイキを掛けウシロへ廻《まわ》りショイ投げる事」

と書かれているので、合気道の植芝盛平氏が入門する二年前には、すでに武田先生は、「合気」という言葉を使っていたことになる。

なお大正四年に植芝盛平氏が遠軽の久田旅館で武田惣角先生に会い入門した時、その一年前に教授代理になっていた佐川子之吉氏もそこにいて、植芝氏を指導した。

植芝氏は、佐川商店によく買い物に来ていて二人は前から知り合いだった。

武田先生の凄まじい気迫は試合の相手を圧倒した。

武道の達人でも立ちあえば殺されるんじゃないかと立ちすくんだという。

佐川先生はいった。

「武田先生の凄みは写真では消えてしまっている。もっと眼はぎらぎらしていて、とにかく普通の人は近寄れない感じだったよ。

武田先生は陸海軍の大将であろうと、また法事の時でも坊主よりも上座に座り、絶対に人の下に立たなかった。

またそれで自然に見えるのだから、凄い気力だよ」

佐川先生はこのとき次のような感想をつけ加えられた。

「大きな人を見てとてもかなわぬと思うようでは、精神的に初段にすら値《あたい》しない」

先生は旧師の追憶を口早に語る。

「武田先生の稽古は常に真剣勝負だった。速かった。摑むのも凄く速くて、まるで鷲《わし》が獲物を狙うみたいにサッとやってしまった。

稽古のときは、いつも無言だった。そうしなければいけないと教えていたんだね。おそろしい眼つきでやっていた。今そんな事をしたら、みな気味わるく思うだろうが、私も若いときはそうやっていたよ。

とにかく、武田惣角先生は凄い気力だった。下から上を睨みつけるように見るのだ。そんなに大きな眼じゃないが、普通の人なら気持ち悪くて萎縮《いしゅく》してしまう。『がんばりさっしょ』と言われても、とてもがんばれない。武田先生は技もあったけど、いつもすさまじい程の気力を保《たも》っていた。

私（佐川）は武田先生の気力の影響によって、先生以外には絶対誰にも負けないという気持ちになってしまい、先生を摑むときでも決して離さないくらいになってしまった。

武田先生に習うときは素直に受けをとった。こわくてがんばれるような先生じゃなかったし、それにこちらは習っているのだからね。形を教わるだけだったよ。

武田先生はごく自然に技を掛けられていた。特に格好をつくることはなかった。アッと思うとそこにいる感じで、何気なくやられた。何気なくやるということは大切なのだ。

私は武田先生の技を見て、あのように速くやるのかと取ってしまった（理解して自分のものとしたという意味で佐川先生が良く使った言い方）。あんたらは私が速くやるのを見ても気付かないのだから情けない。速くやるようになるというのが、体で覚えるということだ」

佐川先生はこんなエピソードを語って下さったことがあった。

「武田先生といっしょに湧別《ゆうべつ》へ草競馬を見にいったことがあった。そのとき、先生は『この馬がいい』と言ったが、結局その馬と他の一頭がほとんど同時だった。しかしその馬がその村の馬だったので、それを一位にしたら武田先生が怒ってね。それは凄まじい怒り方だった。結局、両方が一位となったよ」

昭和五十八年四月十八日の木村さんの日記に記載。

「私が武田先生にはじめて会ったのは、先生が五十五歳の頃だし、主に習ったのは七十歳くらいの頃だからね。元気は良かった。

とにかく武田先生の手の先に鉛でも入っているかのように手が重いのだ。どうしてそういう手になったかさっぱりわからない。手に錘《おもり》をつけてみたり色々やってみたが、そうならないのだ。先生は武勇伝はよく話されるが、どう鍛えたかなんて一切いわないからね。謎だよ。

先生が一人で喋《しゃべ》って、こちらはもっぱら聞き役だよ。しかも会津弁でしゃべるからよく分からないんだよね」

佐川先生の七歳下の実弟、佐川廣さんが武田先生の追憶を語る。

「武田先生は相手に自分の腕や体をつかませると、相手をつかまずにひょいとかつぎあげる。どんな者でもかつぎあげるが、この技がすばらしかった。

私が二十三歳くらいのとき、札幌《さっぽろ》の円山《まるやま》に住んでいたのですが、武田先生が『廣さん、来《き》さっしゃい！』と稽古をつけようと呼んだのです。言われるままにそばに行きました。気が付くと武田先生と私の間が、こちらが力を出しにくいような、なんだか妙な位置関係になっているのです。いつのまにかこちらの死角に入られて、いまにも投げられそうな格好にされているんです。案の定、手を出したとたんに、ひっくり返されて、仰向けでかつがれてしまいました。それもあっという間に引きずりこまれるようにね。

また『どれくらい強くなったかな。かかってきんしゃい』といわれ、先生をつかむとなぜか手が離れない。そしていつのまにか転がされる。転がされるまでつかんでいる必要ないと思うのに、なぜか離れない。何というのか、力が出ないんですね。

兄貴は合気で相手の力を抜くというのは、すぐ出来たようですが、つかんだ手を離させない合気、くっつける合気がなかなか会得できなかった。『武田惣角先生にしか出来ない技じゃないか』と愚痴るときもありました。兄が武田先生と同じように出来るようになったのは、小平市に道場を作ってからですね」

佐川先生の手を持ったら、手がくっついたようになってそのまま倒されたので、木村さんが聞く。

「武田惣角先生の手の合気も、くっついたんですか」

「そりゃそうですよ。だから私は一生懸命研究して、くっつけることを考えていったのだ。

武田先生はすごく勘がよかった。普通じゃなかったね。剣をやっていたからかも知れないよ」

佐川廣さんは佐川先生の思い出を語った。

「兄は、学ぶというのは真似するという言葉が変化したような意味なのだからと言って『相撲でも剣術でも、武田先生のやっていた姿を思い浮かべて、それを初めは真似する』と一生懸命稽古をしていました。ただ道場を構えてからは、自分で研究していったようですが。

私にモトという二歳年上の姉がいて、姉の主人とその兄で繊維卸商の社長さんも武田先生に習いにきたのですが、長続きしなくて、そのあとの第二講習会、第三講習会は兄貴一人で習っていたのですが、そのとき、武田先生が朝風呂に入る前に、兄に『力いっぱい摑んでみろ』と言われたのです。それで兄が思いっきり摑んだら武田先生が動けなかったことがあった。そのあと風呂から出ると再び『持ってみろ』と言われ、そのときは悪いと思って倒れたが、武田先生からひどく極《き》められ踏みつけられて『こちらが動けないのにあんなに極められて痛かったな』と話していました。でも兄は、それ以来、自分が抑えたようにやってくる相手をどうするかを真剣に考え始めて、のちの『体《たい》の合気』につながっていったようです。

松田隆智さんの『秘伝日本柔術』で、胴上げつぶしの写真がありますが、あれは仙《せん》台《だい》で武田先生がやったと聞いただけで見たことがないが、やってみようとやったそうです。かついでいる四名が真ん中に吸い寄せられて潰されてしまう技です。そのときは、『武田先生が自分に乗り移ったんではないか』という気持ちがした、と話していましたよ。

私自身は『最小の努力で最大の効果を収める』のが重要だという気持ちがあるのですが、兄貴はそうではない。『最大の努力をして最小の効果を得る』という気持ちでね、いかなる場合も、努力を惜しまなかった」

昭和五十七年十二月七日、木村さんの日記。「武田惣角先生の手は大きかった。親指と小指は私より大きかった。他の部分は私と同じくらいかな。身長は一四七センチで、手が大きかったから手の大きさがやたら目立っていた。

武田先生の警察署での講習についていったとき、そこの署長が、『先生は手の化けものですね』と私に言っていた。武田先生には言わないのだがね。

武田先生の手は太いし重みを感じるので、時宗さんと不思議だと言っていたのだ。

武田先生は『四十歳から合気をやった』と言っていた。それまでは剣だ。

普通より強いという程度では駄目で、桁違いに強くなければいけない。そのためには人とおなじ鍛えかたをしていては駄目だ」

こういう佐川先生の考え方は、身長百四十七センチの身体《からだ》で武田惣角先生が桁違いに強かったことから来たものと思われる。

佐川先生が十九歳のとき、父親に連れられ浅草《あさくさ》のすき焼きの老舗《しにせ》「米久《よねきゅう》」へ行ったというので、平成八年九月二十九日に木村さんたちは先生のお伴をして米久へいった。そのとき次のような武田先生の合気のはたらきの追憶を聞かせていただいた。

「武田先生の服を掴むとスッと前へ出て、力を抜かれてしまう。掴んでも掴んだ気がしない。抜かれてそのあと強く出てくる。武田先生は勘でやっていた。

どの技でもやる時に体を固くしたら停《とま》ってしまい、効かなくなってしまう。武田先生はあれで効くのかなと思うくらい、頼りない感じで、スーと力《りき》まず出ていた。

私も先生の真似をしていって、そういう出方を覚えていったのだ。

とにかく先生のようになりたいと思って、真似から入っていったのだ。

武田先生は全然力んでいなかった」と佐川先生は言う。

「力んでいたら効かないよ。ススーッと力まずに出ていた。他の弟子は先生の手の強さや重さばかりに気をとられて、そういうことに気付かなかったかも知れない。

決してオーッとかいって力むことはなかった。

武田先生は技の途中、いったん止めたりしてはいたが、いま思うとあれは教えようとしていたのかもしれない。とにかく口では教えなかった」

佐川先生のまとめた「武田大先生の記録」からいくつかを列挙する。

【武田先生は修業中、組討の時、四カ条の手で敵を飛びあがらせたことや、喧嘩で敵の手甲を打ちつけた話などをしていた。

また武田先生が北海道の佐川道場に在住しているとき、寒中に風邪をひくと稽古槍を持ち、素裸で雪の中を転げまわった。

(佐川先生が)子供の頃、武田先生は道場に木刀を吊《つる》し、「面だ」「小手だ」と気合をかけ、両端や中央をよく木刀で打ちこんでいた。

歌舞伎舞踊の大津絵《おおつえ》を武田先生が歌い舞う様《さま》は、まことに見事であった。

武田先生は、敵と対座したとき、敵が茶をすすめるふりをして茶碗《ちゃわん》を投げつけることがあるから、用心せよと戒められた。

中国地方で武田先生が鉄扇で槍の名人と試合をしたとき、タンポ槍が口の中に入って歯が折れたが、それを左手でつかんで投げ捨て、相手につけ入って制した。

『敵に取り囲まれた時は、前と見せて後を斬る。また前と見せて横の喉笛を片手薙《な》ぎにせよ』と言われた。また中腰となり、刀を冠にとることなど(その切先の返し方秘伝あり)突きの秘伝あり】

平成二十三年、木村さんは北海道へ門人たちと武田先生のお墓参りに行ったとき、幸道会の井上祐助《いのうえゆうすけ》師範に会い、武田先生の話を色々伺った。

「惣角先生は札幌の道警の財部《たからべ》本部長に要請されて明治四十三年、北海道に行った。

北海道にある会津藩の領地に惣角先生はどうしても行きたかったのですね。佐川子之吉さんも会津出身だから武田先生と気が合ったのです。吉田幸太郎さんが植芝盛平さんを紹介した久田旅館は今、たかはし公園になっています。武田先生は久田旅館で稽古したあと、近くの松の湯へいくのですが、その向かいに井上薬局という私の実家があって、父が武田先生の門人でしたから、いつも私の家に荷物を置いて風呂へ行くんです。そのとき武田先生から父が直接聞いた話ですが、武田先生は奥さんに、『隙があったらいつでもかかってこい』と言っていたが、奥さんはご飯をよそうとき、受け取ろうとした茶碗を武田先生に投げつけた。武田先生は『わしもまだ未熟じゃ』と言ったとか」

井上祐助師範の叔父《おじ》さんの井上喜太郎《きたろう》さんは佐川先生の少年時代の同級生で、かつて井上師範が佐川先生を訪ねたとき「喜太郎さんはどうしているか？」と佐川先生が最初に聞かれたことを木村さんは覚えている。

「武田大先生の記録」の他にも、武田先生の話を記録した便箋もあった。

「二十歳の時、遠軽で（佐川先生は）三十日間、武田惣角先生から毎日昼夜二回の講習を受けた。武田先生の教え方は、一回に十から十五の技を、右に倒せば次は左、前、後ろと変化して使われるので、普通ではなかなか覚えられるものではなかった。このとき伝授されただけでも千手くらいになる（手は技の意味）」

ニワトリの話もある。

「大正元年、北海道湧別の佐川商店の裏にあった蔵の脇に、道場を兼ねた小さな家があって、武田惣角先生は二年ほどそこに住まわれていて、ニワトリを三羽ほど飼っていた。当時四歳くらいだった弟の佐川廣さんが縁側でおもちゃの刀で遊んでいると、武田先生のニワトリが飛び出してきた。面白半分で廣さんがその刀で頭を叩くと、軍鶏《しゃも》のそのニワトリは飛び掛って頭を突っつき血が出て廣さんは泣きながら走って逃げた。何かの折にその話を父親の子之吉氏から聞いた武田先生は『不埒《ふらち》な奴だ！』と非常に怒りニワトリを退治しに行った。だがニワトリは薪《たきぎ》が積まれているところへ逃げ込んだ。武田先生は佐川商店の番頭に『追い出せ』と言い、そばに落ちていたマキを手にとった。佐川家の家族や使用人が皆『いくら武田先生でも無理だろう』と言いながら見ていた。ニワトリが出てくるところを左手で一打ちし、ニワトリが武田先生の脇をツツとすり抜けて後ろを駆け抜けようとするのを身体を後方へ変更したと思うと右手に持ち替えたマキで首を一打ち、ニワトリは即死であった。これには皆驚いた。普通ではとても出来ることではない。武田先生はそのニワトリをみんなにご馳走《ちそう》した」

昭和六十二年四月に刊行された「合気ニュース」七十四号のインタビューで佐川先生は、

「私が10才の時に初めて先生にお会いしました。武田先生は、そばやうどんを自分で作るのが好きで、作る時は私達が食べきれない程の量を作って、『食べろ、もっと食べろ』と言うんです（笑）。（中略）

先生の筋肉は柔かい。先生の手は普通の時は柔かいんです。（中略）武田先生は本当に頭の良い人で、非常に記憶力も良く、また集中力がありました。

私は佐々木亮吉《ささきりょうきち》先生から小野派一刀流を習っていたのです……ある日、秋祭りで、剣の大会が行なわれました。これは田舎の祭りで、北海道中から沢山の剣術家が集まって来ました。佐々木先生はこれに出場して優勝したのです。武田先生はこれを見ていたのです。そして2人が家に帰り、武田先生が佐々木先生に『引き小手だけは止《や》めなさい……』と言ったわけです。佐々木先生は『私は打たれたことがない。大丈夫だ』と答えました。これを聞いて武田先生は佐々木先生に小手を付けるように言い……佐々木先生が正眼に構えるや否や、武田先生の左右の片手打が続けざまに佐々木先生の内小手に入り、引いても払っても防ぎ様がない、最後には佐々木先生は真青に

なり参りましたと認めたのです。小手を外してみると小手の所が10円玉のように真黒になっていました。（中略）

武田先生は武術の天才で、剣も独創的で片手打が非常に精妙でした」と話している。

昭和五十八年八月、合気佐門会温泉旅行で、佐川先生が語った。

「武田先生の片手斬りはすごかった。背が小さいから自分で工夫したのだろう。シュッと伸びて小手を横から斬ってしまう。すぐ手を持ち替えてしまう。

武田先生の剣は足が違うのだ。剣でも持ち替えると同時に足が動く。足さばきで相手はよけることが出来ないのだ。

右小手（内小手）を足さばきで斬ってしまう。武田先生の剣は構えている正面から手首をまっすぐ斬ってきて、次の瞬間、左右に手を返し、内小手を斬ってしまう。

武田先生は一刀流の形を学んでいて、良いところは自分のものにしてしまい、他は捨ててしまう人だった。先生の斬りかたは、よく考えたら一刀流のある形の応用なのだ。

武田先生は正面から敵の後ろ首を斬るくらい手を返していたので、手首を返すことを練習していたのだ。

姿勢が一番大切だ。武田惣角先生に口で教わったわけではないが、先生がまっすぐにしているのを見て気づいていったのかも知れない。

武田先生は極めるときは、びしっと極めた。崩す合気はあったが、私のようにどこでも摑まれたところで力を抜いてしまう合気はなかった」と、佐川先生は言われた。

「武田先生から発展したものではあるが、先生とは違ったものになってしまっている。その時々の考えかたも変ってくるでしょう。

進歩を続けていれば、当然そうなるよね」

武田先生のかつぎは凄かったと佐川先生は言った。

「いろいろな方法があるのだが、サッとやってしまう。投げるというよりは見せる技だったけどね」

昭和六年に武田先生が門人の佐々木兵庫《ひょうご》氏をかついでいる有名な写真がある。武田先生が七十二歳の頃であるがまったく力んでいなくて、スーッと立っている姿を見ただけで只者《ただもの》ではないと感じとれる。

佐々木兵庫氏は、佐川先生より十歳近く年上だが、のちに佐川先生の門人になった。

昭和五十八年二月二十一日の木村さんの日記から、佐川先生の追憶。

「武田先生の片手斬りは凄かった。剣を教わったが足運びが全然違った。武田先生は『勝負は一本、前へ出れ』とよくいっていた。

合気は講習形式の稽古だけだったら、とてもわからないね。私のように小さい時からやって、それに父が合気に熱心だったからね。父が『誰も武田惣角先生のような合気はできない』と、よく言っていたんだ。それで私も夢中になったんだね。そして自分で色々やっては、また先生に会っては教えてもらう、という繰り返しだった。もっとも教えてもらうといったって、手（技の形）を教えてもらうだけだけどね。

武田先生は若いとき相当稽古をしただろうね。何か思いつくと納得するまで徹底して寝ないで稽古するんだ。

せっかちでもあったから納得するまでやりつづけたよ」

佐川先生は武田先生の巻物のコピーを見つつ語られる。

「この免状なんかわざと複雑に書いてるんだよ。地方の名士なんか三カ月くらいで免状あげたりしている。

武田先生自身が、免状はいい加減に書いてるのだというようなことを言っていたよ」

木村さんが言う。

「大東流が凄いというのではなくて、佐川先生が凄いんですね」

「まあ武田先生が生きていれば別だが、先生は亡くなってしまったからね。ビデオに私の技をすべて撮っておこうと思っているんだ。

　みんな撮れば相当な量だよ。といっても皆に渡すわけじゃないよ」

　木村さんは述懐した。

「先生にそろそろビデオを撮りませんか、というたびにまだ早いと言われて結局、その機会を失ってしまったことは、ほんとうに残念でした」

　昭和五十五年六月一日、木村さんの日記から、佐川先生の言葉。

「武田先生から学ぶのは大変だったよ。よほど勘がよくなければわかるものじゃなかった。武田先生はうちに限らず、弟子の家に泊れば稽古をしたが、こうして、こうしてと二十から三十の、種類の違う技をいっぺんにやるので、なかなかわからなかった。

　武田先生のお宅でも稽古をするところは八畳一間で、投げ技はほとんど遣わなかった。

　先生から技を盗むというつもりで必死でやらなければ、とても習得できるものじゃなかった。二週間くらいの講習だけで、技を身につけたかどうかという事より、教えたという事でどんどん免状を与えたのだ。

　保科近悳さんから習ったと言っていたが、どのように習ったか、ということは何も聞いていない。

　武田先生の合気がなぜ残らないのかといえば、弟子は皆ある程度まねをするのだが、力の強い者に対してうまくいかなかったりして、つまずいてしまうのだね。それを頭のひらめきで乗り越えなければいけないからだ」

「武田先生に一カ月ぐらい出張稽古にきてもらうと、一日二回の稽古で次から次へ新しい技を出してくる。

その場でノートを取ることは許されないから、非常に記憶力がよくなければならない。一日に二十、三十と新しい技を学ぶのだから、あとでノートにとるのが大変だったが、技の感じやポイントはすぐ分かった。

武田先生は諸手捕りに対し、拳を握って相手の力を殺したり、また拳を開いたりした。こういうことは、いま初めていうことだ。

武田先生の奥さんが助手をしていた、といっても技はほとんど出来ていなかった。

講習にくるのは素人の三十歳から六十歳の人だからね。ここの道場なんかでは、とてもなにしろ金がかかるから若い人には無理だったよ。

助手はつとまらないよ。

当時郵便局員の月給が八円くらいだったときに、十日の講習料が十円、八人に教えれば八十円、三十日やれば二百四十円だから結構なものだった」

「しかし下らないものをどんどん買っちゃうんだからね。陣笠《じんがさ》とか法螺貝《ほらがい》とか。しかし法螺貝は上手だったね。私がやっても音も出なかったよ。難しいんだが武田先生は負けず嫌いで凝り性だったから、何とか出来るようにしてしまったんだね。

私も若い頃は三元でも四元でもすべての技を頭に入れておいて覚えていたが、年とったら見ないとわからなくなった。武田先生はすべて覚えていたから、こうしてみると頭がいいんだね、ほんとうに」


以下の記録が残されていた。

昭和四十九年十月二十一日に武田時宗さんが佐川先生を訪ねた。要談のあと、待たせていた時宗さん門弟の近藤昌之《こんどうまさゆき》氏を入れて、なごやかに話が続いた。

まず佐川先生が佐藤實《さとうみのる》という当時（昭和十一年）福島高等商業柔道教師五段の古い名刺を出し、「これを覚えているか」と言うと、時宗さんは、

「覚えていますよ。福島駅前の渡辺道場で佐川先生が大東流合気柔術で相手をし、何なく何度も打ち倒して抑えつけたあと、『宗三郎さん（時宗さんの幼名）、四カ条でやれば大丈夫だから』とすすめられ、相手をした。自分は二十歳で技も分からなかったが、四カ条で摑み、力で抑えつけ離さなかった。そして佐川先生から『もういいから』と言われて、やっと気が付いて離したのです」と笑いあった。

なお、これは昭和十一年三月三十日の話で、佐川先生が三十三歳のときである。

この佐藤實という人は非常に実力のある柔道家で、北海道対東北の試合のとき、東

北軍の大将であった。

　更に時宗さんは話を続ける。

「それから三人で各地を教えて歩き、浦和《うらわ》に来たのだが、そこで自分（時宗）は惣角に『ニシャ勧誘に行ってこい』と言われ、横山《よこやま》外科医院院長のところへ行った。この人は講道館四段で、浦和警察で教えていたのだが、こちらが詰襟の学生服のうえ、童顔なので十六歳くらいに見えるものだから、初め非常に高飛車で高慢な態度をとっていた。ところが出してきた手を摑んで四カ条で抑えつけると、はじめえばっていたものだから平あやまりにあやまったものだ」と笑った。

「昭和十一年四月二十日、浦和警察では大男の舘岡《たておか》講道館六段を惣角先生がパッと両手をとり、次に右手で敵左手を三カ条摑み手で返し、中腰にさせたまま道場を一周させたが、その時の大先生の姿が実に大きく見えたのは本当に不思議だった」と共々に語りあった。

　そのあと、時宗さんは徴兵検査のため北海道の白滝《しらたき》へ戻り、五月からは佐川先生は武田惣角先生と二人だけで大宮《おおみや》警察署での指導、東京日日新聞社の守衛たちの指導などで各地をまわった。佐川先生は話す。

「武田先生と同行したときは、何かがあったら、命をかけて先生を守ろうと思っていた。

私は武田惣角先生を信じ切っていたし、私が先生と呼んだのは武田先生一人だけだ。惣角先生は非常に気力があふれ眼光するどく、一目で何人も萎縮させる雰囲気を持ち、あたりにあたかも殺気というようなものが、みなぎる感じであった。しかし自分（佐川）は十歳の頃より大先生に可愛《かわい》がられ、自宅の風呂でよく一緒に入り、そのときは湯船の中で身体が赤くなるくらい手拭いでゴシゴシこするので閉口した。それで自分は一緒に入るのを敬遠したものだったが、妹たちはいつも先生に入れてもらっていた。そういう関係なので、大先生をこわいとか恐ろしいと思うことはまったくなかった」

昭和十一年六月三日の東京日日新聞社報に、守衛諸君の武道錬磨、合気術の稽古と題して、

「本社の守衛諸君はさきに棒術の稽古をしたが、今度さらに大東流合気柔術総務長武田惣角翁（七八）が高弟佐川幸義氏を随《したが》え埼玉県警察部の依頼を受けて赴任の途次を好機としてわが守衛諸君は五月十一日から十日間直接その教えを受けた」

と武田惣角先生の写真付きで掲載された。しゃがんでいるのが佐川先生である。

ここでは、佐川先生も指導したので教わった十六名が佐川先生の英名録にも署名していて、「柔道六段　細野恒次郎《ほそのつねじろう》」の名前もある。

こうして、佐川先生は約二カ月間、武田先生と一緒に各地を回った。そして武田先生が大阪の朝日新聞社へ久琢磨氏を初めて訪ねることになった直前、家族のこともあって佐川先生は自宅に戻った。

久琢磨氏は既に合気道の植芝盛平師の指導を数年受けていたが、初めて武田惣角先生に会ったときのことを次のように記している。

「植芝先生は必ずご自分の内弟子を三、四人同道してこれ等を受身の相手として術技を示すのであったが、武田先生は弟子等は一人も連行せず、それがどんな猛者でも、その場に出てくる者を相手にして技を見せる。この場合も入れ代わり立ち代り、猛者たちをまるで赤ん坊の手をくじくごとく投げ飛ばし、押さえこんで『参りました』も言わさない。かつて植芝先生の美技にうっとりしてきた私どもは、いまこの老先生の剛技にあって、全く唖然として魅了されてしまった。弁慶《べんけい》が牛若丸《うしわかまる》の家来になったごとく、私ども一同は、ただちに先生の膝下に伏して入門した」

なお、このとき武田先生にかかっていった猛者は当時の大阪の朝日新聞の警備員たちで柔剣道五段以上の者たちであった。

かつて合気道で行き詰って悩んでいた木村さんは、この文章を読んで、身長百四十七センチの小さな武田先生が、初めて会って試しに来る猛者を次々自由に投げることは何か特別な技術（本当の合気）がなければ絶対に出来ない、これは本物だ、と確信して武田惣角先生に興味を持ったのであった。

なお久琢磨氏は「武田先生の稽古料はどうしていたのでしょうか」という質問に対し、

「惣角先生はそんなに余計にとっていませんから。ちゃんと決まっている。無茶な額はとっていませんよ」と答えている。

昭和十四年四月二十二日付の武田時宗さんから佐川先生宛ての手紙がある。

「拝啓　私もこのたび応召を受け五月一日旭川《あさひかわ》二十七に入隊いたすように相成りました。

私も入隊の上は一意専心軍務に尽くし死を以《も》って君国につくす覚悟であります。

次に大東流に付き、何分にも父上は老年にて父無き後はこの大東流が無くなることと何時も心配致して居りました。

私もこのたび大阪まで稽古に参りましたけれど、真の大東流が出来る人は居らぬように見受けられ誠に遺憾に思って居ります。

只々《ただただ》御貴殿様だけは大東流の為、お骨折り下さいますよう切にお願い致すばかりであります。お会いも出来ず出征致す事が残念であります。けれど致し方ありません。

では何とぞ御身を大切に大東流のため御努力下さいますよう偏《ひとえ》に御願い申し上げます。

入隊の上また御通知致します。
末筆乍《ながら》皆々様に宜しく御伝言下され度　敬具
佐川幸義様　四月二十二日　武田時宗拝」

佐川先生は昭和十四年八月二十六日から九月四日まで武田先生の自宅で十日間の講習を受けたが、結果としてこれが武田先生から受けた最後の講習となった。

昭和十六年五月に、三女の志づかさんと一緒に会津柳津《やないづ》温泉に逗留《とうりゅう》していた武田惣角先生から、「稽古をするから来るように」と電報がきたので、久しぶりに講習を受ける予定で五月十一日に柳津温泉に行った。ところが武田先生は十日に突然立ち居不能になったとのことで、真赤になって倒れていた。息子の宗清さん、時宗さんも来ていた。

武田先生の脈は乱れ、結滞があり、左手と右足が全然動かなかった。

武田先生は仰向けのままで、そこにいる全員に右手を摑ませ、色々上げて見せた。

そこで佐川先生は合気について一段と深く理解した。

佐川先生曰《いわ》く「武田先生は教えておこうと思ったのかも知れないね」

五月十二日に、みんなで武田先生を福島県の御池田にある宗清さんの自宅まで運び、佐川先生はそこで一泊して戻った。

武田先生は、その後一年くらい動けなかったが、部屋に細引（細い縄）を張って、それに掴まり歩行の練習をして、ついに恢復《かいふく》された。

昭和十七年の秋、武田先生は家人に無断で突然家を出た。昭和十八年一月には室蘭《むろらん》警察署で稽古をつけたが、二月に青森市浪打《なみうち》の雪路で倒れ旅館に運ばれた。病状は一時小康を得たが昭和十八年四月二十五日に容態が急変して、武田惣角先生は亡くなられた。

享年八十四歳（満八十二歳）。戒名は「仁壽院大東武寛居士位」、お墓は北海道網走《あばしり》市営桂町墓地にある。

武田先生が亡くなられて十年が過ぎた頃に、武田宗清さんと武田時宗さんの兄弟は一緒に、父親である武田惣角の大東流合気武術の後継者の選考をした。

そして佐川先生が最適任者であるとの結論に達し佐川先生に連絡した。

最初佐川先生は躊躇《ちゅうちょ》したが、武田大先生の恩に報いるには、宗家として合気武術を発展させるべきだと考え直して、宗家になることを受諾した。

そこで昭和二十九年一月に武田宗清・時宗の連名で、

「亡父大東流合気柔（武）術本部長武田惣角没後、其の本部継承者に就き、相寄り詮《せん》衡《こう》したる処《ところ》、本流最高傳位の受継者であり、人格識見技量共に卓越せる佐川幸義殿を最適任者と認め、本部を継承致さす事に内定し居りましたが、今般之が受諾を得ましたので、佐川幸義殿を源家相傳の流統たる大東流合気武術第三十六代の宗家として決定此段御通知致します」

と通知状を出し、それに対して植芝盛平師は「佐川様は申分なき適任者」と喜び、お祝いの返信を時宗さんに出した。

その年、五十二歳になった佐川幸義先生は宗家として北海道へ出張教授をした。

その帰りみちの昭和二十九年十二月十日に、武田惣角先生の長男で会津坂下に住む武田宗清さんを訪問した。

宗清さんは、その土地の柔道家の講道館六段が「惣角がやっているのは田舎柔術だ」と言って貶《おとし》めているのを何とかしてほしい、という気持ちがあった。

そこにたまたま佐川先生が寄ったので、宗清さんは、その柔道六段を呼んできた。

佐川先生は彼を何度も投げて、抑えつけると、彼はまったく動くことが出来なかった。

それを見た宗清さんは、「長い間、大東流は田舎柔術だ、と馬鹿にされてきたが、これで何十年来の胸のつかえがとれて、晴れ晴れしました」と涙を流して喜んだ。

そのため、非常に歓待され、毎日肉のご馳走攻めで、是非にと引き止められ、四日間、滞在した。佐川先生は滞在中も、会津若松警察、その他で教えた。

なお佐川先生が宗家であった二年間の英名録には、

【内山義雄《うちやまよしお》　明治三十六年生
右　昭和三十年八月十日より二十一日迄《まで》二十二回に渡り
宗家　佐川幸義先生に就き、大東流合気柔術　合気の術基本並びに秘伝奥儀の事
之ご教授相受けました　昭和三十年八月二十一日】
のように、「宗家」と書かれている。

木村さんは稽古のあと、帰宅してから佐川先生の言葉を思いだして、ノートに書きつけていた。先生に投げられると毎回新鮮なおどろきがあり、慣れるということがないのが不思議であった。

昨日も投げられたのに今日投げられると、「あれっ、先生の技はこんなに凄かったかな」と毎回おどろくことの連続であった。

あるとき先生にたずねた。

「これだけ投げられているのだから、慣れてもよさそうなのに、なぜこんなに毎回おどろくのでしょうね」

先生は即座に断言した。

「それは、合気がわかっていないからだ」

昭和五十五年七月十二日の木村さんの日記に、以下のように記されている。

「今日ほど先生と弟子たちとの違いを感じた日はない。エネルギーがまるで違うのだ。何かが本質的に違うのだ。

八十歳近い先生が、二十〜五十代のどの弟子たちよりも、問題にならないくらい強いエネルギーを内蔵しており、それを瞬間的におどろくほど有効に発揮される、というのが今日の印象である。

先生曰く、『合気はやればやるほど難しさがわかってくるんですね。十年たっても二十年たっても、誰も私に追いついてこない。皆もっとしっかりして、すべての感覚をするどくして、なんとか学んでくれないと困る』といわれて私の方を見た。

そのあとで、『受信機がしっかりしていないと困る』といって私に近づいてきて投げて下さった。

佐川先生に投げられるとすごいエネルギーを感じて全身に気合がかかり、疲れが飛んで消えてしまうから不思議である。全体の印象として、雷《かみなり》が爆発したみたいで、心でか身体でかは判《わか》らないが光を見たような気がした。ふしぎな事があるものだと、その都度感じる」

佐川先生に「手で触れた瞬間に無力化しなければいけない」と言われた木村さんが、正面打ちでいったら、そのとたんに力が抜けて倒された。

「ふしぎです」と言うと、「触れてつぎに合気を掛けているのだ」と言われたが、あまりに速くてわからなかった。合気は謎だ、と思った。

木村さんは、入門して数年のとき道場で、ある先輩と二人だけだったが、「思いっきり戦ってみよう」と言われて、足払いその他で色々攻められた。数回倒されたが、物理的な攻撃法だったので、すぐ慣れて、お互いにまったく効かなくなってしまった。木村さんは、本気で頑張りあったら、とても出来るわけがない、という気がしてきて絶望感に襲われた。そこへ先生が奥から道場に現れて「同じようにやってみなさい」と言われた。そう言って下さったので遠慮なく先輩とやったときのように思いっきり色々やってみたが、バシバシ投げられ飛ばされ、まったく歯が立たなかった。木村さんは出来るわけがないと思われたことが、本当は可能であることを知って急に元気になり、さらに稽古に夢中になっていった。

昭和六十三年七月十六日、佐川先生はいきなり新聞紙を丸めたのを前に出し、「摑んでみなさい」と木村さんに言った。摑んだとたんに倒された。次に相手になった松本征儀さんも倒された。

「なぜこんなことが出来るか不思議に思って理由を解明しようとしなければならない。そうしないといったん消えてしまってからでは再現するのはきわめてむずかしい。しかし肩に力を入れるような素質のない人ではできない」

木村さんとともに稽古に参加していた槌本昌信さんは、この時のことをノートに書きとめている。

「私（槌本）が道場に入門した次の日、道場の椅子に座られて新聞の夕刊を眺めていた佐川先生が、新聞紙をくるくると筒のように丸めてその端を片手で持たれて『摑んでみなさい』とバトンのように木村さんの方に差し出されました。

このとき木村さんは何が起きるのか、まったく予想されていなかったと思うのですが、木村さんが佐川先生の差し出された新聞紙の筒を摑んだ瞬間に、木村さんの体が宙に舞い、ピシャッと畳に叩きつけられてしまいました。一瞬の出来事でした。

木村さんの話だと一瞬体が浮いてしまったそうです。そのあと、先生は松本さんにも同じように技を掛けられました。これを見て私は本当に驚きました。

新聞紙の筒を摑んだ相手を畳に叩きつけること自体、普通ではまったく考えられませんが、さらに驚いたことに新聞紙の筒は折れずにそのままの形状を保っていました。常識的に考えれば、もし新聞紙の筒を使って重さ七十キログラムくらいの人間を投げることが出来たとしても、新聞紙の筒が折れるか、紙がびりびりに破れるかするはずです。

ところが佐川先生が軽く丸めた新聞紙は折れたり破損していませんでした。このとき私は、通常の力学ではとても説明のつかない現象が、眼前で起きていることが分かり、胸が躍りました」

木村さんが入門して間もない頃、先生が「胸を強く持ってみなさい」と言ったのでそうすると吹っ飛ばされた。

「ふしぎですね、やっぱり」と言うと先生はおだやかに言葉を返された。

「そうだろうね。自分が出来るようになるまでは、ふしぎだと思うかも知れないね」

軽やかな返答のなかに絶対真実の重量がこもっていた。

昭和五十七年八月十七日と十八日の合気佐門会温泉旅行の際、甲府《こうふ》駅で佐川先生のつぎのような立ち話を伺った。

「真剣勝負ではまったく力まず、膝を曲げてスーと出てゆく。こういうことは最初わからなかったね。武田惣角先生もそうやっていたが、皆それに気付いていない。それに気付くというのもなかなか大変なことで、見ていても気付かないいんだよね。まったく緊張しないで、こう膝を曲げて」と低くなられて私のほうを見られた。なにか得体の知れない気を感じ、全身の毛が逆立つようで、逃げだしたくなる凄みを感じた。

温泉に到着して夜十時頃、木村さんは佐川先生に、かつて経験された武道試合の経験について聞かせてもらった。

「他流試合はいろいろやられましたか」

「まあ、色々やったけれども、同じ柔術では問題にならなかったね」

「鎖鎌《くさりがま》はどうですか」

「あれを第三者としての眼で見ると怖いかも知れないが、そのなかへ入ってしまえば何ともないものだ。

逃げようとせず、まっすぐ入っていってしまうのだ。怖いというのは、あくまで第三者の考えだ。もっとも鞘《さや》をつけた刀を出して、それに巻きつかせてしまえばいいんだけどね」

佐川先生は戦後、日比谷で鎖鎌との公開試合をしたことがあり、実弟の佐川廣さんは、「それは見事なものでした」と木村さんに話した。

佐川先生の奥様、佐川美代子《みよこ》様の部屋に桐《きり》の箪笥《たんす》があった。先生が亡くなったあとで遺品整理をしているとき、その箪笥の引き出しの敷紙の下から、隠すようにしまってあった二つ折りの封筒が出てきた。

そのなかに二枚の小さな写真が入っていた。その写真は佐川先生が鎖鎌と対戦試合をしたときのものだった。

晩年の先生とは違い、体じゅうに力みが見られ、これは佐川先生ではないのではないかと思うほどであった。

佐川先生は写真のなかの自分の姿が、理想から大きく離れ、力みがあることが耐えがたく、写真が気にいらないまま処分しようと思われていて、それを奥様が隠すように保管されていたのではないかと私は推測した。

先生は日頃から言っておられた。

「人間に完全とか完璧なんていうことはあり得ないのだ。どこまでいってもいくらでもその上にいくことができるのだ」

木村さんは言う。

「佐川先生は、若い頃は何でも試されたそうで、催眠術もやったそうです。弟の佐川廣さんに木刀で打ち込ませて、エイと、廣さんをそのまま動けなくしたこともあったそうです。

でも、『催眠術は、相手にすごいと思わせたりする準備が必要で、フイの攻撃に対しては催眠術をかけるひまがないので使えないと思ってやめてしまった』と言われました。

また『昔は調息法も教えたが、結局何かが不自然になるんだよね。だから今は教えていない』とも言われました」

木村さんが技を極められて、感じいって言う。

「先生の技はまったく別世界ですね」

先生が答える。

「そうだよ。合気だからね。これがどういうわけでどこからくるかが、皆わからないのだね。しかし片手の合気を研究してわかったというヒントを与えているでしょう。それを与えられていることだけでも有難いことなのだ。私はそういうヒントなしにやってきたんだから」

昭和五十九年五月四日の木村さんの日記。「佐川先生に『合気上げをやってみなさい』と言われて軽く押さえられたら、自分がまるで手だけになってしまった感じで、支えどころがなくなり、手を上げようにもまったく上げることができない。無理して上げようとすると腰が浮いてしまった。そして『合気で力が入らないようにしているからね』と言われた」

昭和六十一年四月二日。佐川先生と木村さんの稽古中の会話。

いろいろ先生に投げられ、あまりの凄まじさに木村さんは思わず言った。

「ここでの武術は、大東流というより私には真の武術に思えます」

先生が答えた。

「私もそう思っているよ。一流一派の武術ではないつもりだ」

「先生が考えられたのですか」

「そうですね、だからほかにはないよ。若い頃はいわゆる大東流のやり方をしていたけどね」

平成元年十一月十二日、木村さんは台所で先生に言った。

「先輩の松本征儀さんが、佐川先生は明らかに切れ味も迫力も益々凄くなってきている。なぜ八十七歳を過ぎてもそうなってくるのだろうかと、不思議がっていました」

先生の答えはつぎの通りであった。

「結局合気がうまくなってくるということなのだ。合気を発展させ続けているということなのだ。

相手が凄く強い場合を想定して研究するのだ。弱い者のことを考えてもしょうがない。

相手がどんなに強くてもそれに対してどうするかを色々考えて、それを乗り越えなければいけない。ほんとうに戦うとき、どうするかを常に考えよ」

木村さんの合気道時代の友人で明治大学の電子通信工学科長などを歴任した大竹政《おおたけまさ》光《みつ》さんとその長男の大竹鐵太郎《てつたろう》さんも佐川先生に入門した。鐵太郎さんは二元直伝講習で初めて佐川先生に投げられた日、うれしさの余り「俺、生きてて良かったよ」と母親に話したことをはっきり覚えているという。平成三年九月二十二日に出した佐川先生宛ての手紙には、

「この度は二元講習をご教授頂きありがとうございました。初めて先生に投げて頂いたときには、あまりの凄さにその日一日のことがほとんど白紙になってしまいました。

本当に感激しました。合気についてはまったく分かりませんが、私たちが今まで生きてきて常識となっていた力とはまったく次元が違うことだけは分かりました」

現在、ニュージーランドの有名レストランの料理長を務める鐵太郎さんは、「道場から離れ二十年以上の月日がたってもいまだに夢をみます。先生の合気のことを考えるとわくわくします。一生の中で一度でも本物に接せられたことは本当に幸せです」と話している。

また東京藝術大学を出てデザインの仕事をしている中山宇生《なかやまたかお》さんは、平成九年二月二十八日に入門したが、「芸術関係の世界にいて天才といわれるような強いオーラを持っている人は何人か見てきましたが、佐川先生の周囲にただよう高貴な雰囲気はそうした方々ともまったく違っていました。佐川先生が道場にいらっしゃると、その場の空気がピシャリと静まり返り、非常に高密度な空気になりました。その厳粛ななかにも、木村さんとの会話のなかで時おり笑顔になられるとき、まるでこの世の春が来たかと思うほど暖かく柔らかい雰囲気に道場中が包まれました。先生の存在が空間に及ぼす影響力は、本当に特別なものがありました。

私が見た合気上げは、木村さんが正座された佐川先生の両手を摑みにいくと、手を上げずに指先がわずかに動いた瞬間、木村さんの頭から腰、膝までが斜め後ろ四十五度ほども反り返り、もうまったく抵抗の余地なく完全に崩され、左右に投げられるというものでした。もう缶のふたも開けられないほど力がなくなったと聞いていたのですが、ふつうの力とまったく違う、まるで高圧電流が通電したようなエネルギーの流れを感じました。

『形を作ってはいけない』と佐川先生はよく言われましたが、佐川先生の技は本当に美しく、ひとつひとつの動きが完全に極まっていて、まったく反撃の余地がない感じでした」

平成八年十二月十四日。九十四歳になった佐川先生の技についての感想を木村さんは日記にしるす。

「もう体が合気と一体になってしまった。前は合気を掛けるという感じだったが、いまは合気そのものになってしまった。いつも考えているからね」

この先生の言葉を木村さんはその通りだと実感した。

「さんざん投げられたが、まるで歯が立たない。また次元が変ってしまった」

続けて、木村さんの稽古日誌にしるされている佐川先生の言葉を列挙する。

「合気は深いでしょう。よくこんな難しいものをやったものだね。私は狂ったように夢中になってやったから得ることが出来たのだね。そうでなければとても出来ないよ。それと良き師とね。

だいたい技を習えばすぐ出来る、と皆が思ってしまうのは、武田先生の教え方からきているのだ。しかし実際は習ったからといって出来るというものではない。教えてすぐ出来るようなものだったら、それはたいしたものではないよ。私は形式的なことは嫌いだ。武術をやっている人には、いかにも強そうに見せたり、肩をいからせたりする人物が多いけど、私はそういうのは心の弱い人だと見る。自分を強く見せようという気持ちがあるわけだからね。ほんとうは強くないよ。私はそのままスーと入ってしまう。

真剣勝負で頼りになるのは、自分の今までの修業、鍛錬による裏付けだけなのだ。ほんとうに鍛えていると強くなってくる筈なのだ。いくら教えてもお互いに出来ないのでは、こちらがいやになってしまう。教える気がしなくなってしまう。みんな同じになってしまい、そこを乗り越える者が出てこない。そこを乗り越えるには、自分の考えをもっていろいろやらなければいけない。

人とおなじことをしていたら、人とおなじにしかなれませんよ。発想が変らなければならない」

「先生と我々は凄い差ですね」と木村さんが言うと、「ではなぜ差を縮めようとしないのだ。誰も私を追ってくる者がいないではないか」と返された。

「合気が分かっても、それからが大変だ。ほんとうの修業はそこからはじまるのだ」と、佐川先生の言葉がはねかえってくる。

「たとえ合気の原理が分かっても、すぐ私のように出来るというわけではない。体の感覚とかいろいろあるからね。

合気が出来ても下手《へた》なうちは力に負けてしまう。うまくならないとだめだ。敵を知り、己を知らせないというのは、戦いの原則だ。だから私の技は隠してしまっている。ほら、こんなに色々出来る、なんて見せるのはだめなのだ。

真剣勝負で研究されてしまう。

武術では今が大事なのだ。昔は強かったといっているようでは話にならない。私は昔より今のほうがよほど強いよ。警察をまわって教えていた頃は今から見るとだめだね。分かっていなかった。

力や気力だけでは、八十歳を過ぎて出来るものではないよ。年とれば気力だって衰えるのですよ。だから、そこに技術があるということが、わかるでしょう。

人生一生が修業なのだ。いくらでも弟子を強くさせて、それ以上になるようにすればいい。遠慮させたりすると、自分の進歩、成長は止まり、そのうち実力で弟子に抜かれてしまうのだ。

自分の悪いところが分からない人は、うまくなりようがない。体を鍛えてみると、それがほんとうに必要だということが分かるが、鍛えていないと、鍛えなくても出来るような気になってしまう」

九元直伝講習七回目が行われた平成四年三月二十七日、佐川先生は腰痛を口にした。

「腰が痛い。去年までは石油（缶）を二つ持てたが、今年はだめだ。ほんとうに力がなくなった。それでこれだけ出来るのだから合気は力ではない、ということが分かるでしょう。

武田先生は天才だ。しかし、天才はあるところから先、止まってしまう。私は訓練を続けているから、どんどん発展する」

佐川先生はいまもどこかで激しい稽古を重ねておられるに違いない。

第九章　先生の息子さん

佐川道場の門人は国分寺駅を降りると足早になる。道場へ早く到着して佐川先生の一言一技でも、眼や耳に焼きつけたいという思いが、彼らを駆りたてる。

道場の玄関へ入ろうとすると、「講習中」の札《ふだ》が掲げられていることがある。そういう時は二元、三元などの上級の技の練習が行われているのである。

すでに同段階の講習を受けた者でないと中に入れないので、資格のない門人は道場の外で、声を忍ばせ講習が終るのをじっと待つ。

ドーンと投げ飛ばされる音が轟《とどろ》き、道場を揺るがす。そのたびに「おおー」という感嘆の声が上がる。道場の外で待つ門人は、地響きと音のみで、先生の技や道場の様子をそれぞれに思い描く。

道場入り口右手の南側には日当りの良い庭が広がり、寒山寺《かんざんじ》から取り寄せたという大きな石や石灯籠《いしどうろう》がある。道場が閉鎖するまで毎年、庭の手入れに造園業者に来てもらっていたが、「この家の主《あるじ》はただものではないですね。庭石と灯籠を見ると分かります。とても普通の人が手に入れられる石灯籠や石ではないです」と庭師さんに言われた。

庭を見ながら、佐川先生は木村さんに言われたことがある。

「この石はずいぶん高かったね。家内が生きているときは、庭の草刈りは私と家内だけでやった。決してお弟子さんには頼らなかったね」

毎年夏にその庭でおこなわれる恒例のビール会では、樽《たる》から入れる生ビールをみんなで飲み、おつまみを食べながら、先生を囲んで楽しい時間を過ごした。

夕方、稽古が終わってまだ明るいうちからビール会を始めるのだが、段々日が暮れて、石灯籠に明りが灯《とも》され、水銀灯もつくと、何ともいえない良い雰囲気になる。

庭が月の光りで照らされる頃になると、先生も武術の話を手振り身振りも交えて楽しそうに語られ、ふだん聞けないような話も色々された。

「合気は相手の力を抜いてしまう技だから、むずかしいよ。武田先生は天才だから、四方投げとかで五、六人をポンポン吹っ飛ばして湯船に投げこんだこともあった。風呂だと怪我しないからね。なぜ四方投げというか、それは前変更二つと後変更二つだからだ（敵の前に回って向きを変更する技が左右二つ、後ろに回って向きを変更する技が左右二つ、全部で四方向という意味）。刀を四方八方に切るから、というわけではないのだ。刀でなく技で説明しなければならない。

私は十一歳で武田先生に習いはじめて、十七歳で合気の入り口がわかったからね。毎晩、親父と合気上げをやって研究したんだ。そうでなかったら分からないよ。親父もまあちょっとは出来たけど、本当に力のあるやつだと効かなかったね」

先生は旨そうにビールを飲みほして言葉をつづける。

「私の親父は気が強かったからね。七十になっても喧嘩して、シャツがボロボロになっていた。ハッカを買い付けにいった帰り、小作人とかと喧嘩していたんだ。

私も若い頃は、この野郎と思うと切れちゃったからね。ちょっと当ったりするとすぐに喧嘩をした。二十歳前後だけどね。年を取ったら馬鹿らしくなった。

合気は他の武術と違って力でやるわけではないし、まともに力を受けないし、力が出ないようにしてしまうやり方だから、年をとっても出来るのだね。

もっとも本当の合気は長い間に体にしみこむものだから、時間がかかるのだ。どんなに身体《からだ》が大きくて力のある先生でも合気がなければ、数年も教えれば効かなくなってしまうよ。私は合気でどんどん崩してしまうから自由に技を掛けることが出来るけどね。

ふだんから、いつでも戦えるようにしておかなければならない。ふつうは突然突いてきたり、瞬間に打ってくるのだから、そういうときに自然にサッと動ける体を作ってしまわなければいけないから大変なのだ。そういう訓練をしないから素人にも刺されてしまう。

ただ決めたやり方を一生懸命やれば良いと思っているからだめなんだ。常に自分のやり方も、これではまだまだだと思って改良しながらやっていくのだ。

相手の隙を見てやる、という考え方はだめだ。隙がなかったら出来なくなってしまう。隙がなくてもやってしまう方法を考えるのだ」

庭から眺める佐川邸は、向って左側に三十畳の道場があり、右側に母屋がつながっている。木造二階建ての建物はおちついた雰囲気をただよわせ、夜に明りが灯ると、合気の神殿といった趣があった。

佐川先生は道場でご家族のことについて話されることがほとんどなかった。門人たちもご家族のことを聞く機会もなかったので、先生が亡くなるまで息子さんと二人で暮らしておられることを知らない門人も多かった。

先生には二人の子息がいた。昭和四年生まれの長男勇之助さんは、絵の才能があった。先生は、ご長男の描かれた水彩画を一枚ずつ丁寧に繋げて、巻物のように保存されていた。

絵のサイズは一枚がA4で合計すれば二十五、六枚はあった。幾何学模様の絵は驚くほど精密で、まさにプロのようであった。学生服姿の凛《りん》とした勇之助さんの写真が、幾何学模様の見事な絵といっしょに、クッキーのきれいな缶のなかに丁寧に保存されていた。

ご長男の写真と絵は、道場にある本箱の一番下の引き出しから出てきた。

その引き出しの中は、ご長男の写真と絵の入った缶のみであった。先生は道場で一人鍛錬をされながら、何度となく写真や絵をご覧になっていたのだろう。

勇之助さんは活発な少年で、佐川先生に走って体当たりをして、先生はそれを遊びながらかわし、捌きの練習をしていたと懐かしそうに話されていた。

幼少の頃から先生の合気の英才教育と、持って生れた天分によって、「十代で大男でも、合気で力を抜いて投げていたよ」と先生は話されていた。

将来を期待されていた勇之助さんは、終戦後、登山した際に川の水を飲んで腸チフスを発症し、運悪くそのときは休日で医者が休みだったこともあって、十七歳で亡くなってしまった。当時の日本は不衛生で、川の水を飲んで亡くなる人が多かったようである。

「あのときはほんとうに死にたくなった。大舞台で大東流の技を見せようと考えていたが、息子が亡くなって、そういう気持ちがなくなってしまった」

と佐川先生は落胆の様子を隠さなかった。

次男敬行さんは生後半年で高熱を発し小児麻痺になり、寝たきりの生活になった。木村さんは入門して間もない頃、国分寺駅周辺でヘルパーさんに車椅子を押してもらっている敬行さんにお会いしたこともあった。

敬行さんは陽気でおしゃべりな子供であったと、先生は当時を語られていた。

「囲碁、将棋はどちらも三段の腕前で、古参門人たちと勝負をおこなうこともあったよ」

佐川先生の奥様が亡くなったあとは、先生が息子さんの食事を作られたり、身の回りの世話をされていた。たまに木村さんに内心を漏らすことがあった。

「若い時には、まさか自分がこんな人生を生きるなどとは思ってもみなかったよ。長男は死んでしまうし、家内にも死なれてしまう。私は苦労するために生まれてきたようなものだ」

裕福な家に生まれ育った佐川先生は、端《はた》から見ると想像ができない程、ご苦労をされていた。晩年の先生の言葉がある。

「死んだほうが楽だと思うこともあるが、私が死んだら敬行が困るからね。私は敬行がいるから死ぬわけにはいかないんだ」

佐川先生の親としての哀《かな》しみの重さ、一人で生きられない重度障害の息子を残して逝く心配は、とても言葉では語れるものではなかった。

佐川先生は「合気ニュース」のインタビューで話された。

「東京に引っ越してからも、一年のうち半分は北海道などへ指導に回っていたよ。私は、いつも弟子は付けずに一人で回るんだ。だからいつも真剣勝負だ。警視庁でも指導した」

しかし奥様が亡くなられてからは、動けない敬行さんのために、日に三度の食事その他の面倒を一人でみなければならなくなり、合気術の指導で色々まわって大東流の普及活動をする、ということは出来なくなった。

もちろんお手伝いさんを雇うことはあったが、もし寝たきりの息子さんが一人だけのところへ他人を入れれば、息子さんから見えない所では、家の中をやりたい放題に出来るので、そのときでも佐川先生は家にいる必要があった。

佐川先生は、比類なき武術の才能を持ちながらも、家にひっそり閉じ込められた形になり、武術家としての世間的な活躍が出来なくなってしまった。

この境遇を、佐川先生はどういう気持ちで受け止めていたのだろうか。

だが対外的な活動が出来ない分、合気そのものへの探求は深められた。

平成元年（一九八九）十一月十二日には、佐川先生は木村さんにつぎのように言われた。

「教えてまわっている時は、忙しくてゆっくり考えるひまがなかった。それなりには体が慣れてうまくはなるけどね。ここに落ち着いてから色々な考えが出てきた。やはり合気の本質的な発展や飛躍は、時間や余裕がないと出来ないね」

またあるときは、家事の大変さを、ほとほと困りはてた様子で話された。

「家内が病気になって、七十歳を過ぎて初めて台所に入った。

家内が元気なときには、好き勝手に行動をしていたが、家内が倒れてから家事をやるようになってみて、これは大変な仕事だと思うようになった。毎日毎日同じことの繰り返しだからね。それに終わりがないから家のことは本当に大変だよ。毎朝九時には敬行の部屋の雨戸を必ず開けなければならないしね」

佐川先生の八十歳の誕生日のお祝いの席で、先生が外出できない状況を心配した門人が、「せめて年に一回、合気佐門会の会員たちで、佐川先生を一泊の温泉旅行にご招待しよう」と提案し、先生も受け入れた。これは、佐川先生が九十五歳になるまで、毎年続いた。

佐川先生が旅行に行っているあいだ、いつも最古参の門人で敬行さんと親しい田口鉄也さんが、道場に泊まって敬行さんと過ごした。

佐川先生は、留守番をする田口さんに、旅行先のおみやげを必ず買って帰った。

佐川先生が遺《のこ》された蔵書の中に、赤線が引かれた文がある。

それは「私の子供たちに対する願いは、早く一人前の人生に自分で責任を持つ生活をいとなんでほしいという事であった」というものである。

佐川先生は御存命の間、亡くなる前夜まで息子さんの食事を世話し、自分が亡くなった後の息子さんの生活が心配でならなかった。佐川先生は、ある時、木村さんに「うちの養子にならないか？」と、お茶をさそうように、きわめて穏やかな口調で言われた。

木村さんは「え！　でも結婚しているし長男だし、それは難しいな」と思いつつ言葉につまった。先生はすべてを察したようで、その話はそれで終わってしまった。

当時を思いながら、木村さんは言う。

「おそらく、先生は自分が亡くなった後の息子さんをなんらかの形で支えていく人をさがしていたのだと思います」

親は自分の苦労は何とでもなると思えるものだが、子供の苦労は耐え難いものである。

「敬行には結婚して家庭を持ってほしかったよ。本人にその気がないから、どうしようもないけどね」と、ため息交じりに語る先生の瞳から、息子さんへの心配や孫たちに囲まれた賑《にぎ》やかな家族がいない寂しさが感じられた。

平成十年三月二十四日、佐川先生長逝ののち、次男敬行さんは合気司家《つかさけ》として佐川道場を継承され、道場経営者となった。地元の名士である門人の内野孝治さんが中心となり、今後の道場の活動について決めていった。

佐川先生から教授代理（代理教授ともいう）に相当する英名録を頂いた門人が師範になることと、各師範の担当する曜日が決められた。

奥伝四段になると、新しい英名録に「佐川先生門人、住所、氏名」と記して先生に差し出し、それに先生が印鑑を捺《お》して下さる。これが自分で弟子をとってもいいという、佐川先生のお墨付きであった。

木村さんは月曜日担当となった。新師範たちはベッドに寝ている敬行さんに呼ばれ、頼まれた。

「これから三年間は、道場で指導して下さい」

発足当初は師範たちも、無償で稽古指導するどころか、自分たちも月謝を払って指導した。月謝は敬行さんの生活を支えるのに必要で、先生の息子さんを守ることは、先生への忠誠心であった。尊敬する師の為に道場に貢献できることは、光栄なことであり、当たり前に思う弟子たちだった。

そのうちいつからか稽古指導をする師範は月謝を払わなくていいことになったが、

指導は最後まで無償でやり続けた。

その頃から木村さんは稽古の初めと終りにかならず敬行さんの部屋に出向き、ベッドに身を横たえている敬行さんに挨拶し、短い会話を交した。

敬行さんは、いつも笑顔で応じて下さった。

敬行さんは母屋の部屋のなかでも南向きの一番日当たりのいい、庭が一望できるさわやかな二十畳ほどの部屋で生活されていた。

木村さんは佐川先生が亡くなられる直前に狭心症になり、無理が出来なくなった。さらに筑波大学の数学系長としての忙しい日が続き、週に一度の稽古指導が精一杯で、佐川道場の内部のことをする余裕がまったくなくなってしまった。

佐川先生亡き後、道場の運営管理と敬行さんへの日常の奉仕は、古参の門人たちが行った。とくに遺産相続の手続きなどは複雑で、古参門人たちの努力は大変なものであった。

先生の没後、敬行さんのもとへ介護ヘルパーが毎日訪問し、入浴介助の訪問サービスは週に二回来ていた。

いつしか一般の門人は敬行さんには近づけないという暗黙の了解が出来あがっていた。

昇段の免状は、「合気司家　佐川敬行」の名前で出されたが、敬行さんが道場に来られることはなかった。門人たちは、敬行さんの名前を聞くたびに、敬行さんは高く遠い存在で、永遠に関わることはないだろうと思った。その状態は十年ほど続いた。

佐川先生の存命中は、合気佐門会という三元修了者による上位門人の会があり、毎月第二日曜日に、佐川先生が特別に指導する合気佐門会の特別稽古がおこなわれたが、先生の没後、この合気佐門会は消滅していた。

平成二十年五月十一日に、『佐川道場の法人化』を実現するための設立準備会および総会が開かれた。門人の月謝を管理する団体として、新しい大東流合気佐門会が人格なき社団として設立された。「敬行さんが亡くなられたあとでも、佐川道場を存続させるためには法人化するしかない」とのことだった。

時に人は判断を誤る。

道場運営費を残すため、平成二十年に設立された合気佐門会は、佐川先生が亡くなられた平成十年三月二十四日から設立されていたことにされた。会計帳簿上、平成十年から平成十九年までの道場の売上金（月謝）が敬行さんから合気佐門会に移動され、敬行さんには借金まで出来てしまった。敬行さんに保佐人が付いてから問題が表面化したが、まさか税務上の問題にまで発展するとは予期されなかった。

高齢で体に障害があり、自分でお金を稼ぐことが出来なかった敬行さんは、生活していくお金を失い、生活の不安から人間不信になってしまった。

木村さんは平成二十四年三月で筑波大学を定年退職した。その年の十二月末に敬行さんは風邪をこじらせ、近くの病院に検査入院することになった。そのときはすぐ退院できる見込みであった。

木村さんがお見舞いに行くと、敬行さんが入られた大部屋では、患者たちの叫び声や呻き声が止《や》むことなく、十分ほどでこちらの身心がおかしくなってしまうくらいであった。

年明けの平成二十五年一月十三日に大東流合気佐門会の臨時総会が佐川道場で開かれた。木村さんは理事ではなかったが、会員だったので出席した。

理事たちの淡々とした口調で告げられた内容に、木村さんは絶句した。

「このたび裁判所より敬行さんに保佐人がつくことが認められた。会計担当の理事や敬行さんの面倒を見ていた者も体調が悪くてもう続けられない。それに敬行さんが自宅で一人で過ごすことは極めて危険なので、敬行さんが自宅に戻れないという覚悟をもっていただくためにも、佐川道場をこの三月で閉鎖する」

余りにも急な話なので、木村さんともう一人の理事は、何とか半年延ばしてほしい、と頼み、道場閉鎖は九月末ということになった。

木村さんは、「私はこれからフランスへ出張しなければならないが、敬行さんの病院は酷《ひど》すぎるので良い病院へ移してもらいたい」と言うと、理事たちは、

「敬行さんには二、三日じゅうに弁護士とともに病院へ行って、道場閉鎖のことを正式に伝える。そして今よりも良い病院にすぐ移す」と約束した。

木村さんは予定通り、一月中旬からフランスへ出張した。

しかし帰国しても敬行さんは相変わらず同じ病院にいて、やせ細っていった。身体を観ると皮膚はただれ、頬はこけ落ち、長い間お風呂にも入っていないような状態だった。どこの病院でも良し悪しはあるが、敬行さんにとっても満足のゆく対応とは思えなかったのだろう。敬行さんの精神状態は悪化していった。

「誰がこんな所へ入れたのか！」と顔をひきつらせて怒鳴る敬行さんは、まるで別人のようであった。

木村さんは、敬行さんを見舞いに行ったが、衰弱しきった敬行さんにとって傍に居るだけで、うっとうしいかもしれないと案じた。

そのため木村さんは、敬行さんに付き添いながら、自分の存在感を出来るだけ消して、敬行さんや周囲と同化しようと色々試みた。

しばらくすると、敬行さんも、木村さんの存在が気にならなくなったようにリラックスされた。

その後も、敬行さんが転院される様子はなかった。木村さんは「どういうことか」と聞くと理事の一人が、「病院が転院を許可しないからだ」と答えた。木村さんは、弟の木村健二郎さんに電話をして、病院と交渉するように頼んだ。

するとすぐに転院の許可がおりて、三月十二日に、敬行さんは桜町《さくらまち》病院に転院した。

敬行さんは転院後一週間もしないうちに、見違えるほど生気が戻り、元気になっていった。

敬行さんが転院したあとも、その日常生活を案じる木村さんは茨城県の自宅から転院先の病院へ、往復四時間以上かけて見舞い、面会時間の午前十一時から午後八時までつき添った。

五月二十五日に合気佐門会総会が開かれた。そこで会計担当の理事が「私はやめる」と宣言して佐川道場を去った。それ以来木村さんが会計を担当して各曜日の月謝をまとめる仕事をした。

七月八日、敬行さんは、桜町病院から、自宅近くにある施設の個室に移られた。施設で敬行さんは、たびたび人間不信に陥ることがあった。

ある日、木村さんは道場の門人たちに宣言した。

「何があっても、自分は敬行さんを支えるよ」

敬行さんが、体調をくずして施設の近くにある病院に入院したとき、何人かの門人も体調を心配してお見舞いに行った。Ｉさんもその一人であった。

Ｉさんは整体療法の心得があったので、もし敬行さんが希望されるなら、施術するつもりであった。だが敬行さんの病室へ入ったとき、挨拶の言葉も失うほどの殺伐とした雰囲気に衝撃をうけた。Iさんはその時の様子を語る。

「部屋の様子を目の当たりにし、わたしは息をのみました。なごやかに木村先生と敬行さんがおしゃべりしている状況を想像して行ったのですが、おしゃべりなんかとんでもなかったんです。部屋の空気が、恐ろしいほどの緊張と怒りの気で張りつめていたのです。

敬行さんはベッドの上で鷹《たか》のように瞳を見開き、怒りに震えながら天井を睨みつけていました。

怒りだけで生きている、そういう人をはじめて見ました。

木村先生は背筋をまっすぐに伸ばし、いつもよりも大きな背中で、口を真一文字にむすび、戦時中の軍人のように微塵も隙のない姿勢でベッドの脇に座っていました。このような異様な空気のなかで、面会時間の初めから午後八時までとてもいられるものではないと思いました。

そのなかに長い時間いられる木村先生は、とても普通の人間には思えませんでした」

木村さんは、緊張して立ちつくしているIさんを、敬行さんに紹介した。

「この方は整体療法を習っていますが、やってもらいますか?」

敬行さんは冷たい表情で無骨に答えた。

「イーデスヨ」

施術してもらうのにイーデスヨと怒りに満ちた冷たい声にIさんはたまげつつ、

「手を触ってもいいですか？」と敬行さんに確認をした。

「イーデスヨ」

Iさんは、敬行さんの掛布団を持ちあげて、手を探した。

両腕は脂肪も肉もない骨だけの細さで、固く硬直した両腕は胸の上で折れたように重なっていた。

Iさんは敬行さんの左手を両手でそっと持った。手はしっかりと握りしめられ、すべての指がすこしの隙間もなく、閉じた貝のように固まっていた。

Iさんの整体療法の先生は敬行さんと面識はないが、敬行さんの手の状態と施術方法をIさんに教えていた。

「『手の内を見せる』という言葉があるが、手のひらを広げることは、自分の内心を見せることに通じる。敬行さんは自分の内面を他人に見せたくないので、手を固く握りしめている。それでその手の隙間から体のなかへ入るよう施術をする。相手の手と自分の手を一体化するのがコツだ。

ちゃんと手のひらから中に入っていければ、身体に影響を与えることができる」

というのである。

敬行さんの固く握った拳には、内側に一ミリの隙間もなかった。Iさんは自分の拳に隙をつくらないよう最大限に握ってみたが、敬行さんのようなまったく隙のない、閉じた貝のような拳にはできない。それほど石のように硬直しきった拳だった。Iさんは、自分のような素人がこんな重症な体を良くすることなどとても出来る気がしなかった。

しばらく間を置いて、Iさんが身体の具合をたずねた。

「足がとても痛い。眼がよく見えません」

敬行さんは静かに答えた。

最初のときの無情でふてぶてしい声ではなくなっていた。九十分ほど施術をして聞いてみた。

「まだ足は痛いですか?」

「痛くないです」

「まだ目はよく見えませんか?」

静かな返答が戻ってきた。

「眼は何でもなくなった」

「施術前と後とでは、体に変化を感じましたか?」

敬行さんは拒絶する語調で返事をした。

「いいえ、何にも感じません」

「何も感じないなんて言われたら、やった意味がないですね」

椅子に坐っていた木村さんが立ちあがり、敬行さんに近づいて言った。

「感じることは関係ないです。感じなくていいんです。身体のほうには良い影響が行っているので、それが一番です」

敬行さんは無言であった。

敬行さんのヘルパーをつとめていた女性がIさんに言っていた。

「佐川さんは人間不信で誰のことも信用できないので、誰ともかかわりたくない」

手足が動かず首もほとんど動かない。痒《かゆ》いところも自分でかけず、涙すらぬぐえない。Iさんは重度の障害をかかえた人が世の中には多数いることは知っていたが、実際に眼前にして、冷静な気持を失うほどの衝撃を受けた。

人間不信のまま重い障害を抱えつづけこの世を去るのはあまりにも不幸だ。世のなかには信頼できる人もいるのだと思えるようになってもらいたいと、Iさんは願った。

面会終了時間がくると、木村さんは立ちあがり、頭を九十度下げて挨拶した。

「今日は一日ありがとうございました」

敬行さんは「はい」と相変わらず冷ややかに答えた。

見舞いを終えて帰路、Iさんは木村さんに憤懣《ふんまん》をぶつけた。

「ありがとうと言うべきは敬行さんのほうです」

木村さんは、いつもの笑顔になって言った。

「息子さんがどういう態度でもいいんです。息子さんが幸せになればそれでいいんです」


有志たちは、毎週の稽古日にかならず敬行さんの見舞いに通った。

敬行さんは彼らに対してもほとんど無言で、何事かを問いかけても「はい」か「いいえ」の意思表示をするだけであった。

Iさんも敬行さんの施術のために毎週通いつづけた。Iさんがベッドに近づき挨拶をしても相変わらず無言であった。

三回目の施術のとき、敬行さんの両手がすっかり開いていた。手のなかに黄色の油脂がラードのように手の皺《しわ》のラインにべったりとつき、異臭がたちこめていた。

熱いタオルで敬行さんの手を拭くIさんへ、ヘルパーさんは言った。

「『いったい何があったのですか?』って、リハビリの人がものすごく驚いているんです。佐川さんの手も足も柔らかくなって、膝まで曲がるようになっているんです。この間まで膝が硬直して絶対に曲がらなかったんです。佐川さんが、『Iさんの施術は今までにないものだ。やってもらうと気持ちが明るくなって元気になる』と言うんです。

『Iさんは信用できるかも知れない』『Iさんが木村さんについているのだから、木村さんも信用しても大丈夫かも知れない』佐川さんはそう言っていました」

やがて佐川道場を閉鎖する九月が近づいてきた。木村さんは他の佐門会の理事たちに、「月謝の仕事などは私が続けるから、九月以降も佐川道場を存続させましょう」と提案をすると反対する者がいなかった。佐川道場はそのまま存続が決まった。

平成二十五年十月十四日、佐川敬行さんは、施設の自分の個室に大東流合気佐門会会員を正式に招集し、臨時総会を開いた。

体調が悪くて長いあいだ休んでいた内野孝治理事長が息子さんに支えられながら突然やってきたことは、木村さんにとって驚きだった。

高橋賢理事も他の理事の委任状を持ってきた。高橋さんは、「木村君は理事になるだけではなく、理事長になってもらわないと困るよ」と強く言った。会員だった木村さんは、敬行さん、内野さん、高橋さんからの要請を受けて、大東流合気佐門会の二代目の理事長となり、佐門会の会計上の問題を解決することになった。また木村さんは、敬行さんのことを責任をもってみる立場となった。

敬行さんは、ある時ヘルパーさんに、父親のお墓参りに行ったことがないといった。佐川先生のお墓は東京都小平霊園にあった。敬行さんのいる介護施設から車で十五分ほどの距離であった。

平成二十六年二月二日、敬行さんは介護タクシーで道場の門人とともに、ストレッチャー（寝台型の車椅子）ではじめてのお墓参りに出かけた。

広大な園内には、大木が悠然と大きく広がる空を仰いでいた。広く縦横に整備された道路が交差し、園内の道路を背にした佐川家のお墓はたくさんの花で溢れていた。敬行さんは車椅子を墓前に持ちあげてもらい、手を合わせることは出来ないが、長い時間お墓に対面していた。

十人ほどの門人がうしろに並んで、共に祈った。

墓参りのあとは、近所のうなぎ屋へ門人たちと一緒にいった。ストレッチャーを座敷に入れる為、門人たちが入り口を広げようと引き戸を外した。十人ほどのお客さんがこちらを見ていたが、車椅子の客への配慮なのだろう、一斉に拍手をしてくれた。

ヘルパーさんに食べさせてもらっている無表情の敬行さんに「おいしいですか」とIさんは尋ねたが、返事はなかった。話しかけてもおおかた無言なので、門人たちも黙っていたが、突然敬行さんが話した。

「外食は生まれて初めてです」

突然の言葉を聞き逃し、傍に座っていたIさんが確認をした。

「今何か言いましたか」

「外食は生まれて初めてです」

敬行さんは大きな声でくりかえした。

「八十二歳で初めての外食なんですか？」

「はい」

周囲にいる門人十人ほどが、しばらくどよめきつづけた。

「今日は人生初めてのお墓参りと、人生初めての外食を体験したんですね」

Iさんは帰る時、敬行さんに言った。

「今度また、おいしいお店に行きましょう」

「はい」と答える敬行さんの瞳に涙がにじんでいた。短い敬行さんの一言が彼の人生の厳しさを想像させた。

外食など当たり前の門人たちにとって八十二年間も外食に行けなかった人生は驚くべきものであった。

木村さんは門人たちに号令をかけた。

「これから毎週、稽古の日には息子さんのところに行って、一緒に出掛けたり、おいしいものを食べて頂いたり、普通の人がしていることを体験させてあげよう。出来るかぎりいろんな所へ連れていこう」

そして、ヘルパーさんと、木村さん、Iさん、仙波仙太郎《せんばせんたろう》さん、北澤正光《きたざわまさみつ》さんの五名でチームを組んで、毎週月曜日の稽古の前に、敬行さんの施設に集まり、近所のコンビニやデパート、地元の美術館やジブリの森、公園、フランス料理店、うなぎ屋など色々な所に敬行さんを案内するようになった。品川プリンスホテル内のアクアパーク品川でイルカショーを見て、焼き肉を一緒に食べたこともあった。

どこに行っても無言の敬行さんだったが、施設に到着して部屋に入って挨拶すると微笑《ほほえ》みを見せるようになっていた。

木村さんは敬行さんに聞いた。

「どこか行きたい所はありますか？」

「北海道に行きたい。七歳まで住んでいた札幌の家に行ってみたい」

何事にも手早く行動する木村さんはすぐ北海道旅行の準備にとりかかった。札幌に会社を持つ仙波さんが色々調べて具体的な計画をたてた。

施設の主治医は言った。

「北海道旅行はストレッチャーで横になって移動するのではなくて、座った状態で移動できるならばいいが」

木村さんはIさんに言った。

「敬行さんが寝たきりではなく車椅子に九十度近い状態で座れるように、施術をがんばって下さい」

Iさんは困惑した。

「あんな硬直した木のように固い体が、九十度なんて絶対無理、いくらなんでも、そこまで出来るわけがありません」

敬行さんの北海道への思いは強く、体がかなり柔軟になり、九十度近い座った姿勢をほぼ保てるようになった。

長い年月にわたって、こわばった仰臥《ぎょうが》状態の身体が、奇跡のように回復していった。

「とてもわたしのような素人が、ここまで出来るわけないです。天の大きな存在が助けてくれたとしか思えません」とIさんは言った。

平成二十六年七月四日から二泊三日で北海道への旅行に出発した。小平の自宅から羽田《はねだ》空港までの距離を敬行氏はストレッチャーに乗って介護タクシーで移動した。振動で疲労したのか空港に着いたときは、顔色も悪く息切れがしていた。

敬行さんはIさんに言った。

「とても疲れた。寝たい」

同行したIさんは、車椅子の敬行さんに空港ロビーで施術した。道場の門人である医者も用心のために同行し、脈をとった。

飛行機の窓際の座席三席分を取り、航空会社のストレッチャーを固定し、カーテンで仕切った。

飛行中、敬行さんに機内から見える空を一望させようと試みたが、首が動かないので、願いは果たせなかった。

機内でもIさんは施術を続けていた。

足にも何の力もないと思っていたが、離陸と着陸の振動のたびに、敬行さんの両足は生理的反応で力み、踏ん張っていた。

札幌に着くと敬行さんはすっかり元気になり、子供の頃に住んでいた市街地を、車中から食入るように凝視していた。

もっとも行きたかった所は、昔佐川家があった場所だという。写真を見れば驚くほどの豪邸だが、今はライオンズマンションが建っていた。

マンションの庭を囲う塀の土台は、昔の佐川家のまま残っていた。

さらに庭の樹木や石燈籠も当時の状態のままで、佐川家の庭がそのまま保存されていた。東京の佐川道場の庭とよく似ていた。

「こっちの右手には昔あんずの木があったんです。庭が昔のままです。覚えています。なつかしい」

他人に話しかけることのない敬行さんが、興奮をおさえかねて早口で語る。さらに庭の中に入りたいという。

門人六人で敬行さんを車椅子から降ろし、抱《だ》き抱《かか》えて庭に入った。木々の枝がぶつかるので、腰をおとし足を曲げ伸ばししつつゆっくりと敬行さんを支えて歩く。庭を見つめる敬行さんが言う。

「昔は木がもっと小さかった。それでも昔の面影がそのまま庭に残っている」

突然マンションの住人が一階のベランダに出てきて、いらだたしげに呼びかけてきた。

「何をしてるんですか！　この庭はここの住人も入ってはいけないという規則なんですよ。許可を取ったのですか」

Iさんはベランダへ駆け寄って説明した。

「七十六年前にここに住んでいた人が、当時七歳だったのですが、自分が住んでいたこの家の土地を、死ぬ前にどうしても見に行きたいと、東京からわざわざ来たんです。重度の障害で、生れて初めての旅行をしているのです。どうか許してあげていただけませんか。許可をいただかなかったのは、本当に申しわけございませんでした」

マンションの住人は、黙認してくれた。

生れて初めての二泊三日の北海道旅行をよろこぶ敬行さんは、明るく饒舌《じょうぜつ》に話せるようになっていた。

Iさんも敬行さんと旅行中に気楽な会話を楽しめるようになった。Iさんは言った。

「敬行さんは運のいい人だと思います」

いきなり運がいいと言われた敬行さんは「ほう」と眼を見開いた。

Iさんは本心をぶつけた。

「皆が毎週のように、敬行さんを楽しいところに連れて行こう、敬行さんの喜ぶことをしてあげようと思っているのですよ。家族でも普通はここまでしてくれません。木村先生は、『敬行さんが幸せだって思ってもらえることをしよう、敬行さんのことは絶対守る』って皆に号令をかけています。門人で司法書士の北澤正光さんは、お母さんが、ずっと病が重くて入院していて、最近亡くなっていたのですが、北澤さんは誰にも心配をかけたくなくて、お母さんのことを何も言わずに敬行さんのお見舞いにずっと来ていました。敬行さんは無口で不愛想なのに、皆からここまで親身に思ってもらえるなんて、すごいことだと思います」

敬行さんは、生まれ育った懐かしい故郷の空気にすっかり心がほぐされたのだろう。旧知の友に向かうように、嬉しそうに笑顔で話をするようになっていた。

「私は若い頃はものすごくよく喋ったんです。おしゃべりだったんです。なんで喋らなくなったのか、それは秘密ですけどね」
「敬行さんは生まれてからすぐに寝たっきりで大変な苦労の人生でしたね」
「そうですね。どうにもならない失望が何度もありました。でも幸せなときもありましたよ」
「それはいつですか」
「子供の頃はずっと姐《ねえ》やさん（子守り）が面倒を見てくれて、おんぶされて小樽《おたる》の海を見にいったんです。私は海が好きです。姐やさんといつもいっしょで、寝るときもいっしょだった。その姐やさんはお嫁にいってしまいました。そのときは寂しかったですね。

食事はお手伝いさんが作っていた。母が亡くなったときは、とても悲しかったです。やっぱり女親はよく喋ってくれますから。父親よりも母親のほうが、仲が良かったです。母親は歌が上手でした。よくセーターを編んでくれました。

私は紺色が好きなので、紺色のセーターが多かった。

母親が亡くなってからは、父がずっと料理を作りました。父の料理は味つけが上手で、お手伝いさんが作るよりもおいしかった」

Iさんはいった。

「佐川先生が自分のお父さんって、それってすごいことですよ。かっこよくて自慢になるもの」

　敬行さんは大きな口をあけて笑った。

「父はとても優しい人ですよ。一度も叱られたことがないですね。私は自分の人生が苦しくて死んでしまいたいと思ったことが、何度もありました。自叙伝を書きたいと思っています。結婚したいと思ったことはなかったですが、好きな人はいました。その人を見ているだけで幸せでした。

　本当に北海道に来ちゃったね。まさか自分の人生がこんなに変わるとは思っていなかった。今が私の青春です。あと十年は生きられると思う」

　北海道へ旅行したときの打ちとけた姿が、本来の敬行さんなのだろう。人見知りで人間不信であった敬行さんが、道場の門人たちと共に行動し、誕生日会ではケーキの蠟燭《ろうそく》を吹き消したり、門人たちの歌や芸に率直な感想を言うようになっていった。壁のように感情を消していた敬行さんから、笑顔が見えると、お世話する門人たちは、癒されるのだった。

「今日の敬行さんは、こんなことを言ったね、喜んでいたね」と見舞いの帰途、門人たちは笑顔になって息子さんの当日の様子を語りながら道場へ帰った。

Ｉさんの整体治療の先生は、北海道での敬行さんの写真から身体の状態をみて、身体に直接施す療術以外で、場の空間を変化させる療術をＩさんに教えた。

Ｉさんは、そんなことはとても自分には出来るとは思えなかったが、道場の門人たちがいる中でその方法をやってみた。門人たちが笑顔になって言った。

「僕らまで温泉に入っているみたいに身体がゆるんで気持ちが良い。身体が柔らかくなって背中まで凝っているのが良くなった」

佐川先生の技には、場の空間を使った「空間の合気」がある。「整体療法には合気に通じるものがあることを感じた」とＩさんは言う。

佐川先生が存命の頃は、弟子たちすべてが、尊敬する佐川先生の合気に魅了された。合気の魅力に無我夢中となった弟子たちだが、合気の魅力だけに取りつかれたわけではない。

道場には癖の強い猛者もいたが、佐川先生がスッと道場に姿を見せると、一瞬で全員が統一された。その場にいる者たちは、道場の空気すら変わる先生の存在感に圧倒され魅了された。

前人未到の域にまで達した徹底した鍛錬と修行の積み重ねが、佐川先生から只者ではない風格となって滲《にじ》み出ていた。

力を超えた法力を観れば、誰もが畏怖しないではいられない。私は佐川先生を魔法使いのようだと言ったことがある。しかし、魔法使いならば、即座に尊敬できるとも思えない。

我々が先生に震撼《しんかん》させられるほど敬服してしまうのは、先生の持つ魂の深みに自然と反応してしまうのである。

力の世界を超越しながら、世俗との交渉を絶ち、自分をまったく誇示しない。

そこまで自我を消した人物を私は佐川先生の他に見たことがない。

木村さんは、佐川先生の息子さんのことを第一優先にして行動した。門人たちは、木村さんの並々ならぬ佐川先生への忠誠心を見て驚いた。木村さんは敬行さんに何かあれば、時間を惜しむことなく、迅速に土浦の自宅から小平まで飛んで行った。

頻繁に入院する敬行さんだったが、木村さんはそのたびにお見舞いに行った。

「佐川先生の息子さんのためになるならば、息子さんがどんな態度であっても良いのです。息子さんさえ幸せになればそれでいいのです。佐川先生の息子さんのためには、私はどんなことでもやります」木村さんの口調に揺るぎない信念が見えた。

敬行さんは、Iさんに「いつか自叙伝を書きたい」と言っていたので、敬行さんは、生きた足跡を残したいのかと、木村さんは思った。

ちょうど「月刊秘伝」の編集部が、今まで「秘伝」に載った佐川先生の記事をまとめて『佐川幸義　神業の合気』を出版しようとしていた。木村さんが、「敬行さんに佐川先生に関してインタビューをして、それを載せるのは可能か」と聞くと、本は殆《ほとん》ど仕上がっていて、一頁だけ白紙の部分があるので、一頁だけなら可能だと言われた。

そこで木村さんは、平成二十七年二月九日に敬行さんに施設でインタビューをした。

「武田惣角先生にお会いしたことがありますか？」と伺うと、

「5歳の頃、北海道の自宅で風呂からあがって台所に来た武田先生と会いました。とても小柄なおじいさんで優しい人でしたよ。着物を着て袴をはいていました。話し出したら良く話す先生でした」

「佐川先生はどんなお父様でしたか？」という質問に対しては、

「とても優しい穏やかな父でした。私は一度も父から叱られたことがありません。小さい頃は良く紙相撲で遊んでもらいました。私は将棋や碁や読書が好きでしたので、父に将棋を教えましたが、父は碁はやりませんでした。母が亡くなったあと父が良く食事を作ってくれましたが、何を食べても味付けが上手で美味《おい》しかったですよ」

そしてインタビュー記事には、「佐川道場の門人たちと北海道旅行をした時の一枚

（平成26年7月）」との解説付きで、北海道旅行の写真も掲載された。

このインタビューは、出版社の社長さんのご好意で謝礼が支払われ、編集者から直接、敬行さんに渡された。これは敬行さんが人生で初めて自分の力で得たお金であり、敬行さんは本当に幸せそうな笑顔をされた。

平成二十七年七月六日、八十四歳の誕生日を道場の門人と祝って以降、敬行さんは、食事は誤嚥《ごえん》することが危ぶまれるようになり、「美味しいものが食べたい、外食したい」と望んでいたが、点滴やムース食になっていった。

ある時、ムース食を一口食べただけで「もういらない」と言う。

高級老人ホームの食事はかなり高額なので、美味しく出来ているはずである。食べられないほど体調が落ちたことを案じ、門人たちは顔を見合わせた。

門人たちは残りのムース食を食べてみた。

一口味わうなり、全員が異口同音に言った。

「もういらない」

敬行さんの食欲のなさは、体調不良でもなく、味覚にもまったく問題ないことが分かった。

「何も食べないと死んじゃうんじゃないかと心配になる」とIさんが言うと、敬行さんは答えた。

「がんばることはできないけど、努力します」

「お父さんのビデオ見たいですか」

「見たいです」

木村さんは佐川先生の佐門会の温泉旅行のビデオを敬行さんに見せた。テレビ画面に映る佐川先生を凝視する敬行さんの瞳に涙がにじみ、唇をぐっと食いしばって、涙を必死にこらえていた。

「もっと見たい……」敬行さんは言った。

九月二十一日、Iさんは見舞いを終えて病室をいったん出た。廊下からふりかえると、敬行さんがいつものように眼をつむらず、こちらを見ていた。いつもと違った気配を感じとり、Iさんは病室に戻って声をかけた。

「もう帰りますが、寂しいですか？」

「さみしいです」

珍しく素直な言葉であった。

「来週また来ますから、もっと元気になっていて下さいね」

「はい」

今までにないやわらかな声だった。この会話が最後だった。

平成二十七年九月二十五日の夜九時二十七分、木村さんとヘルパーさん、北澤正光さんの三名に看取られて桜町病院で穏やかに永眠された。

八十四歳二カ月の生涯だった。

人が病んで動けず孤独に追い込まれていくと、最後に何を求めるだろう。慰められ力づける言葉を貰ったところで心は完全には救われはしない。どうにもならなくなった時、何も特別なことをしてもらえなくても励ましてくれなくてもいい。ただ、だまって寄り添ってくれる、自分を分かって見ていてくれる、そういう存在があるだけで、人は救われる。

敬行さんにかかわって、門人たちはそう思うようになった。

有志たちは、毎週のように道場に通い、稽古も犠牲にして、敬行さんに向き合った。一時は打ち解けて話したこともあったが、なかなか敬行さんとIさんとの心の距離は縮まらなかった。

敬行さんのかたくなさが、お世話するIさんにとって淋《さび》しかった。もっと心を開いて向き合いたかった。

しかし、亡くなるほんのひと月程前から、敬行さんのふところにたまっていたこだわりが、忽然《こつぜん》と消え、門人たちに心を向けた。

敬行さんの精神から門人たちに対するこだわりや不信感が、あたかも台風が過ぎるように去って行ったのである。

詮索でしかないが、老衰はこだわることすら出来ないのか、門人たちとの関係性がそうさせたのか、いかほどのことがあったのか分からない。

ただ、敬行さんの心が自然と門人たちに向いたとき、門人たちの心も敬行さんの気持ちに反応した。

心が同調すると即座に、Iさんの中にあった「向き合わなければ」と突き動かされた意欲が、「向き合いたい」という感情に変わった。

一方が心を閉ざしていると、どうしても心に隔たりができる。

しかし、「相手が自分に向き合っている」たったそれだけで、相手に向き合いやすくなる。

そういう反応作用が人間にはあるようだ。

佐川先生の息子さんをなんとか和まそうと向き合ったつもりの門人たちだったが、門人よりも先に敬行さんのほうから、閉ざしていた心を解かし、門人たちへ心を向けた。

敬行さんとの関わりを通して、門人たちは「気を合わせることの合気の意味」を考えるようになった。

最初に敬行さんがひどい病院で悲惨な待遇をうけていたとき、同時に道場の負の部分が敬行さんにふりかかった。

その出来事がきっかけで、門人たちは敬行さんと係《かか》わることになった。

木村さんも門人の有志たちの行動も、佐川先生の息子さんの窮地を知って助けなければいけないという、使命感から始まったといえる。

しかし、使命感や義務感は、ほんとうの意味で、心が向いた行為とはいえず、そういう気持ちで尽くされる虚《むな》しさを、敬行さんは感じていたのである。

使命感で尽くされるのは不本意だが、身動きできない身体では頼るしかなかった敬行さんの生涯は、心も身体も耐えるばかりの人生だった。

敬行さんは、寝たっきりで何も出来なくても、静かに暮らせる環境にいた。

しかし、佐川道場で起きる負の部分が、なぜ尊敬してやまない佐川先生の大切な息子さんにいく結果となったのか、道場の内情を知った私は、運命には因果関係というものがあるのだろうか、としばらく答えの見えない問いをめぐらしていた。

佐川先生は武田先生の身に危険が及ぶとき、命懸けで守ると決心されていた。

木村さんは、師への熱い思いも受け継いでいた。最後まで敬行さんを見守った木村さんであった。敬行さんが心穏やかに最期を迎えることが出来たのは、彼の為に尽してくれた多くの門人のおかげであった。

木村さんは敬行さんが亡くなられたのち、門人たちにしみじみと語った。

「人間って、何が良くて何が悪いのか、後になってみないと分からないね。息子さんがひどい病院に入っていたとき、いったいなんでそんな病院に入ることになったのか理解できなかった。もし息子さんが普通の病院に入院していたならば、我々門人が敬行さんと関わることが出来なかっただろう。敬行さんと関われなかったならば、敬行さんは人間不信のまま、外食も旅行も出来ないまま、人生を終えていただろう。

敬行さんは北海道旅行をしたり、いろんな所に出かけることが出来るようになるとは、夢にも思っていなかった。敬行さんが最後に『今が自分の青春です。人生がこんなにも変わるとは思わなかった』と満足してくれて、本当に良かった」

この世を去られた敬行さんが遺した希望がある。佐川道場の跡地を公園にして、地域のために役立ててほしいというものである。

「私が死んだら、父の道場を公園にして下さい。そこに父の名を残して下さい」

敬行さんは「幸せだったとき」の思い出を語られたことがあった。それは幼い頃、家族におんぶされて公園に行ったことだった。敬行さんは、愛する家族と共に公園で過ごした幼い頃を懐かしみながら言った。

「自宅の跡地を笑顔で過ごせる公園にし、『合気公園』の名称で、将来、合気の聖地として親しまれる場所になってほしい」

佐川道場は、国分寺駅から徒歩十五分の住宅街の一角に、ひっそりとたたずまいを残している。

佐川道場付近は、道が少なく、不便であり、道場の敷地内を通り抜ける近所の人たちも少なくない。また道が細く、災害時の避難場所も不足している状況にある。

敬行さんは、父の道場の跡地を人々に親しまれる公園としてもらえるように願い、小平市に寄付した。

小平市は敬行さんの遺志を汲み、寄付を受けた。

現在、木村さんと佐川道場の門人たちは、道場跡地千二百九十一平方メートルの八割以上を公園にして貰えるように小平市の企画政策部長などと交渉を続けている。

大東流一統は、小平市が、敬行さんの遺志をしっかりと受け止め、道場跡地を合気の歴史に大きな足跡を残した佐川先生を記念する公園にしてもらいたいと、切望している。

第十章　秘密の世界

佐川先生の合気を探るにはどうしたら良いのか。

合気の全貌が見えない上に、佐川先生が何を思い、何を観ていたのかも分からない。

先生の観ていたものが分かれば、少しは合気の謎に近づけるかもしれない。

佐川家には人の背丈ほどの巨大な耐火金庫が二つもあった。

佐川先生の父、子之吉氏は北海道の財界で成功した人物で、金庫には高価な物が保存されているにちがいないと門人たちは想像した。

だが、金庫に納められていたのは、武術の秘伝書が大半であった。

金庫の片隅にある小箱のなかから、名刺が一枚だけでてきた。

次の文字が記されている。

「大東流合氣柔術師範　易學教授　易學士　吉田幸太郎」

吉田氏は、武田惣角先生の門人で、植芝盛平氏を武田先生に引き合わせたり、極真空手の大山倍達氏に大東流を指導した人物である。

先生の蔵書は優に一万冊は超える。

武術書以外に、特に目立ったのは大量の易《えき》の本だった。

易の専門書、定期刊行していた易の会報誌を含めると、易の本だけで五百冊はある。

佐川先生が購読されていた易の会報誌は、毎月三種類発行されていて、昭和三十五年から五十五年までの二十年間にわたるものであった。

先生の遺された易の蔵書には、先生が赤鉛筆で印や線を引かれている所がある。

先生が赤線を引いている部分を拾い読みすると、運勢の吉凶判断だけのシンプルな読み方だけでなく、出た卦《け》を動かして現状の運勢を生かす高度な易の読み方や、中庸《ちゅうよう》思想の在り方に注目しているように思える。

易は中庸を重視する。中庸とは「調和」のことをいう。

読み込んでくたびれかかった表紙から、先生の易への関心の高さが感じられる。

そこまで易を研究しながら、佐川先生は生前、易について一言も洩らされたことがなかった。

武田惣角先生は中川万之丞《なかがわまんのじょう》に易を習ったといわれているが、武田先生の勘はするどく、驚くほど色々なことを言い当てたエピソードが残っている。

「武田先生はそろばん占いをするので女の子たちが先生の周りに集まってはしゃいで

いた。私はそういう席には近づかなかったけどね」と佐川先生が木村さんに話されたことがある。

佐川先生は易をやっておられたこともわかったが、合気を発展させるために、武術そのものに限らず、多くのものを取り込んで生かしていった。

先生は電車の中で子供に当たってよろけたことがあったという。そして、子供にちょっと当たったぐらいで鍛えた自分がなぜよろけたのかを色々考え、角度に関してある理論を発見した、と言われた。

また大道芸で子供が、放り投げられた小銭を棒で確実に受けるのを見て、どんなに速く突いてきても、当たらない理論を見つけた、と話されていた。

昭和六十一年（一九八六）九月十四日の合気佐門会のとき、

「プロレスの研究もしなさい。私は女子柔道だろうとみんな見ている。あんたらは、合気以外は関係ないと思っているが、そうではない。みな同じこと、ひとつのこととしてみるのだ。剣だって棒だってボクシングだってみんな研究するのだ。そういう心を持っていないと上達は出来ない。

私は催眠術や活法、調息法など、少しでも役立ちそうだと思えば、色々研究したのだ」と言われたが、このように佐川先生は制限をしないで柔軟に大きな視点で合気を発展させ続けたのである。

「宇宙天地森羅万象のすべては融和調和によりて円満に滞りなく動じているのである。その調和が合気なのである」という先生の書かれた道場訓がある。

森羅万象は万物流転と共にある。

佐川先生は、ありとあらゆるものがすべて留まることなく流れていることを通して森羅万象にある流れを見つめておられたことは、先生が書きのこされた資料からもわかる。

宇宙の現象は、調和の原理が基本にある。

合気を「調和」と表現された先生が、「調和」について深く観察していくのは当然だろう。

調和は本質的に相対世界の話である。

易はこの相対世界を陰と陽の組み合わせから記述する。中国に古代から存在した占《せん》筮《ぜい》を基に後に儒教の経典としてまとめられたのが『易経《えききょう》』である。

孔子《こうし》も易を研究したといわれているが、司馬遷《しばせん》の『史記《しき》』には、

「孔子晩而喜易……読易韋編三絶」として

「孔子は晩年に易を好み…韋《い》（皮のとじ紐）が三度も擦り切れるほど易を読み込んだ」

と記されている。また論語にも、「子曰《のたま》わく、我に数年を加え、五十にして以て易を学べば、大過無かるべし」とある。

陰と陽の三つの組み合わせは八通りあるが、それを八卦《はっけ》という。例えば、陽が三つは乾《けん》とよび、天などを表し、逆に陰が三つは坤《こん》とよび、地などを表す。陰陰陽は震《しん》とよび、雷を表す、という具合である。

八卦の二つの組み合わせは六十四通りあって、それを六十四卦《ろくじゅうしか》、あるいは単に卦《か》とよぶ。例えば、震と坤の組み合わせを雷地豫《らいちよ》、二つの坤の組み合わせを坤為地《こんいち》とよぶ。このような卦の名称や意味は、『易経』で説明されており、伝統的な学問の対象にもなってきた。

本筮易《ほんぜいえき》は、質問を念じて、筮竹《ぜいちく》などで陰陽を十八回出して、三つの卦を得るが、それを順に、地文《ちもん》、人文《じんもん》、天文《てんもん》とよぶ。

この情報から、ある方法で、中心の本卦《ほんか》や未来を示す之卦《しか》、それらを補う主爻《しゅこう》が自動的に決まる。この原理が不思議だと木村さんは言う。

そして地文、人文、天文、本卦とその主爻、之卦とその主爻等の卦をみて、易の答えを判断するのである。

以前まったく易を信じていなかった木村さんが、易に興味をもつきっかけになったのは何だったのかを訊《き》いてみた。

木村さんは言う。

「Iさんは、佐川道場に平成十七年（二〇〇五）に入門した時、合気が全く理解できなかったので、合気とは何であるのか易を立てたんです。

その時の易の卦は雷地豫と坤為地など柔らかさを示す卦ばかりだったそうです。

その占った卦を、彼女の易の師匠の中根光龍氏（当時八十八歳）に見てもらったそうです。

中根氏は、江戸時代の天才易者《えきしゃ》として有名な真勢中州《まセちゅうしゅう》の本筮易（十八変筮法《じゅうはちへんぜいほう》）を、父親から受け継いだ易の大家で、また、天才治療家として高名な野口晴哉氏から、整体治療を直接習った弟子でもあるんです。

中根氏は卦を一瞥《いちべつ》するなり『これは武術ではありませんよ』って答えたというんです。

『いいえ、武術です。大東流合気柔術といわれていますから武術なんです』

Iさんが、懸命に説明しても中根氏は首を振って、

『これが武術と言えるのですか？　武術は戦うものでしょ？

この武術は戦っていませんね。

この武術は特殊で戦おうと思うと技は効きません。ここに出ているものの中には、一つも強い卦がありません。自分の力を入れないと相手も力が入らないんですね。不思議ですね。そういうことが可能なんですね。簡単に人を殺すことも出来ちゃう武術ですね。佐川先生？　あぁ、こんな人がいるんですね！　この先生は神様も天才武術家だと言っていますね。でも教えたくないね、この先生……。武術は本来そういうものでしょう。自分より強い人を作っては損ですからね。仕方ないですよ。教えたって出来ないと言っていますよ。凄い先生でしたね。こういう人がいたんですね。乾坤《けんこん》の道を目指した方ですね。

あなた、この先生が生きていたときに会うべきでしたね。もし私が若くて動ける体だったら習いに行きますよ。人生はあっという間です。気づいたら、よいよいになってしまいました。出来る時に、やりたいことをどんどんやって行くべきです。乾坤の道は立派な道ですから習うべきですね』

中根氏は、Ｉさんの瞳に鋭い視線を食い入らせ、胸にしみ入らせるように語ったが、そのような表情を見せたことはそれまでになかったそうです」

内心の感嘆を静寂のうちに滲み出させる易の師匠の声と眼差《まなざ》しが、どのような讃辞《さんじ》よりもつよく合気の価値をIさんに伝えたのだろう。

木村さんは、合気をまったく見たことも聞いたこともない人が、易だけで、合気の内容を的確に判断したので仰天した。

佐川先生から一対一で聞いていた合気の話と驚くほど一致していたのである。この時、本筮易でそういうことまで分かるのか、と木村さんは驚いた。

佐川先生は、弟子たちに言った。

「合気を取るためには道場にくるだけでは不十分で、鍛錬をして合気の体づくりをしないといけない。

合気は発想が大切で、鍛え方も頭を使って考えていかなければならない。

教えられたものは自分のものにならずに忘れてしまう。自得して身につけたものでないと出来るようにはならない」

そこで、木村さんは自分が考えた鍛錬法を易でどう出るか、とIさんに占ってもらうことにした。

Iさんは、「強い卦ばかり出ましたので良いと思いますが、念のため中根先生に聞いてみます」と言って、老人ホームにいる九十三歳の中根氏に易の卦を持って訪ねた。

その時の会話をIさんから知らされて、木村さんはたまげてしまった。

中根氏は易の卦を見ながら言う。

「ずいぶん気の弱い先生（木村さんのこと）ですね。この気の弱さが駄目にしていますよ」

Iさんは意外な言葉に驚いて質問した。

「え？ 先生、何でですか？ これは強い卦ですよ！ 強い卦ばかりなのに、なぜ気が弱いと言うのですか？」

中根氏は答えた。

「弱いから、自分の出来ることを全部出して見せたいのです。

この先生は見せすぎです。自分の力は出来るだけ見せてはいけない。

自然にしていて出るものが良いものです。

これだけ出来ますと言って見せるのは、自分が弱いのです。

自分を出しすぎてはだめになりますよ。

この先生は自分を出したいと思っていますが、そう思うと敵を作ってしまいます。

目立てば敵がすぐに出てきます。それで敵に倒されてすぐにだめになってしまいます。

この先生は、まず自分で手綱をひいて抑えれば強くなれます。

自然な成り行きで地道にやっていくことが大切です。

それさえ出来れば、すごいことになれますが、目立とう、強くなろうと思ってはいけないのです。これは意識の武術です。意識の武術は、焦《あせ》り、自己顕示、勝とうと思うこと、世界一とか誰よりも勝ちたいとか、そういう思いを持っていてはだめになってしまいます。

自然な心で淡々とやっていく。それが出来ることが上達の道です。

自分の邪心が自分をだめにします。天真で自然な心でやるべきです。

それが出来れば敵も現れる必要もないのです。

今、出来るのは、これで既に良いのです。そして好きな道をめざせば強くなれますよ。焦っては邪心がだめにします。この武術は急いだら、急にだめになるのです」

木村さんは、この言葉が心の底まで響き、考え方がすっかり変わってしまったという。

中根氏の合気の解釈は意識を重視している。

その意識は、武術で強くなるために、強くなろうと思って鍛えてはならないという。

これは、禅問答のようで、すなおに納得できるものではない。人以上には強くなろうなどと思わずに淡々と自然な気持ちでやって行かなければ、なれないとは、どういうことなのだろうか。

木村さんは、数学の研究の体験から、少しは理解が出来るという。

「『数学を猛烈にやるぞ』とか『大数学者になるぞ』といくら思っても、それは数学をやっているわけではないので、そんなことで頭がいっぱいだったら、数学は出来なくなってしまう。そういう余計なことを考えないで、数学そのものを無心で考えるしか、数学の研究は進まない」

集中は無心で他に何も気をとられていない状態である。

つまり頑張ろうとも思っていない無心になっている状態のほうが、勉強においても、肉体を鍛えることすらも、集中力が高いことは間違いない。

無心にやることが自分の力を上げていくことになるというのは、こう考えると理解できる。

無心でいること、焦らずにいることも「中庸」と「調和」の易の思想と繋がり、佐川先生の鍛錬の在り方が、調和を意識していることを感じる。

また「易をたてることは誰でも出来るが、それを中根氏のように深く読むことはとても普通では出来ないことで、合気も形をまねするのは誰でも出来るが、本当の合気を取ることは極めて難しいことと似ている」と木村さんは話してくれた。

平成十九年三月にIさんは、また易の卦を持って行き、易の師匠に会ったときのことを木村さんに報告した。

「佐川先生が晩年、『自分自身が合気になった』と言われた意味を尋ねた卦をみて、次のように言われました」

以下は再び、中根氏の言葉である。

「その意味は、これはこうしてやるとか、どういう技のテクニックというレベルの段階がすべて消えてしまった状態で、想いがそのまま技として実現すること。宇宙のすべての大きな存在と一緒になっている状態になっている。

大きな意識とか想い、これが合気の本質ですね。

宇宙には、色々なエネルギーが存在しているのね。

自分という小さな人間という媒介を通して、宇宙の大きなエネルギーの存在が証明されたり、実感されるように出来ているのね。

宇宙の巨大なエネルギーも小さな人間を通してその力を発揮する。

人間と宇宙の関係というものが、相互作用のように繋がっているみたいね。

これは自分の力でやろうと思っては出来ない。力を使ってはいけない。

大きな意識を使っていくのだけども、大きな意識は、肉体的な力と心の力が嫌いなのね」

「心の力って何のことですか？」

とＩさんは聞く。

「自分はすごく出来るという自信があったり、自慢に思えたり、優越意識、そういう心があると、意識の心が大きな天からの意識にぶつかってしまい駄目になってしまう。心も身体《からだ》も柔らかく穏やかでなければ、すごい域までに行けないし、悪い気とぶつかってしまうとやられてしまうことがあるから、心を平常にして、決して満足したら駄目なんですね。自分をすごいと思っては危険です」

「何が危険なのですか？」

とＩさんが尋ねると、

「宇宙には色々な意識があるからね。この世にも宇宙にもあらゆる気があるから、進歩して人間の常識のレベルを超える域になればなるほど、色々な魂との波動も影響するので、自分の魂を無心にしていられる心でいないと怖いことになるのです。自信がつくと頭をやられてしまったりもするから絶対に平常心でいること。人格者でないとすごい超人の技を持てるようにはなれないものがありそうですから、気をつけないとね。

佐川先生は晩年の技でも、まだまだと思っています。

これで充分だと思ったら、もうその人の進歩は終わります。

絶対に今の状態の力量に満足してはいけない。

この武術には無限の進歩があり、技も無限にあります。

超人の域というのがある。そこまで行くには、心が静かで謙虚で、いつも自分を足りないと思って精進しないといけない。そう言っているわね。

佐川先生の技は、あちらの世界でも、もっと伸びていっていますね。この先生はどんなに伸びてもそれで良いと思わない人ね。本当に力を使っていない」


木村さんは、この中根氏の言葉を聞いて、易の深さを実感したという。

そして佐川先生の考え方を知るヒントも感じたという。

そして、「生きているときに佐川先生に会うべきだった」という中根氏の言葉を聞いた木村さんもまた、Ｉさんの易の師匠が生きているうちに、会わなければいけないと思った。

平成十九年四月七日、木村さんは、横浜《よこはま》市内にある老人ホームにおられる中根氏に会いに行った。

中根氏はじっと木村さんの顔を覗き込むように見つめてから、著書『本筮易入門』

に「木村達雄様、易神から来て下さいます、中根光龍」とサインして木村さんに渡した。

木村さんは言う。

「合気を言葉で説明することは難しいですが、陰陽の思想が合気の原理を表現するのにかなり使える気がします。

陰陽は例えば、表裏、上下、天地、などがありますが、これらは別々では成立できません。

これらは相対的であって、表があるから裏が意味を持ちます。

表裏一体という言葉がありますが、同様に、地を陰とみると、天は陽ですが、天と地が争っているわけではありません。

陰陽は全体をとらえて存在していて、対立していないのです。

合気も相手と対立しないで、相手と自分を全体として見ています。

易では、合気を『坎為水《かんいすい》』という卦で表現します。陰陽陰と並んだ八卦は坎《かん》とよばれ、水を表しますが、それが二つ並んだ卦を坎為水と言います。

坎為水の意味は途切れることのない水の流れを示すとともに万物流転と共にあるものが水であるといえます。

水の意味は大きく、合気の原理を水の視点からみると技に応用できるものが多くあります。

合気の技と水との関連性を簡単にいうならば、水が途切れれば、途切れた以降には水は届きません。向かって来る敵に対して、自分が途切れることのない流れを作って敵と繋がることが可能になれば、敵を自分の中（陣地）に入れてしまえるのです」

武田先生に合気を教えた保科近悳氏が武田先生に贈った短歌は、合気を川の水として詠《うた》っている。

『しるや人　川の流れを打てばとて　水に跡ある　物ならなくに

明治三十一年五月十二日　霊山神社宮司　保科近悳（印）』（武田時宗氏蔵）

の写真が『会津剣道誌』の五百三十八頁《ページ》に掲載されている。

歌の意味は、「世の人はこの奥義を知っているだろうか。川の水を打ったところで、水に痕跡（ダメージ）が残ることはないのだ」といったところである。

相手の攻撃の力を流してしまう剣術や体術のレベルでも解釈できるが、見えない流れに巻き込んで相手の攻撃する力をなくしてしまう合気の技を意味するようにも解釈できる。

川は流れており、同じ水はそこにはない。万物流転は水の流れと同一となる。

保科近悳氏は合気が出来るような体とは思えないといわれているが、歌をみると合気を理論として自覚されていたことは間違いない。

一章で、佐門会温泉旅行の帰途、武蔵五日市駅で電車から降りる時、先生に体当たりをしかけてきた男がいたことについて書いた。

下車するとき佐川先生の後ろを歩いていた木村さんは、乗車待ちしている全身白い服の奇妙な男が目にとまった。

次の瞬間、その男は佐川先生に体当りをするように車内に突っ込んできた。

先生は、何気なく身体をわずかに後ろへ引いてかわすと、男は車両の中に吸い込まれるように床に倒れこんだ。

その男は眼を見張って驚き、床に両手をついたまま先生の後姿を見つめた。

佐川先生は、その男を一度も振り返ることもなく、何事もなかったかのように悠然と電車を降りて行った。

翌日、木村さんは先生に言った。

「あの時は本当に凄かったですね」

先生は淡々と答えた。

「そうかい。私は自然と身体が動いてしまうから、覚えていないよ」

木村さんは、本当に先生が覚えていないのか、一体あれは何だったのか、と長いあいだ気になっていたので、あるとき、Iさんに易ではどう出るのか聞いてみた。

まず出たのは坤と震の組み合わせの地雷復《ちらいふく》という卦で、佐川先生のことを易でみると必ずと言ってよいほど出る卦である。

「出る運勢には、その人の本質が出るのです。占えば、この人はこんな特徴を持っているとすぐ易に出るのですが、知りたい内容の本質や特徴がわかれば、そこから運勢や考え方が読めます。佐川先生は地雷復の卦の持つ特徴を強く持っているから、この卦が出るんですね。

地雷復は修復・やり直す等、とても真面目な地味な意味です。

佐川先生は地に足をつけた堅実派タイプで、いつも見直す意識を持っていた人といえます。こつこつと努力を怠らない、どこまで出来ても意識は初心に戻る先生だったのですね。

超人の域に達していても、先生はさらに工夫し考える気性だったと思います。

佐川先生を、『生まれ持った天才』と私は思っていましたが、この地味な卦から、先生は天才というよりも、鍛錬と探求をやすまずにやり続けることが出来たことと、どこまで行ってもこれで良いと思わず、いつでも省みる意識が先生の特殊性と判断できます」

佐川先生は、門人たちから「先生は天才ですね」と言われると、「武田先生は天才だが、私は天才ではない。努力型だね」と答えられていたことを思い出した。

数学者らしい説明をする木村さんの言葉がある。

「どんなに大きな数も有限である限り、無限大との比をとればゼロになる。可能性が無限であるならば、自分の可能性の中での現在の達成率は常にゼロに等しい。つまりいくらでもまだ進化できる。

これが、佐川先生が『ゼロからやり直しだと思うことがある』と言われた本当の意味かな、と思っています」


Iさんの説明は続く。

「次に出ている卦は変化を意味する沢火革《たくかかく》です。何が変化したのか、それは、コツコツと努力の積み重ねによって身体が変化したのです。

本卦や之卦の詳しい説明は省きますが、先生は意識的に技を掛けなくても、動きの変化だけで合気が自然に作用している卦です。先生が前に進んでいた状態から後ろへ一歩下がったことで、先生の動きの変化が場の空間を変え、攻撃しようと突撃してくる勢いが強ければ強いほど、先生のエネルギー場に巻き込まれてしまっているのが、このときの状態です。先生が何も気付かなかったというのは本当だと思います。

◉合気佐門会温泉旅行の折、松本城天守閣にて（撮影当時八十四歳）

佐川先生の技は、もちろん色々なやり方があるでしょうが、技法を超えたエネルギーの深みが技になるのもあるようです」

佐川先生は生前、木村さんには一言も話さなかったが、『合気心ニ至レバ我ナク人ナク生モナク死モマタナシ』『無凝《むげ》自在』『泰山の心』『融和調和』の言葉を便箋に書き残されていた。

それらは易の卦にすると、坤と乾の組み合わせの地天泰《ちてんたい》になるが、泰然自若や平常心と意味を同じくする。

Iさんに、地天泰の中正《ちゅうせい》の思想について説明してもらう。

「易の卦の地天泰を、なぜ調和や中正というのか、それは、地天泰は地が上にあり、天が下にある姿です。

本来ならば、天は高い上にあり、地は低く下にあります。

天が高きにあると主張して上にあり続けるのを、易は調和とはいわないのです。

地も自分の位置を下であるべきとするのではなく、天に向かって交流することが万物の調和となる。そのため、地天泰の卦は地が上に向かい天が下に向かう両者の交流を調和中正とします。

天が上に、地が下にある卦は、天地否《てんちひ》と言われ、基本的に否定を表します。天が天であることを自己主張し、地が地であることを自己主張して対立すれば、そこに交流はなく、相手と調和がとれません。

佐川先生の技や生き方に着目すると『調和』を合気にとりこんでいるだけでなく意識の在り方にも調和や平常心を目指されていることを感じます」

佐川先生の平常心をあらわす挿話がある。

昭和五十九年十一月、合気道七段で、気によって人を飛ばすことが出来る、といっている人物が入門してきた。

その人は稽古中、木村さん相手に独特の構えをしてすごみを見せようとした。それを見ていた佐川先生は、

「そんなのは駄目だ。構えてみろ」

と言って道場の椅子から立ち上がって、二メートル余り離れたところに立った。

木村さんは「ずいぶん離れているな」と思ったが、次の瞬間、先生の右手が彼の左手に触れた。

まるでワープしたみたいで、その武道家は、佐川先生の動きに反応することが出来ずまったく動けなかった。

その瞬間、彼はそのまま何メートルも後ろ向きに吹っ飛ばされてしまった。

先生は倒れている彼を眺め、ゆっくりと自分の椅子へ戻ろうとされた。

だが、男はすばやく立ちあがり、後ろから忍び寄り、両手で先生の左手をいきなり摑んだ。

その瞬間、佐川先生は体変更をした。

男は先生の左手を両手でしっかり摑んだまま、両足が真上に上がってしまい、頭からまっさかさまに畳に突っこんでしまった。

先生は、振り向きもせず、そのまま椅子へ歩いていき、平然と座っておられる。

男は両手で頭を抱えこみ「痛い！　痛い！」と声を出して呻いていた。

木村さんともう一人の門人は、呻いている男に近づいて、そばでしばらく見つめていた。

しかし佐川先生が何事もなかったように平然と椅子に座っておられるので、そのまま一件落着になった。

他流の道場へ稽古を頼みにきて騙《だま》し討ちのような手を遣えば、穏やかに納まらないところであったが、木村さんたちも先生の平常心に誘われて何事もなく終わってしまったのである。

木村さんたちは、先生が後から突然襲われて、これまで見たこともない技で一瞬に相手を頭から畳に叩きつけたすさまじさに息を飲んだ。

しかし、もっと驚いたのは、そんな状況で佐川先生は平然としていることであった。これは、一見地味だが、ものすごいことである。

仮に倒せても、戦闘モードのある種の興奮状態になるのは避けられるものではない。時間がたつほどに、木村さんは、佐川先生が相手の攻撃を叩き潰しても何事もなかったように平然としていた姿がより鮮明に思い出され、そのすごさを実感するようになってきた。

しかし、それほどの先生が、「このあいだ、家の中の段差でつまずいてしまった。私もまだまだ修業が足りないね」と笑いながら話されたので、木村さんは何ともいえない親しみを感じたという。

易の会報誌で、佐川先生が赤色で傍線を引かれている文章を引用する。

「その予想に基づいて如何に対処して最善の運命を切り開くかが、易本来の効用であるからである」「心が変われば運命は変る。易は心を変えさせ対策を変えさせ、その方法を教える」「運命は変え得る、ここに易占の最大の効用があるのである」（「易学研究」昭和三十五年八月号）

易を深く探求している人々の持論は一様に易の効用は運命を変えるためにあるという。

佐川先生の赤線を引かれた内容を見ると、先生の視点の特殊性を感じる。

たとえば「すでに調和された望ましい状態からはその上の調和は望めない」という内容に先生は赤丸と赤線を引いている。

誰にとっても良くない状態を望ましいとは思えない。

しかし佐川先生の引いた赤印をみると、先生は理想の状態を示す易の卦を望ましい調和としてみるのではなく、不完全な状態に価値と重点をおかれている。

その理由は、不完全で不調和であるからこそ、いくらでもその上の調和が可能に成るという視点である。

佐川先生の視点は一般の価値観から離れた位置から観ていると思える。

合気は意識が緊張し、平常心を維持できないと技が掛かりづらくなる。

日常を平常心で過ごすことですら簡単にはいかないが、戦う場にも平常心を維持するのは合気にとってもっとも必要な意識で、それが佐川先生の目指した道でもあるだろう。

平常心は調和が取れた状態であり、構えることは平常心から遠いことも、こうして佐川先生を通して理解できる。

「私は何でもやったよ」と佐川先生がいわれたように、先生は物事を多面的に見られた。

そして、さまざまの物事を体験確認しつつ、それを生き方や考え方の中に取り入れて行かれた。

先生は、証明できない絶対とは言えない物事でも、自身の感性のみに頼って正否を決することなく、思考のおもむくままに探求をかさね、真実を確かめるために整合性の追求に飽くことがなかった。


他の武術と一線を画すこの神秘にすら感じる合気という技術はいったいどこから来たものなのだろうか。

合気柔術は日本古来から現在の柔道まで伝わっている柔術とはまったく異なる体系なので、この合気は一体どこから来たのか、誰が最初に始めたのか、は大変興味があるところである。


佐川先生は「合気はこれだけ難しい技術なのだから、昔からあったとは考えにくい。私は合気は武田先生が創ったのだと思う。合気という言葉は明治時代にすでに武田先生は言っていた」と言われたことがあった。

佐川先生は、「私の甲源一刀流は合気だ」と言われていた。

昭和六十一年十二月二十一日の合気佐門会の忘年会で先生は言われた。

「槍に対しては、刀よりも小太刀《こだち》の方が良いのだ。自由に使えて入っていける。小太刀を使うときに他の手を腰に当てるように剣道形が出来ているが、本当は他の手も前へ出すのだ」と言われた。

合気の視点では、小太刀の方が、長い太刀よりも、敵に届きやすく、敵にくっつきやすい。

短い小太刀の方が、長い太刀よりも、敵に届きやすいというのは、常識とは逆である。

合気がないと、小太刀で戦うのは、難しいだろう。

一五〇〇年代に富田勢源《とだせいげん》という小太刀の達人がいた。

小太刀にこだわり、短い薪で梅津《うめづ》某を倒した富田勢源は、合気を使っていたと思われる。

この富田勢源については、私は以前北國《ほっこく》新聞に二度短編小説を掲載したことがある。

資料を見ると派手ではないが、世間では小太刀の使い手として冠絶した名人であるとされていた。

また大業物《おおわざもの》をとって立ちむかってくる相手に、二尺余の小太刀をふるい打ち伏せるのに手間がかからない。

試合をするのに先に仕掛けず、相手にまず打たせる。ほんとうの剣の技はそうするものだと、一風変わった考えを口にしていたという。合気と見られる技を遣っていたのである。

勢源についてわずかに残った資料をよむと、勢源の技は達人の域に達していたが、技だけでなく立ち居振る舞いから佐川先生を彷彿《ほうふつ》とさせる。門人も気に入った少人数しかとらず、派手に教えることはしなかった。

富田勢源は日本剣術三大流派といわれ、神道流《しんとう》、新陰流《しんかげ》と肩を並べる中条《ちゅうじょう》流宗家、富田九郎左衛門《くろうざえもん》長家《ながいえ》の孫である。

中条氏の祖は源義朝《みなもとのよしとも》の八男、八田知家《はったともいえ》から出た名門といわれる。中条家は代々北《ほう》条《じょう》家の御家人《ごけにん》として、要職を継いできた。

富田氏は剣槍術《けんそう》をよく遣うものが多く、小太刀、槍の名人である勢源が生まれたとき、彼の祖父・長家が流儀名を変え、富田流の流祖となった。

このの
ち富田家は朝倉《あさくら》氏に仕え、越前《えちぜん》、一乗谷《いちじょうだに》に屋敷を置いていた。

生涯を諸国遊歴に費やしたという勢源は、生没年さえわかっていない。

小太刀の名人であった勢源が槍の名人であったという説が『東軍流兵法史―外伝・南紀武道』（森《もり》田栄《たさかえ》著）という本にある。

永禄《えいろく》三年（一五六〇）五月、成就坊《じょうじゅぼう》が美濃《みの》領主・斎藤義龍《さいとうよしたつ》の人質となっていたので、勢源は成就坊に会いにいった。

勢源はしばらく成就坊の屋敷に逗留していた。

諸方で紛争、合戦の絶えない戦国期で美濃でも武術、兵法の稽古がさかんにおこなわれ、鹿島《かしま》神道流の達人である梅津某も道場を開き、弟子を取って教授していた。なかなかの腕前で、斎藤義龍も教えを受けている。

梅津は勢源の高名を聞いていたが、瘦身《そうしん》で背も高くないのを見て、成就坊の屋敷へ出向き試合を申し入れた。勢源は、無駄な殺生をしたくないので辞退した。

「それがしはいまだ未熟者なれば試合などはできませぬ。どうかお引き取り下され」

梅津は勢源が自分の体格に怖《おそ》れをなして、試合を拒んだのであろうと軽んじた。彼は道場に戻り、門人たちに勢源をさげすむ悪口を語った。

「勢源の名は越前辺りでは高いかもしれぬが、美濃では通らぬ。先年美濃へ来た時、兵法指南の道場を構えおりし者が二、三おったが、いずれもわしと立ちあいをやれば一度も勝てず、道場を捨て立ち去りしよ。

わしが関東で他流試合を申し入れ、打ち破りし遣い手は三十六人。いずれもわしの弟子となっておる」

梅津は執拗《しつよう》に幾度も試合を申し入れることを、くりかえす。

勢源は梅津を恐れはばかっていると見せかけ、面目が立たないとも思わず、成就坊のいる前で断る。

「富田流の太刀さばきを是非にも知りたいとお望みならば、越前に参られ、弟の景政と試合をなされればよかろう。願いに応ずるや否やはわかりませぬが」

梅津は勢源が試合を辞退したと聞くと、

「さもあろう、わしの兵法は関東に鳴りひびいておるからのう。勢源はそれでも兵法者といえるのか。わしは試合となれば、いかなる相手をも避けはせぬ。たとえ当国のお殿さまであろうとも立ちあい、手加減はいたさぬ」

梅津は調子にのり、ついいらぬことまで口走った。国主を相手でも容赦はしないという一言が、義龍の耳にはいった。

斎藤義龍は梅津の放言を聞くと、このままに放置できないと思い、家臣を成就坊の屋敷へつかわし、勢源にすすめた。

「近頃、神道流の遣い手梅津が、そなたと試合をいたしたいと申し、断られると悪口雑言をいたすとか。至って聞き苦しきゆえ、試合をいたされよ」

勢源は答えた。

「当流にては試合を禁じております。無益の勝負にて、いずれの側が死傷いたすもつまらぬことにござります」

使者の家臣が義龍に勢源の返事を伝えたが、義龍は聞きいれなかった。

「勢源の申しぶんは正しいが、梅津の慢心は見逃せぬ。街道を往来いたす旅の者が他国へ言い散らし、嘲られておるとのことじゃ」

梅津はこのうえはびこらせてはならぬ毒草だ。勢源に摘みとらすよりほかはない」

それを伝え聞いて、勢源は答えた。

「あいわかってござります。このうえご辞退できませぬ。殿のご下命ならば立合いまする」

仕合は七月二十三日の辰《たつ》の刻（午前八時）から家老屋敷で行われると決った。

梅津は勢源との試合の段取りが決まると、斎戒沐浴《さいかいもくよく》を毎日おこない、鹿島神宮へ祈りを捧《ささ》げた。

勢源は「心が正しければ、祈願などはいらぬ」と言い、平然としていた。

試合の朝、勢源は数人の供を連れ家老屋敷にゆき、縁の下に積んでいた薪の中から一尺二、三寸の割木を抜きとって、手許《てもと》の方を皮で巻き、試合の場へむかった。

梅津は数十人の門人を連れ、あらわれた。

彼は真剣勝負を望んだが、勢源は言った。

「そなたは望むがままになされよ。それがしはこれにてはたらこうと存ずる」

梅津は舌打ちしたが、勢源が薪を使うというのに、自分が真剣を使うのでは面目がたたない。それでやむを得ず真剣をやめて、鉄の延金を打ちつけた三尺五寸の八角棒を使うことにした。

勢源にむかった梅津は骨格たくましく、風に向かい吼《ほ》える虎のような威容は精気に満ちており、対戦に立ち会った人々は、ささやきあった。

「いきおいが違う。梅津の勝ちじゃ」

梅津は八角棒を上段から気合とともに打ちおろしたが空を切った。瞬間に身をかわした勢源の打ち込みはすさまじい早業であった。

梅津は、こめかみから二の腕へ打ちこまれ、噴きだす血に小袖を濡らした。

梅津は棒を振り上げ打とうとしたが、勢源は梅津の右腕へ稲妻のひらめくように打った。梅津は前のめりに倒れつつ勢源の足を払いかけた。

勢源は片足で梅津の木刀を蹴飛ばす。梅津は血まみれで起きあがり、脇差で勢源を突いたが、勢源は身をかわし梅津の肩に一撃を加えた。

検使が立てなくなった梅津の敗北を告げた。

斎藤義龍は記念として勢源の割木の木刀を貰いうけ、鐚銭《びたせん》万疋《びき》（一疋は十文）と小袖一重を勢源に贈ったが、勢源はことわった。義龍は対面を望んだが、それも果たせなかった。勢源は梅津の門人による仕返しを用心して、美濃から早々と立ち去って行った。

富田勢源の弟・景政は、娘に養子を迎えた。「名人越後《えちご》」と称された富田越後守重《えちごのかみしげ》政《まさ》である。重政は前田利家《まえだとしいえ》、利長《としなが》、利常《としつね》の三代に勤仕して一万三千六百七十石の知行を受けた。

重政の剣術の理論は養父・景政とともに、他の剣客のそれとは大きく違っていた。剣の奥義は敵を倒すための戦闘的なものではなく、日常生活に利用できる護身術であると考えていた。

木村さんが、佐川先生に剣を振りかぶっていくと先生の姿は消えてしまい、気づくと木村さんの斜め後方のいつでも切れる位置に移動し、振りかぶっていた。この技はまさに富田勢源が梅津に使った技と同じだと、木村さんは思った。富田勢源は、合気の技術を使っていたのだろう。この時代にも合気が存在し、合気は日本の歴史の中で消えることなく、綿々と受け継がれてきたように思われる。

Iさんが易で見ると、佐川先生と富田勢源が幾久しくつながっていて、佐川先生は、富田勢源の生まれ変わりだと出た。雷風恒《らいふうごう》と水天需《すいてんじゅ》の卦が中心に出た。その卦は、時空を超えたつながりがあることを意味する。

勢源と佐川先生には共通した肉体的特徴もあった。勢源は眼病にかかったので家督を継がず、入道し弟の景政があとを継いだ。佐川先生も片目が生まれつき悪かったので、大正十一年に荏原《えばら》で徴兵検査を受けたとき、「兵隊となるよりも家を継いだほうがいい」と言われ、徴兵免除になった。


富田勢源は、小太刀を秘術とする中条流を発展させ、富田流を生み出した。その富田流を学んだのが佐々木小次郎《ささきこじろう》であり、現代剣道の元となった一刀流を生み出した伊藤一刀斎であった。

笹森順造《ささもりじゅんぞう》著『一刀流極意』に次のような有名な話が書かれている。

一刀斎は中条流の達人、鐘巻自斎《かねまきじさい》を江戸に訪ね、中条流の小太刀などを一心不乱に学んだ。

数年もたたないうちに、ある時、師の自斎の前に出て「私はいま御流儀の妙所を会得したからお暇をいただきます」と述べると自斎は「汝《なんじ》が我に従って未だ五年にならないのにどうして妙境に達することが出来ようか」と承知しない。

そこで一刀斎は「師がもし私の言を疑われるならばどうか一度お試し下さい」と言

うので、自斎は木刀で三度立ち合ったが三度とも勝てなかった。

自斎は一刀斎の上達とその剛強なのに驚き、どうしてここまで会得したかと尋ねると、「師が私を打とうとすると、それが私の心に映る。ただそれに応ずるだけです」と言う。

自斎は深く感心して、極意をことごとく授けた。鐘巻自斎は富田勢源の弟子である。富田勢源の小太刀も、一刀斎が薪で神子上典膳《みこがみてんぜん》（小野忠明《おのただあき》）の相手をしたのも、合気がなければ出来なかったであろう。

Iさんが易で見ると、「一刀斎はある時、富田勢源の教えを直接受けて、突然技量があがり、剣術で生活できるレベルになった」と示された。

本当かどうかは証明できるものではないが、歴史はファンタジーとも云う。

最後に、佐川先生が亡くなる前日に木村さんに掛けた技、木村さんが「神様の技だ」と心の中で絶叫した合気がどのようなものであったのかを、易に訊いてもらった。

Iさんは言う。

「易の卦に出た意味や状況を誰にでもわかるように的確に説明することは難しいのです。佐川先生の最後の技に出た易は、人間世界に存在しない、全陽の純粋さや最強なエネルギーの卦ばかりでした。このエネルギーの大きさを説明するのは事実の一部しか表現できないといえます。

この時の佐川先生は自分の全身全霊を出し切って木村先生の全細胞と融合する意識で全エネルギーを放出している卦が出ました。そうすることで自分の命が縮まることを知った上で合気を未来に繋げることを選んだとの答えでした。

佐川先生の遺されたノートに『人生に於いて十年長く生きるも終局に於いて大差なし』と書かれていますが、数年余分に生きる価値より合気をこの世に残す道をえらばれたことが、この易に出ました」

佐川先生は神業としか言えない卓越した技を完成させながら、一切誇らず、合気を弟子に託すことも言わず、あちらの世界に黙って逝った。

佐川先生の合気は簡単には真似が出来ないものだが、先生の意識もとても真似のできるレベルではなかった。

世俗から離れ、合気に一生を捧げ歩み続けた佐川先生の技と生き方を知れば知るほど、人間の可能性の大きさを感じる。

人間のもつ無限にある潜在能力を、ほとんどの人が知らない。

我々が、自らの潜在能力を引き出せたら、どこまでのことが出来るのか、まさに秘めた宝庫を人は持っているようだ。

技術が止まることなく発展し、あらゆるものが進歩するが、人間という存在も無限に進化していく。

木村さんは言った。

「見えるものと見えないものをつなぐ何か。その存在を究明する行為が、合気につながるだけでなく、人間全体の進化への鍵であるかも知れない。合気を通して、人間の限界と可能性を追求され続けた先生は、名声を求めず、自己顕示欲を持たず、世俗の欲から離れ、魂のあるべき理想を追い求め続けられた先生であったからこそ、神がかった合気の技を体現できたに違いないと思います」

佐川先生は平成十年に亡くなったが、木村さんとの宿縁は今でも続いていると思わざるを得ない現象がつづいておこっている。

人間は太陽、月、火星などさまざまの宇宙の星が存在しているのを認めている。月には人が到着し、他の惑星には人工衛星が接近した。

だが宇宙とは何か、人間は実体が分からないまま、知ったような気分になっている。母の体内からなぜ生まれたのか、そのまえはどこにいたのか、人としてそれぞれ地球上で違う運命を辿るのか。その生活も成功、失敗、満足、失望さまざまである。

人体が機能を止めると死ぬ。物体となった人間は意識がなくなればあとはどうなるのか、わからない。

経験してきた生活にどのような意味があったのかさえ、誰も教えてくれない。自分がなんのために地球で経験をかさねてきたのか、見当もつかない。

そんなことは知ったところで何の成果ももたらさない。それで織田信長《おだのぶなが》が謡曲敦盛《あつもり》の「人間五十年、下天のうちをくらぶれば、夢幻の如くなり」の一節をうたい露命の軽さを味わったぐらいのもので、生存の意味を問うのは僧侶の責任としてきただけであった。そうすれば宗教の世界は確固として現実感を帯びて人に迫ってくる。

地獄、極楽の構造も整い、それにもとづく来世の様子を語る経文を僧侶は俗人に読み聞かせる。

宗教は人類がはじまって以来どれだけの年数を経たかわからないが、人間の社会機構の一部として存在してきた。来世は人間が没後にいくべき神仏の世界であることを、あらためてたしかめる人はめったにいない。来世は仮定の世界で実質ではない。

それでも来世がないと人間社会が何のために存在するかという問いかけに答えられないからであろう。

佐川先生が合気の神髄を極めるために九十五年間武神のように生きてこられたのは、人間は永遠に進化するものだという真実を、武田惣角先生という天才に逢うことによって知られたためだ。

相手の力を消せる合気術は口舌によって説かれても虚言としか思えない。膂力《りょりょく》に満ちあふれた武道家が、指先を摑まれただけで全身の力を失い、佐川先生の足もとにくずれおちてしまうのをひと眼見ただけで、常識の通用する人間社会ではあり得ないエネルギーが眼光に動いていることを、胸にくさびをうちこまれるように分からされる。

私が拝見した先生の技は他所で語れば信じられにくいきらいがあった。私は法螺《ほら》を吹いていると受け止められつつも諸所の講演では力をこめて紹介せずにはいられなかった。

佐川先生の合気術は、人間の身体に睡《ねむ》っていた未発掘の能力を武田先生のあとを継ぎ開発されたものであった。

それは神技としかいいようがない。佐川先生は人体に宿っている神技を発掘しつづけて地球から無限の世界へと旅立って行った。

作品解説――武道小説の第一人者が最後に描いた「合気」の深淵

末國善己（文芸評論家）

二〇一八年の五月二十六日、歴史時代小説の大家・津本陽さんが亡くなられた。享年八十九。

津本さんの代表作として、織田信長を独自の視点で描いて大ベストセラーになった『下天は夢か』を挙げることに異論はないだろう。このほかにも津本さんは、『勝海舟　私に帰せず』『巨眼の男　西郷隆盛』『龍馬』などの歴史小説の名作を残したが、達人たちの息詰まる対決が魅力の武道小説も創作の柱の一つにしていた。

津本さんの武道ものの中心は、剣道と抜刀道の有段者だった経験を活《い》かした剣豪小説である。剣客が相手を斬るまでの動作と心理をストップモーションのように描いた津本さんは、剣豪小説に革新をもたらしたといえる。特に刃の方向と力の方向を同じ角度にして斬撃する時の描写「刃筋を立てて斬る」には、衝撃を受けた読者も多いのではないか。津本さんの故郷である和歌山県（旧紀州地方）で活躍した傭兵《ようへい》集団・雑賀衆《さいかしゅう》を取り上げた『鉄砲無頼伝』『信長の傭兵』の二部作では、一撃必殺の狙撃から集団戦闘まで鉄砲術の奥深さが活写されていた。

武道ものをライフワークにしていたといっても過言ではない津本さんが、晩年に最も力を注いだのが合気の修業である。大東流合気柔術第三十六代宗家・佐川幸義氏の門人となった津本さんは、佐川氏の師である武田惣角を主人公にした小説『鬼の冠　武田惣角伝』、佐川氏の伝記『孤塁の名人　合気を極めた男・佐川幸義』など合気の修業ものを意欲的に発表している。

本書も『孤塁の名人』に続く佐川氏の伝記だが、門人たちの証言が増え、新発見の資料も盛り込まれており、より佐川氏の合気の「深淵」に迫っている。本書を読むと師への深い敬愛が伝わってくるので、この作品が遺作になった津本さんは、最も幸福な形で作家人生を終えたといえるかもしれない。

本書は、津本さん自身が語り手の「私」になり、実際に佐川氏から聞いた話、兄弟子たちの日記、メモ、証言、佐川氏の自宅から見つかった書簡などを引用しながら、佐川氏が長い修練で身に付けた合気とは何かを描いている。そのためエッセイのように思えるが、作家が語り手になり、資料を集めるプロセスから、その資料の信頼性の判断までを丁寧に説明することで不正確な情報を排し、作家が真に正しいと判断した事件や人物像を明らかにするのは、明治中期に確立した史伝と呼ばれる歴史記述の伝統的な手法なのだ。

森鷗外《もりおうがい》も作品を完成させるまでの経過を克明に追った史伝『渋江抽斎』『伊沢蘭軒』『北条霞亭《かてい》』を書いているが、史伝は決して鷗外の専売特許ではない。鷗外は晩年に史伝を書いたが、これは海音寺潮五郎《かいおんじちょうごろう》も同様である。伝奇的な作品も、歴史を独自の解釈で切り取った作品も書いた津本さんも、最後に評伝に行き着いた作家の一人なのである。

本書を読むと、佐川氏の合気の凄まじさに衝撃を受けるはずだ。佐川氏のもとを訪ねるのは、柔道、空手、剣道など一流の武道家ばかりだが、そんな強者《つわもの》も佐川氏にかかると一瞬で倒される。その動きは、これまで剣客の動きを緻密に描いてきた津本さんですら描写できないほどである。しかも佐川氏は、道場で倒すのは弟子への指導でもあるのでやさしくしているが、真剣勝負ならまったく別の技になるという。事実、長く佐川氏に師事した数学者の木村達雄は、先生に倒されたことが修業になったと語っている。

津本さんは随所で佐川氏の人間業を超越した妙技を紹介しながら、修業法、哲学、人に活力を与える活法、易との関係など多角的な視点から佐川合気の実像をとらえていく。やはり興味深かったのは津本さんが得意とする剣と合気の関係で、フィクションの中にしか存在しないと思っていた「無刀取り」が、佐川氏の技に触れ本当にできると実感できた。

柔道はどのタイミングで、どの方向に力を入れれば相手が倒せるかを説明できる。これは相撲《すもう》も同じである。剣道にも、相手がこう動いた時は守り、この時は攻めるなどのセオリーがあるので理論化が可能だ。佐川氏も合気は神秘的な技ではなく理論があるので、それを身に付ければ誰でも使えると繰り返すが、合気を習得するには才能が必要とも、才能があっても努力しなければ到達できないとも語っていて、武術の門外漢からすると禅問答である。おそらく理論があり一人で修業しても一定のレベルになれる武術を、経典で学べる顕教的な仏教とするなら、長い年月をかけて師と生活を共にし、哲学と技に接しながら自分なりの〝悟り〟を開かなければならない合気は、体験を重んじる密教に近いのだろう。

それだけに正直な話をすれば、本書を読んで佐川合気の「深淵」を理解できた、とはいい切れない。ただ日常生活の何気ない風景の中にも合気を高める要素があると考え、たゆまぬ「努力・訓練・工夫・研究」を重ねる佐川氏の思想は、ネットの情報だけで知識と経験を得た気になっている現代人への批判とも解釈できる。また「宇宙天地森羅万象のすべては融和調和によりて円満に滞りなく動じているのである。その調和が合気なのである」とした佐川氏の道場訓は、自然との調和、人との融和が失われつつある現代社会への警鐘になっている。その意味で佐川氏の合気は、武道にかかわりを持っていない読者にも、価値観をゆさぶり、人生を見つめ直すヒントを与えてくれるのだ。津本さんが最後に合気を描いたのは、こうしたメッセージを伝えるためだったように思えてならない。

作家解説——作家・津本陽の本領は剣豪小説と戦国小説にあり

菊池 仁（文芸評論家）

二〇一八年、八九歳で亡くなった作者が、時代小説界に遺《のこ》した業績には大きなものがある。作者は「深重《じんじゅう》の海」で第七九回直木賞を受賞し、鮮烈なデビューを飾った。作品の幅と内容は多岐にわたり、『丘の家』、『恋の涯』などの私小説から、土地小説、犯罪小説、教師小説などの社会性に富んだ現代小説を手がけ、作家としての自己の多様な可能性を追求してきた。これは物語作者としての才能の豊かさを示したものだが、その才能が豊かな形で開花したのが剣豪ものと戦国ものであった。

剣豪ものの魅力は、凄絶な剣技を描いた対決場面の描写力に尽きるといっても決して過言ではない。作者は一九八一年に発表した『闇の蛟龍《こうりゅう》』で迫力に満ちた剣戟《けんげき》場面を描き、新たな書き手の出現を予感させた。これがきっかけとなって、『明治撃剣会』（一九八二）、『塚原卜伝《ぼくでん》十二番勝負』（一九八三）を世に問い、リアルで簡潔な説明調を駆使した描写が高い評価を受けた。つまり、わかりやすく、迫真性と臨場感を満喫できるという剣豪ものの醍醐味《だいごみ》を、独自のスタイルとして創出したのである。この背景には剣道、抜刀術の有段者としての経験が有効に作用しているが、それ以上に、『明治撃剣会』の着想の鋭さ、すさまじい剣戟描写を覆う虚無感には、作家としての資質の高さが息づいている。加えて、『塚原卜伝十二番勝負』は、一人の若侍が〝天下無双の剣聖〟と謳《うた》われるまでを、十二番の勝負を迫真に満ちた筆致で描くことで、謎多き卜伝の実像に迫るという巧みな設定が光っていた。

剣豪作家の呼び名を不動なものとしたのは『薩南示現流』（一九八三）である。示現流の開祖東郷重位《しげかた》を描いたもので、剣尖《けんせん》を高く挑《かか》げ、鋭く激しいかけ声とともに左右交互に斬撃し、袈裟《けさ》斬《ぎ》りにするという迅速果敢な剣法の太刀《たち》さばきを鮮やかに描き切った。

作者の数多い剣豪ものの中でも名作中の名作といわれているのが『柳生兵庫助』（一九八六－八九）である。注目すべきは、剣一筋の兵庫助と流儀を世に広めるための手段として世俗にまみれる叔父《おじ》の宗矩《むねのり》の生き方を対照的に描いた点である。加えて、戦国期から江戸初期に至る武術史を詳細をきわめる叙述で描いた点は、作者ならではの離れ技といえる。

この離れ技は剣術から武道への限りない興味として定着する。この芽は初期の『塚原卜伝十二番勝負』や『拳豪伝』（一九八五）等の作品で散見できる。やがてこの興味は『鬼の冠』（一九八七、二〇一八年に実業之日本社文庫で復刊）として結実。さらに作者の渾身《こんしん》の遺作となったのが『深淵の色は　佐川幸義伝』である。佐川幸義についてては『孤塁の名人』（二〇〇八）があるが、再び筆を執り、新しく発見された資料や門人の証言を通して、その神技の深奥に迫っている。特筆すべきことは武術家と老いという作者ならではのテーマが底流に流れていることである。

しかし、作者の最大の業績は戦国を舞台とした人物伝記で、確固たる歴史観をベースに独自の人物解釈を施した点にある。その先駆けとなったのが、織田信長を描いた『下天は夢か』（一九八九）であった。この作品で作者が独自の解釈で刻みこんだ信長像は、発表媒体が日本経済新聞という特性もあって、主要読者層であるビジネスマンの熱い支持を受け、画期的な成功を収めた。成功の要因は織田信長の人物造形にあった。作者は、信長を徹底した合理主義と果敢な行動力で中世の権威を一掃し、近世封建制を創造した人物と位置付けている。中世の権威の象徴が宗教であったことは改めて言うまでもない。

それゆえ、作者は、武装した浄土真宗の信徒集団と、彼ら門徒の極楽幻想を嘲笑する信長の合理主義精神との対決に多くの紙幅をさき、緊張感溢《あふ》れる場面作りに力を注いだ。特に、新たに発掘された『武功夜話』などの新史料や、ルイス・フロイス書簡を多用することで人物像に深味を加え、さらにその周辺の諸人物と時代を幅広く語ることで奥行と立体感を与えることに成功している。特筆すべきことは、明晰《めいせき》な認識者としての孤独感ともいうような虚無感が漂う信長の内面を描き、その信長が尾張《おわり》地方の方言を使うという巧緻な仕掛けを施しており、作者の優れた物語作者としての才能を読みとれることだ。

この成功をテコに作者は、『夢のまた夢』（一九九三－九四）で秀吉、『乾坤《けんこん》の夢』（一九九七）で家康を描き、〝夢三部作〟を完成させている。〝夢三部作〟とは戦国乱世という巨大なキャンバスに、三代の覇者の夢と三者に通底する無常感、虚無感をモチーフに描かれた、津本版戦国絵巻なのである。これに『武神の階《きざはし》』（上杉謙信）、『武田信玄』、『前田利家』、『独眼龍政宗』等の戦国武将ものと、重要なサイドストーリーである『鉄砲無頼伝』、『信長の傭兵』を加えれば、壮大かつ強力無比な絵巻となる。

つまり、剣豪ものと戦国ものこそ、作者の比類なき勲章と言えよう。

資料協力（五十音順・敬称略）
浅野敏男／阿部哲史／石井以智子／稲妻 望／太田士朗／大竹鐵太郎／大竹政光／長船慎一郎
／菊本智之／北澤正光／木村健二郎／木村達雄／木村吉裕／酒井利信／鈴木健郎／仙波仙太郎
／槌本昌信／長尾 進／中西俊幸／中山宇生／成田 勲／西岡 寿／林原英夫／前林清和／松井章圭
／松戸多良／松本征儀／丸山輝芳／森田 純／吉垣 武

初出―――「Webジェイ・ノベル」二〇一七年八月二日から二〇一八年七月三日まで配信
単行本――二〇一八年十月小社刊
書籍化に際し、著作権継承者と相談のうえ加筆修正いたしました。登場する人物の肩書、役職等は執筆当時のものです。（編集部）

実業之日本社文庫　好評既刊

伊東 潤
敗者列伝
歴史の敗者から人生を学べ！　古代から幕末・明治まで、日本史上に燦然と輝きを放ち、敗れ去った英雄たちの「敗因」に迫る歴史エッセイ。（解説・河合 敦）
い141

池波正太郎、隆慶一郎ほか／末國善己編
軍師の生きざま
直江兼続、山本勘助、石田三成…群雄割拠の戦国乱世を、知略をもって支えた策士たちの戦いと矜持！　名手10人による傑作アンソロジー。
ん21

司馬遼太郎、松本清張ほか／末國善己編
軍師の死にざま
竹中半兵衛、黒田官兵衛、真田幸村…戦国大名を支えた名参謀を主人公にした傑作の精華を集めた、11人の作家による短編の豪華競演！
ん22

山田風太郎、吉川英治ほか／末國善己編
軍師は死なず
池波正太郎、西村京太郎、松本清張ほか、豪華作家陣による〈傑作歴史小説集〉。黒田官兵衛、竹中半兵衛をはじめ錚々たる軍師が登場！
ん23

司馬遼太郎、松本清張ほか／末國善己編
決戦！ 大坂の陣
大坂の陣400年！　大坂城を舞台にした傑作歴史・時代小説を結集。安部龍太郎、小松左京、山田風太郎など著名作家陣の超豪華作品集。
ん24

実業之日本社文庫　好評既刊

五木寛之・城山三郎ほか／末國善己編
永遠の夏　戦争小説集
戦後七十年特別編集。戦争に生きた者たちの想いが胸を打つ。大岡昇平、小松左京、坂口安吾ほか強力作家陣が描く珠玉の戦争小説集。
ん25

火坂雅志、松本清張ほか／末國善己編
決闘！ 関ヶ原
徳川家康没後400年記念 特別編集。天下分け目の大決戦！ 火坂雅志、松本清張ほか超豪華作家陣が描く傑作歴史・時代小説集。
ん26

池波正太郎・森村誠一 ほか／末國善己編
血闘！ 新選組
江戸・試衛館時代から池田屋騒動など激闘の壬生時代、箱館戦争、生き残った隊士のその後まで「誠」を背負った男たちの生きざま！ 傑作歴史・時代小説集。
ん27

安部龍太郎、隆慶一郎ほか／末國善己編
龍馬の生きざま
京の近江屋で暗殺された坂本龍馬。妻・お龍、姉・乙女、暗殺犯・今井信郎、人斬り以蔵らが見た真実の姿。龍馬の生涯に新たな光を当てた歴史・時代作品集。
ん28

浅田次郎、火坂雅志ほか／末國善己編
動乱！ 江戸城
泰平の世と言われた江戸250年。宿命を背負って困難と立ちむかった人々の生きざまを、浅田次郎、火坂雅志ほか豪華作家陣が描く傑作歴史・時代小説集。
ん29

実業之日本社文庫 つ26

深淵《しんえん》の色《いろ》は 佐川幸義伝《さがわゆきよしでん》

2022年4月15日　初版第1刷発行

著　者　津本 陽《つもとよう》

発行者　岩野裕一
発行所　株式会社実業之日本社
〒107-0062　東京都港区南青山5-4-30
emergence aoyama complex 2F
電話［編集］03(6809)0473［販売］03(6809)0495
ホームページ　https://www.j-n.co.jp/
ＤＴＰ　ラッシュ
印刷所　大日本印刷株式会社
製本所　大日本印刷株式会社

フォーマットデザイン　鈴木正道（Suzuki Design)

ISBN978-4-408-55723-6（第二文芸）